O TESTAMENTO FRANCÊS

O TESTAMENTO FRANCÊS

Andrei Makine

Tradução
EDUARDO BRANDÃO

Martins Fontes
São Paulo 1998

1ª edição
setembro de 1998

Tradução
EDUARDO BRANDÃO

Revisão gráfica
Andréa Stahel M. da Silva
Solange Martins
Produção gráfica
Geraldo Alves
Paginação/Fotolitos
Studio 3 Desenvolvimento Editorial (6957-7653)

Dados Internacionais de Catalogação na Publicação (CIP)
(Câmara Brasileira do Livro, SP, Brasil)

Makine, Andreï, 1957-
O testamento francês / Andreï Makine ; tradução Eduardo Brandão. – São Paulo : Martins Fontes, 1998.

Título original: Le testament français.
ISBN 85-336-0911-6

1. Romance francês I. Título.

98-2789 CDD-843.914

Índices para catálogo sistemático:
1. Romances : Século 20 : Literatura francesa 843.914
2. Século 20 : Romances : Literatura francesa 843.914

Rua Conselheiro Ramalho, 330/340
01325-000 São Paulo SP Brasil
Tel. (011) 239-3677 Fax (011) 3105-6867
e-mail: info@martinsfontes.com
http://www.martinsfontes.com

ANDREI MAKINE nasceu na Rússia em 1958 e vive na França, para onde imigrou em 1987, fugindo do caos post-perestroika. Sua avó, de origem francesa, teve fundamental importância na sua formação. As descrições que ela fazia em sua língua materna da Paris mítica da *Belle Époque* estão na origem do sonho que Makine sempre alimentou de se tornar um escritor francês. E o sonho não poderia se concretizar de forma mais brilhante: *O testamento francês* recebeu o Prix Goncourt, principal prêmio francês de literatura, e isso depois de ter recebido outro prêmio importante, o Médicis – dupla coroação inédita na história das premiações francesas. Antes de *O testamento francês*, Andrei Makine publicou *La Fille d'un Héros de l'Union Soviétique*, 1990; *La Confession d'un Porte-Drapeau Déchu*, 1992; *Au Temps du Fleuve Amour*, 1994 e *Le Crime d'Olga Arbélina*, 1998.

EDUARDO BRANDÃO é o autor desta tradução. Carioca, nascido em 1946, foi jornalista do *Correio da Manhã* e iniciou sua carreira como tradutor em 1970, na França, onde viveu cerca de dez anos, fazendo traduções técnico-científicas (do português e espanhol para o francês e vice-versa). A partir de 84 vem se dedicando mais à tradução de textos literários, campo propício para a sua linguagem fluente e seu estilo refinado.

Para Marianne Véron e Herbert Lottman
Para Laura e Thierry de Montalembert
Para Jean-Christophe

"[...] é com prazer infantil e profunda emoção que, não podendo citar os nomes de tantos outros que devem ter assim agido e por quem a França sobreviveu, transcrevo aqui seu nome verdadeiro [...]"

MARCEL PROUST.
O tempo redescoberto

"O siberiano pedirá ao céu oliveiras ou o provençal *klukwa*?"

JOSEPH DE MAISTRE.
Serões de São Petersburgo

"Questionei o escritor russo sobre seu método de trabalho e me espantei com que não fizesse ele mesmo suas traduções, porque falava um francês puríssimo, com uma ponta de lentidão, por causa da sutileza do seu espírito.

Ele me confessou que a Academia e seu dicionário deixavam-no gelado."

ALPHONSE DAUDET.
Trinta anos em Paris

I

1

Ainda criança, eu adivinhava que aquele sorriso singular representava para cada mulher uma estranha vitória. Sim, uma efêmera desforra contra as esperanças frustradas, contra a grosseria dos homens, contra a raridade das coisas belas e verdadeiras deste mundo. Se, na época, tivesse sabido dizê-lo, teria chamado essa maneira de sorrir de "feminilidade"... Mas minha língua era demasiado concreta, então. Eu me contentava com examinar, em nossos álbuns de fotografia, os rostos femininos e redescobrir aquele reflexo de beleza em alguns deles.

Porque aquelas mulheres sabiam que, para ser belas, era necessário, alguns segundos antes do *flash* as cegar, pronunciar aquelas misteriosas sílabas francesas cujo sentido poucas conheciam: "*pe-tite-pomme...*"* Co-

---

* Maçãzinha. (N. do T.)

mo por encanto, a boca, em vez de se esticar numa beatitude jovial ou crispar-se num ricto ansioso, formava aquele gracioso arredondado. O rosto inteiro se transfigurava. As sobrancelhas arqueavam-se ligeiramente, a oval dos pômulos se alongava. Dizia-se "*petite pomme*", e a sombra de uma doçura distante e sonhadora velava o olhar, afinava os traços, deixava pairar sobre o clichê a suave luz dos tempos antigos.

Essa magia fotográfica tinha conquistado a confiança das mais diversas mulheres. Aquela parenta moscovita, por exemplo, no único clichê colorido de nossos álbuns. Casada com um diplomata, ela falava sem abrir os dentes e suspirava de tédio antes mesmo de nos ter ouvido. Mas na foto eu distinguia imediatamente o efeito da "*petite pomme*".

Eu percebia um halo no rosto daquela provinciana apagada, alguma tia anônima de quem só se evocava o nome para falar das mulheres que ficaram sem marido depois da hecatombe masculina da última guerra. Mesmo Glacha, a camponesa da família, arvorava nas raras fotos que dela restavam esse sorriso milagroso. Havia enfim todo um enxame de jovens primas que inchavam os lábios tentando reter por intermináveis segundos de pose aquele fugidio sortilégio francês. Murmurando sua "*petite pomme*", ainda acreditavam que a vida por vir seria tecida unicamente desses instantes de graça...

Esse desfile de olhares e rostos era atravessado, de longe em longe, pelo de uma mulher de traços regulares e finos, com grandes olhos cinzentos. Amarelo no começo, nos álbuns mais antigos seu sorriso impregnava-se do encanto secreto da "*petite pomme*". Depois, com a idade, nos álbuns cada vez mais novos e próximos de nosso tempo, essa expressão se esfumava, matizando-se com um véu de melancolia e simplicidade.

Essa mulher, essa francesa, perdida na imensidão nevosa da Rússia, é que ensinara às outras a expressão que tornava bela. Minha avó materna... Ela nascera na França, no início do século, na família de Norbert e Albertine Lemonnier. O mistério da "*petite pomme*" foi provavelmente a primeira legenda a encantar nossa infância. E também uma das primeiras palavras dessa língua que minha mãe chamava, brincando – "sua língua-avó".

Um dia, dei com uma foto que não deveria ter visto... Eu passava as férias em casa da minha avó, naquela cidade à beira da estepe russa em que ela fora parar depois da guerra. Era à chegada de um crepúsculo de verão quente e lento que inundava os cômodos com uma luz arroxeada. Essa iluminação um tanto irreal caía sobre as fotos que eu examinava em frente de uma janela aberta. Aqueles clichês eram os mais antigos de nossos álbuns. Suas imagens iam além do marco imemorial da Revolução de 1917, ressuscitavam o tempo dos czares e, o que é mais, varavam a cortina de ferro, solidíssima na época, levando-me ora ao adro de uma catedral gótica, ora às alamedas de um jardim cuja vegetação me deixava perplexo por sua geometria infalível. Eu mergulhava assim na pré-história da nossa família...

De repente, aquela foto!

Eu a vi quando, por pura curiosidade, abri um grande envelope enfiado entre a última página e a capa. Era o inevitável lote de clichês que não se crê dignos de figurar no cartão áspero das folhas, paisagens que não se consegue mais identificar, rostos sem relevo de afeto ou de lembranças. Um lote do qual se diz, cada vez, que um dia seria necessário passar ao crivo para decidir a sorte de todas aquelas almas penadas...

Foi no meio daquelas pessoas desconhecidas e daquelas paisagens caídas no esquecimento que eu a vi. Uma mulher jovem cujo traje contrastava estranhamente com a elegância das personagens que apareciam em outras fotos. Ela vestia um espesso casaco acolchoado de um cinza sujo e uma *chapka* de homem com as orelheiras abaixadas. Ela posava apertando contra o peito um bebê enrolado num cobertor de lã.

"Como ela pôde se insinuar entre aqueles homens de fraque e aquelas mulheres de vestido de noite?", eu me perguntava. E, depois, em torno dela, em outros clichês, aquelas avenidas majestosas, aquelas colunatas, aquelas vistas mediterrâneas. Sua presença era anacrônica, deslocada, inexplicável. Naquele passado familiar ela tinha o ar de uma intrusa com aquela sua roupa, que, em nossos dias, só usam as mulheres que no inverno removem a neve amontoada nas estradas...

Não tinha ouvido minha avó entrar. Ela pôs a mão no meu ombro. Tive um sobressalto, depois, mostrando a foto, perguntei-lhe:

– Quem é esta moça?

Um breve lampejo de pânico passou pelos olhos infalivelmente calmos de minha avó. Numa voz quase alheia respondeu com uma pergunta:

– Que mulher?

Os dois nos calamos apurando o ouvido. Um farfalhar estranho enchia o cômodo. Minha avó se virou e exclamou com alegria, pareceu-me:

– Uma bruxa! Olhe, uma bruxa!

Vi uma grande mariposa marrom, uma esfinge crepuscular que vibrava, esforçando-se para penetrar na profundidade enganadora do espelho. Precipitei-me sobre ela, de mão estendida, já pressentindo na palma as cócegas provocadas por suas asas aveludadas... Foi aí que me dei conta do tamanho incomum da mariposa. Aproximei-me e não pude conter um grito:

– São duas! São irmãs siamesas!

De fato, as duas mariposas pareciam presas uma à outra. E seus corpos estavam animados por palpitações febris. Para minha surpresa, aquela dupla esfinge não prestava a menor atenção em mim e não procurava escapar. Antes de pegá-la, tive tempo de perceber as manchas brancas em seu dorso, a famosa caveira.

Não falamos mais da mulher de casaco acolchoado... Segui com o olhar o vôo da esfinge solta – no céu, ela se dividiu em duas borboletas e compreendi, como pode compreender uma criança de dez anos, o porquê daquela união. O desconcerto de minha avó agora me parecia lógico.

A captura das esfinges acopladas trouxe a meu espírito duas lembranças bem antigas e as mais misteriosas da minha infância. A primeira, remontando aos meus oito anos, se resumia a algumas palavras de uma velha canção que minha avó mais murmurava do que cantava, às vezes, sentada em seu balcão, a cabeça inclinada para uma roupa de que cerzia o colarinho ou consolidava os botões. Os últimos versos de sua canção é que me imergiam no encantamento:

... Et là nous dormirions jusqu'à la fin du monde.
[... E ali dormiríamos até o fim do mundo.]

Esse sono dos dois amantes que duraria tanto tempo estava além da minha compreensão infantil. Eu já sabia que as pessoas que morriam (como aquela idosa vizinha cujo desaparecimento, no inverno, tinham me explicado tão bem) adormeciam para sempre. Como os amantes da canção? O amor e a morte tinham formado então um estranho amálgama na minha jovem cabeça. E a beleza melancólica da melodia apenas aumentava essa perturbação. O amor, a morte, a beleza... E aquele céu do anoitecer, aquele vento, aquele cheiro da estepe que, graças à canção, eu percebia como se minha vida acabasse de começar naquele instante.

A segunda lembrança não podia ser datada, a tal ponto era remota. Não havia nem mesmo um "eu" muito preciso em sua nebulosidade. Justo a sensação intensa de luz, o aroma picante das ervas e aquelas linhas prateadas atravessando a densidade azul do ar – muitos anos mais tarde identificaria nelas os fios das teias de aranha sobre a relva do outono. Inefável e confuso, esse reflexo ser-me-ia caro, porém, porque eu conseguiria me convencer de que se tratava de uma reminiscência pré-natal. Sim, de um eco que minha ascendência francesa me enviava. É que, num relato de minha avó, eu encontraria todos os elementos dessa lembrança: o sol outonal de sua viagem à Provença, o cheiro dos campos de lavanda e até aqueles fios ondulando no ar perfumado. Nunca ousaria lhe falar da minha presciência infantil.

Foi no corrente do verão seguinte que vimos, um dia, minha irmã e eu, nossa avó chorar... Pela primeira vez em nossa vida.

Ela era, a nossos olhos, uma espécie de divindade justa e benevolente, sempre igual e de uma serenidade perfeita. Sua história pessoal, que desde havia muito se tornara um mito, a situava acima das aflições dos simples mortais. Não, não vimos nenhuma lágrima. Justo uma dolorosa crispação de seus lábios, minúsculas contrações que percorreram suas faces, batidas rápidas de seus cílios...

Estávamos sentados no tapete coberto de pedaços de papel amarrotados e nos dedicávamos a uma brincadeira apaixonante: retirando umas pedrinhas enroladas em papelotes brancos, nós as comparávamos – ora uma lasca de quartzo, ora um seixo liso e agradável ao toque. No papel estavam marcados nomes que havíamos tomado, em nossa ignorância, por enigmáticas denominações mineralógicas: Fécamp, La Rochelle, Bayonne... Num dos papelotes, descobrimos até um fragmento ferroso e áspero com traços de ferrugem. Imaginamos estar lendo o nome daquele estranho metal: "Verdun"... Várias peças dessa coleção foram assim despojadas. Quando nossa avó entrou, a brincadeira havia tomado, já fazia um momento, um curso mais movimentado. Disputávamos as pedras mais bonitas, experimentávamos sua dureza batendo umas contra as outras, às vezes quebrando-as. As que nos pareciam feias – como a "Verdun", por exemplo – foram jogadas pela janela, num canteiro de dálias. Vários papelotes tinham sido rasgados...

Vovó se imobilizou acima daquele campo de batalha semeado de bolhas brancas. Erguemos os olhos. Foi então que seu olhar cinzento pareceu impregnar-se de lágrimas – justo para nos tornar seu brilho insuportável.

Não, nossa avó não era uma deusa impassível. Ela também podia, portanto, ser presa de um mal-estar, de uma angústia súbita. Ela, que acreditávamos avançar tão pausadamente na tranqüila enfiada dos dias, às vezes também resvalava à beira das lágrimas!

Foi depois desse verão que a vida de minha avó revelou para mim novas, inesperadas facetas. E sobretudo muito mais pessoais.

Antes, seu passado se resumia a alguns talismãs, a algumas relíquias familiares, como aquele leque de seda que me lembrava uma fina folha de bordo, ou como a famosa "bolsa da Pont-Neuf". Nossa legenda dizia que tinha sido encontrada na dita ponte por Charlotte Lemonnier, na época com quatro anos. Correndo diante da mãe, a menina havia parado bruscamente e exclamado: "Uma bolsa!" E mais de meio século depois, sua voz sonora ressoou, qual eco enfraquecido, numa cidade perdida no meio do infinito russo, sob o sol das estepes. Era nessa bolsa, de pele de porco e com plaquetas de esmalte azul no fecho, que minha avó conservava sua coleção de pedras de antanho.

Essa velha bolsinha marcava uma das primeiras lembranças da minha avó e, para nós, a gênese do mundo fabuloso da sua memória: Paris, Pont-Neuf... Uma surpreendente galáxia em gestação que esboçava seus contornos ainda vagos diante do nosso olhar fascinado.

Havia, aliás, entre esses vestígios do passado (eu me lembro da volúpia com que acariciávamos as lombadas douradas e lisas dos volumes cor-de-rosa: *Mémoires d'un caniche*, *La soeur de Gribouille*...), um testemunho ainda mais antigo. Aquela foto, tirada já na Sibéria: Albertine, Norbert e, diante deles, em cima de um suporte tremendamente superficial, como sempre é o mobiliário de um fotógrafo, em cima de uma espécie de mesinha de centro bem alta, Charlotte, menina de dois anos, usando um boné ornado de rendas e um vestido de boneca. Esse clichê num cartão espesso, com o nome do fotógrafo e as efígies das medalhas que ele tinha ganho, nos intrigava muito: "O que esta mulher linda, de rosto puro e fino emoldurado por cachos sedosos, tem em comum com este velhote cuja barba branca é dividida em duas tranças rígidas, parecidas com as defesas de uma morsa?"

Já sabíamos que aquele velhote, nosso bisavô, era vinte e seis anos mais velho que Albertine. "É como se ele se casasse com a própria filha!", dizia-me minha irmã, chocada. Aquela união nos parecia ambígua, malsã. Todos os nossos livros de textos, na escola, abundavam de histórias relatando casamentos entre uma jovem sem dote e um velhote rico, avaro e guloso de juventude. A tal ponto que qualquer outra aliança conjugal, na sociedade burguesa, nos parecia impossível. Nós nos esforçávamos para desvendar sob os traços de Norbert alguma malignidade viciosa, uma careta de satisfação mal dissimulada. Mas seu rosto parecia simples e franco como o dos intrépidos exploradores nas ilustrações de nossos livros de Júlio Verne. E, depois, esse velhote de longa barba branca tinha apenas quarenta e oito anos na época...

Quanto a Albertine, suposta vítima dos costumes burgueses, logo se encontraria à beira escorregadia de uma sepultura aberta onde já voariam as primeiras pás de terra. Ela se debateria com tal violência entre as mãos que a reteriam, soltaria gritos tão dilacerantes que mesmo o ajuntamento fúnebre dos russos, naquele cemitério de uma distante cidade siberiana, ficaria atônito. Acostumados ao brilho trágico dos funerais em sua pátria, às lágrimas torrenciais e às lamentações patéticas, aquela gente ficaria estupefata diante da beleza torturada daquela jovem francesa. Ela se agitaria acima da sepultura, gritando em sua língua sonora: "*Jetez-moi aussi! Jetez-moi!*" Joguem a mim também! Joguem-me!

Aquela súplica terrível ecoou por muito tempo em nossos ouvidos infantis.

– Vai ver que ela... que ela o amava... – me disse um dia minha irmã, mais velha que eu. E corou.

Entretanto, mais ainda que a insólita união entre Norbert e Albertine, era Charlotte, naquela foto do começo do século, que despertava minha curiosidade. Principalmente seus pequeninos dedos do pé nus. Por simples ironia do acaso ou por algum coquetismo involuntário, ela os tinha dobrado fortemente contra a planta do pé. Esse detalhe insignificante conferia à foto, em tudo e por tudo comuníssima, uma significação singular. Não sabendo formular meu pensamento, eu me contentava com repetir comigo mesmo, numa voz sonhadora: "Essa menina que está, sabe-se lá por que, em cima daquela mesinha esquisita, naquele dia desaparecido para sempre, naquele 22 de julho de 1905, nos cafundós da Sibéria. Sim, essa minúscula francesa que festeja naquele dia seus dois anos, essa criança que olha para o fotógrafo e, por um capricho inconsciente, encolhe seus dedos do pé incrivelmente pequenos e me permite, assim, penetrar nesse dia, saborear seu clima, seu tempo, sua cor..."

Eu fechava os olhos, a tal ponto o mistério daquela presença infantil me parecia vertiginoso.

Aquela menina era... nossa avó. Sim, era ela, aquela mulher que vimos se agachar, naquele começo de noite, e pôr-se em silêncio a catar os fragmentos das pedras espalhadas no tapete. Perplexos e envergonhados, nós nos púnhamos de pé, minha irmã e eu, costas contra a parede, não ousando murmurar uma palavra de desculpa ou ajudar nossa avó a juntar aqueles talismãs dispersos. Adivinhávamos que em seus olhos abaixados perolavam lágrimas...

Diante de nós, no anoitecer de nossa brincadeira sacrílega, não víamos mais a fada benevolente de outrora, narradora de algum Barba-Azul ou de alguma Bela Adormecida, mas uma mulher ferida e sensível apesar de toda a sua força d'alma. Foi, para ela, aquele momento de angústia em que de repente o adulto se trai, deixa transparecer sua fraqueza, sente-se um rei nu nos olhos atentos da criança. Faz pensar então num equilibrista que acaba de dar um passo em falso e que, durante alguns segundos de desequilíbrio, é seguro unicamente pelo olhar do próprio espectador, incomodado com esse poder inesperado...

Ela fechou a "bolsa da Pont-Neuf", levou-a para seu quarto, depois nos chamou à mesa. Após um silêncio, pôs-se a falar numa voz uniforme e calma, em francês, enquanto nos servia o chá, com um gesto costumeiro:

– Entre as pedras que vocês jogaram, havia uma que eu gostaria muito de poder achar...

E sempre nesse tom neutro, sempre em francês, se bem que, durante as refeições (por causa dos amigos ou dos vizinhos, que apareciam muitas vezes sem prevenir), falássemos na maior parte do tempo em russo, ela nos contou o desfile do Grande Exército e a história da pedrinha marrom chamada "Verdun". Mal captávamos o sentido do seu relato – o tom é que nos subjugou. Nossa avó falava conosco como se fôssemos adultos! Víamos apenas um belo oficial bigodudo se destacar da coluna do desfile vitorioso, vir em direção a uma jovem mulher comprimida no meio de uma multidão entusiasta e lhe oferecer um pequeno fragmento de metal marrom...

Depois do jantar, armado de uma lanterna elétrica, de nada adiantou eu ter passado ao pente fino o canteiro de dálias em frente de nossa casa, a "Verdun" não estava lá. Iria encontrá-la na manhã seguinte, na calçada – uma pedrinha ferrosa rodeada de alguns tocos de cigarro, cacos de garrafa, punhados de areia. A meu olhar, parecia destacar-se daquela vizinhança banal, como um meteorito vindo de uma galáxia desconhecida e que por pouco não fora confundido com o cascalho de uma alameda...

Adivinhamos assim as lágrimas ocultas de nossa avó e pressentimos a existência em seu coração daquele distante amor francês que havia precedido nosso avô Fiodor. Sim, de um oficial fogoso do Grande Exército, daquele homem que havia insinuado na mão de Charlotte o brilho rugoso da "Verdun". Essa descoberta nos perturbava. Nós nos sentimos unidos à nossa avó por um segredo a que ninguém mais na família talvez tivesse acesso. Por trás das datas e das anedotas de nossa legenda familiar, ouvíamos manar, agora, a vida em toda a sua dolorosa beleza.

À boca da noite, fomos para junto de nossa avó no pequeno balcão de seu apartamento. Coberto de flores, parecia suspenso acima da bruma quente das estepes. Um sol de cobre ardente roçou o horizonte, ficou um momento indeciso, em seguida mergulhou rapidamente. As primeiras estrelas fremiram no céu. Aromas fortes, penetrantes, subiram até nós com a brisa noturna.

Calávamos. Nossa avó, enquanto estava claro, cerzia uma blusa estendida em seu colo. Depois, quando o ar tinha se impregnado da sombra ultramarina, ela ergueu a cabeça, abandonando o trabalho, com o olhar perdido na distância brumosa da planície. Não ousando quebrar o silêncio, lançávamos de tempo em tempo olhadas furtivas para ela: iria ela nos fazer uma nova confidência, ainda mais secreta, ou então, como se nada tivesse acontecido, nos ler, trazendo seu abajur de cúpula turquesa, algumas páginas de Daudet ou de Júlio Verne, que tantas vezes acompanhavam nossos longos serões de verão? Sem confessá-lo a nós mesmos, espreitávamos sua primeira palavra, sua entonação. Em nossa espera – atenção do espectador com o equilibrista – confundiam-se uma curiosidade bastante cruel e um vago mal-estar. Tínhamos a impressão de encurralar aquela mulher, sozinha à nossa frente.

No entanto, ela parecia nem sequer notar nossa presença carregada. Suas mãos permaneciam sempre imóveis em seus joelhos, seu olhar dissolvia-se na transparência do céu. Um reflexo de sorriso iluminava seus lábios...

Pouco a pouco nos entregamos àquele silêncio. Debruçados sobre o parapeito, arregalávamos os olhos tentando ver o máximo possível do céu. O balcão oscilava ligeiramente, furtando-se sob nossos pés, pondo-se a planar. O horizonte se aproximou como se nos arrojássemos em sua direção através do hálito da noite.

Foi acima da sua linha que discernimos aquela cintilação pálida – como que lantejoulas de pequenas ondas na superfície de um rio. Incrédulos, escrutamos a escuridão que se abatia sobre nosso balcão voador. Sim, uma extensão de água escura tremeluzia no fundo das estepes, subia, difundia o ríspido frescor das grandes chuvas. Sua lâmina parecia clarear progressivamente – com uma luz fosca, invernal.

Víamos sair agora dessa maré fantástica os conglomerados negros dos edifícios, as flechas das catedrais, os postes de luz – uma cidade! Gigantesca, harmoniosa, não obstante as águas que inundavam suas avenidas, uma cidade fantasma emergia ante nosso olhar...

De repente, nos demos conta de que alguém já falava conosco fazia um instante. Nossa avó falava conosco!

– Eu devia ter, na época, quase a mesma idade de vocês. Era no inverno de 1910. O Sena estava transformado num verdadeiro mar. Os parisienses navegavam de barco. As ruas pareciam rios, as praças, grandes lagos. E o que mais me espantava era o silêncio...

Em nosso balcão, ouvíamos aquele silêncio dormente de Paris inundada. Alguns murmurinhos de ondas ao passar um barco, uma voz abafada no fim de uma avenida submersa.

A França de nossa avó, qual uma Atlântida envolta em brumas, saía das águas.

2

– Até o Presidente se viu reduzido a refeições frias!

Foi a primeira fala que ressoou na capital da nossa França-Atlântida. Imaginávamos um venerável ancião – unindo em seus traços a nobre imponência de nosso bisavô Norbert e a solenidade faraônica de um Stálin –, um ancião de barba encanecida, sentado a uma mesa tristemente alumiada por uma vela.

A notícia tinha sido relatada por aquele homem de uns quarenta anos, olhos vivos e fisionomia decidida, que aparecia nas fotos dos mais velhos álbuns de nossa avó. Acostando um barco à parede de um edifício, ele punha de pé uma escada e trepava por ela até uma das janelas do primeiro andar. Era Vincent, tio de Charlotte e repórter do *Excelsior*. Desde o início do dilúvio, ele trilhava assim as ruas da capital atrás do acontecimento-chave do dia. As refeições frias do Presidente eram um. E foi do barco de Vincent que tinha sido feita a foto espantosa que contemplávamos num recorte de jornal amarelado: três homens numa embarcação precária atravessando uma vasta extensão de água margeada de prédios. Uma legenda explicava: "Os senhores deputados vão à sessão da Assembléia Nacional"...

Vincent passava a perna por sobre o parapeito da janela e pulava nos braços de sua irmã Albertine e de Charlotte, que se refugiavam em sua casa durante a estada delas em Paris... A Atlântida, silenciosa até então, enchia-se de sons, de emoções, de palavras. Cada noite, os relatos de nossa avó libertavam algum novo fragmento desse universo tragado pelo tempo.

E depois houve aquele tesouro oculto. Aquela mala cheia de papéis velhos que, quando nos aventurávamos debaixo da grande cama do quarto de Charlotte, nos angustiava por sua massa pesada. Puxávamos os fechos, levantávamos a tampa. Quanto papelório! A vida adulta, em todo o seu tédio e em toda a sua inquietante seriedade, cortava-nos a respiração com seu cheiro de mofo e poeira... Como podíamos supor que é no meio desses jornais velhos, dessas cartas com datas inimagináveis que nossa avó encontraria para nós a foto dos três deputados em seu barco?

... Foi Vincent quem transmitiu a Charlotte o gosto por esses croquis jornalísticos e a estimulou a colecioná-los, recortando nos jornais esses reflexos efêmeros da realidade. Com o tempo, ele devia pensar, adquiririam outro relevo, como aquelas peças de prata tingidas pela pátina dos séculos.

Durante um desses serões de verão repletos do sopro cheiroso das estepes, a fala de um passante, sob nosso balcão, tirou-nos de nossos sonhos.

– Não, juro, disseram no rádio: saiu no espaço!

E outra voz, duvidosa, respondia afastando-se:

– Está achando que sou imbecil ou o quê? "Ele saiu..." Mas lá em cima, não há nada aonde pudesse sair. É como pular do avião sem pára-quedas...

Essa discussão nos trouxe de volta à realidade. Em torno de nós se estendia o enorme império, haurindo um orgulho particular da exploração daquele céu insondável acima de nossas cabeças. O império com seu exército temível, com seus quebra-gelos desventrando o pólo Norte, com suas usinas que não deviam tardar a produzir mais aço do que todos os países do mundo reunidos, com seus trigais que ondulavam do mar Negro ao Pacífico... Com aquela estepe sem limites.

E em nosso balcão, uma francesa nos falava do barco que atravessava uma cidade inundada e acostava à parede de um prédio... Nós nos sacudimos, tentando compreender onde estávamos. Aqui? Lá? Em nossos ouvidos extinguia-se o sussurro das ondas.

Não, não era a primeira vez que notávamos esse desdobramento em nossa vida. Viver junto de nossa avó já era sentir-se em outro lugar. Ela atravessava o pátio sem nunca ir se instalar no banco das *babuchkas**, instituição sem a qual o pátio russo não é imaginável. Isso não a impedia de cumprimentá-las amistosamente, indagar sobre a saúde daquela que não tinha visto fazia alguns dias e prestar-lhes um pequeno favor indicando, por exemplo, o meio de tirar dos lactários salgados seu gosto um tanto ácido... Mas dirigin-

* Avozinhas, em russo. (N. do T.)

do-lhes essas palavras amáveis, ela permanecia de pé. E as velhas tagarelas do pátio aceitavam essa diferença. Todo o mundo compreendia que Charlotte não era exatamente uma *babuchka* russa.

Isso não queria dizer que vivia cortada do mundo ou que se aferrava a algum preconceito social. De manhã cedo, às vezes éramos tirados de nosso sono infantil por um grito sonoro que ecoava no meio do pátio:

– Vamos buscar leite!

Através de nossos sonhos, reconhecíamos a voz e, sobretudo, a entoação inimitável de Avdotia, a leiteira, que vinha da aldeia vizinha. As donas-de-casa desciam com suas vasilhas rumo a dois enormes recipientes de alumínio que aquela camponesa vigorosa de seus cinqüenta anos arrastava de casa em casa. Um dia, acordado por seu chamado, não voltei a dormir... Ouvi nossa porta bater suavemente e vozes abafadas penetrarem na sala de jantar. No instante seguinte, uma delas soprou com um abandono feliz:

– Oh, que gostosa a sua casa, Chura! É como se eu estivesse deitada numa nuvem...

Intrigado por essas palavras, dei uma olhada através da cortina que separava nosso quarto. Avdotia estava deitada no soalho, de braços e pernas afastados, olhos semicerrados. Todo o seu corpo – dos pés descalços cobertos de poeira até sua cabeleira espalhada no chão – se soltava num repouso profundo. Um sorriso distraído coloria seus lábios entreabertos.

– Que gostosa a sua casa, Chura! – repetia baixinho chamando minha avó por esse diminutivo que em geral substituía, para as pessoas, seu nome insólito.

Eu adivinhava o cansaço daquele corpanzil feminino arriado no meio da sala de jantar. Compreendia que Avdotia só podia permitir-se tal abandono no apartamento da minha avó. Porque ela estava certa de não ser destratada nem mal julgada... Ela acabava sua penosa entrega, curvada sob o peso dos vasilhames enormes. E quando todo o leite se esgotava, subia em casa de "Chura", com as pernas entorpecidas, os braços pesados. O soalho sempre limpo, nu, conservava um agradável frescor matinal. Avdotia entrava, cumprimentava minha avó e, tirando os grossos calçados, ia se estender no chão. "Chura" lhe trazia um copo d'água, sentava-se a seu lado num tamborete. E elas conversavam baixinho, até Avdotia ter coragem de pôr-se de novo a caminho...

Naquele dia ouvi algumas palavras que minha avó dirigia à leiteira prostrada em seu feliz esquecimento. As mulheres evocaram os trabalhos nos campos, a colheita do trigo-sarraceno... E fiquei pasmo ao escutar Charlotte falar dessa vida camponesa com perfeito conhecimento de causa. Mas seu russo, principalmente, sempre puríssimo, finíssimo, não combinava nem um pouco com a língua encorpada, rude e figurada de Avdotia. A conversa delas também tocou a guerra, tema inevitável: o marido da leiteira tinha sido morto no *front*. Colheita, trigo, Stalingrado... E, naquela noite, ela ia nos falar de Paris inundada ou ler algumas páginas de Hector Malot! Eu sentia um passado distante, obscuro – um passado russo, desta vez – despertar nas profundezas da vida de outrora.

Avdotia se levantava, beijava minha avó e seguia seu caminho que a levava através dos campos infinitos, sob o sol da estepe, numa telega imersa no oceano de ervas altas e flores... Dessa vez, quando saía da sala, eu a vi tocar com seus grossos dedos de camponesa, e com uma precaução hesitante, a fina estatueta em cima da cômoda de nossa entrada: uma ninfa de corpo molhado que caules sinuosos enlaçavam, aquela peça do começo do século, um dos raros esplendores de antanho milagrosamente preservados...

Por mais estranho que possa parecer, foi graças ao bêbado local, Gavrilytch, que pudemos penetrar o sentido desse alhures insólito que nossa avó trazia em si. Ele era um homem de quem se temia até mesmo a silhueta cambaleante surgindo atrás dos álamos do pátio. Um homem que desafiava os milicianos obstruindo o tráfego da rua principal com o ziguezague caprichoso do seu andar, um homem que invectivava contra as autoridades e que, por seus palavrões tonitruantes, fazia vibrar as vidraças e varria a fileira de *babuchkas* de seu banco. Ora, esse mesmo Gavrilytch, cruzando com minha avó, se detinha e, tentando aspirar seu hálito carregado dos vapores da vodca, articulava com um respeito acentuado:

– Bom dia, Charlota Norbertovna!

Sim, ele era o único, no pátio, a chamá-la por seu prenome francês, ligeiramente russificado, é bem verdade. Porém, além disso, ele tinha retido, não se sabia mais nem quando nem como, o do pai de Charlotte e formava esse patronímico exótico – "Norbertovna" –, o cúmulo da polidez e da solicitude em sua boca. Seus olhos turvos ganhavam luz, seu corpo de gigante recuperava um equilíbrio relativo, sua cabeça esboçava uma série de meneios um tanto desordenados e ele obrigava sua língua macerada no álcool a executar esse número de acrobacia sonora:

– A senhora vai bem, Charlota Norbertovna?

Minha avó respondia a sua saudação e até trocava com Gavrilytch algumas palavras não desprovidas de intenções educativas. O pátio tinha, nesses momentos, uma aparência singular: as *babuchkas*, expulsas pela tempestuosa entrada em cena do bêbado, se refugiavam sob o alpendre da grande casa de madeira diante do nosso edifício, as crianças se escondiam atrás das árvores, nas janelas viam-se rostos meio curiosos, meio apavorados. E na arena, nossa avó conversava com um Gavrilytch domesticado. Aliás, ele não era um imbecil. Compreendera desde havia muito que seu papel ia além da bebedeira e do escândalo. Ele sentia-se, de certa forma, indispensável ao bem-estar psíquico do pátio. Gavrilytch tinha se tornado um personagem, um tipo, uma curiosidade – o porta-voz do destino imprevisível, fantástico, tão caro aos corações russos. E, de repente, aquela francesa, com o olhar calmo de seus olhos cinzentos, elegante, apesar da simplicidade do seu vestido, magra e tão diferente das mulheres da sua idade, das *babuchkas* que ele acabava de expulsar do poleiro.

Um dia, querendo dizer a Charlotte algo mais que um simples bom-dia, ele tossicou em seu punho enorme e rosnou:

– Com que então, Charlota Norbertovna, a senhora está sozinha aqui, em nossas estepes...

Era graças a essa fala desastrada que eu podia imaginar (o que nunca tinha feito até então) minha avó sem nós, no inverno, sozinha em seu quarto.

Em Moscou ou em Leningrado, tudo teria sido diferente. A variedade humana da cidade grande teria apagado a diferença de Charlotte. Mas ela tinha ido parar naquela pequena Saranza, ideal para viver dias iguais uns aos outros. Sua vida passada permanecia intensamente presente, como se vivida ontem.

Saranza era assim: petrificada à beira das estepes num espanto profundo diante do infinito que se abria às suas portas. Ruas curvas, poeirentas, que não cessavam de subir para as colinas, cercas de madeira sob a verdura dos jardins. Sol, perspectivas sonolentas. E passantes que, surgindo na extremidade de uma rua, pareciam avançar-se eternamente sem nunca chegar onde você estava.

A casa da minha avó ficava no limite da cidade, no lugar chamado "Clareira do Oeste": tal coincidência (Oeste-Europa-França) nos divertia muito. Aquele prédio de três andares construído nos anos 10 devia inaugurar, de acordo com o projeto de um governo ambicioso, toda uma avenida com a marca do estilo moderno. Sim, o prédio era uma réplica distante dessa moda do início do século. Dir-se-ia que todas as sinuosidades, voltas e curvas dessa arquitetura tinham corrido desde sua fonte européia e, debilitadas, parcialmente apagadas, chegado até as profundezas da Rússia. E sob o vento gelado das estepes, esse escorrido tinha se petrificado num prédio com estranhos olhos-de-boi ovais e caules de roseiras decorativas envolvendo as entradas... O projeto do governador esclarecido fora por água abaixo. A Revolução de Outubro pôs fim a todas essas tendências decadentes da arte burguesa. E aquele prédio – uma fatia estreita da avenida sonhada – permanecera único em seu gênero. Aliás, depois de numerosas reformas, só conservava a sombra de seu estilo inicial. Foi sobretudo a campanha oficial de luta "contra todos os excessos arquitetônicos" (de que nós, crianças, tínhamos sido testemunhas) que lhe desferiu o golpe fatal. Tudo parecia "excessivo": os operários tinham arrancado os caules das roseiras, condenado os olhos-de-boi... E como sempre há alguém querendo fazer mais que o devido (é graças a gente assim que as campanhas têm sucesso), o vizinho de baixo tinha se empenhado em arrancar da parede a demasia arquitetônica mais flagrante: dois rostos de bonitas bacantes que sorriam melancolicamente de ambos os lados do balcão de nossa avó. Para tanto, ele tivera de realizar proezas arriscadíssimas, de pé no peitoril da sua janela, com uma comprida ferramenta de aço na mão. Os dois rostos, um depois do outro, se descolaram da parede e caíram no chão. Um deles rompera-se em mil fragmentos no asfalto, o outro, seguindo uma trajetória diferente, mergulhara na vegetação espessa das dálias, amortecendo a queda. Ao cair da noite, nós o tínhamos reavido e transportado para casa. Desde então, durante nossos longos serões estivais no balcão, aquele rosto de pedra com seu sorriso sem viço e seus olhos ternos nos fitava no meio dos vasos de flores e parecia escutar os relatos de Charlotte.

Do outro lado do pátio coberto pela folhagem das tílias e dos álamos erguia-se uma grande casa de madeira de dois andares, toda enegrecida pelo tempo, com janelinhas sombrias e desconfiadas. Era ela e suas semelhantes que o governador queria apagar com a graciosa clareza do estilo moderno. Nessa construção, de dois séculos de idade, moravam as *babuchkas* mais folclóricas, diretamente saídas dos contos – com seus xales espessos, seus rostos mortalmente pálidos, suas mãos ossudas, quase azuis, jazendo nos joelhos. Quando nos acontecia penetrar naquela morada escura, eu sempre me sentia sufocando com o cheiro rude, pesado, mas nada desagradável que se estagnava nos corredores entulhados. Era o cheiro da vida antiga, tenebrosa e muito primitiva em sua maneira de receber a morte, o nascimento, o amor, a dor. Uma espécie de clima carregado, mas cheio de uma estranha vitalidade, em todo caso o único capaz de convir aos moradores daquela enorme isbá. O sopro russo... Dentro, ficávamos surpresos com a quantidade e a dissimetria das portas que se abriam para cômodos mergulhados numa sombra esfumaçada. Eu sentia, quase fisicamente, a densidade carnal das vidas que se cruzavam aqui. Gavrilytch vivia no porão, que três famílias compartilhavam com ele. A estreita janela de seu quarto situava-se rente ao chão e, desde a primavera, ficava obstruída por ervas daninhas. As *babuchkas*, sentadas em seu banco, a alguns metros dali, lançavam de tempo em tempo olhares inquietos – não era raro ver entre essas plantas, na janela aberta, a cara larga do "escandalista". Sua cabeça parecia sair da terra. Mas nesses instantes de contemplação, Gavrilytch sempre permanecia calmo. Ele jogava para trás o rosto, como se quisesse perceber o céu e o brilho do poente nos galhos dos álamos... Um dia, chegando ao sótão dessa grande isbá negra, sob seu teto aquecido pelo sol, empurramos para cima a pesada vidraça de uma clarabóia. No horizonte, um aterrorizante incêndio abrasava a estepe, a fumaça logo ia eclipsar o sol...

Afinal de contas, a revolução não conseguira realizar mais que uma inovação naquele canto calmo de Saranza. A igreja, situada numa das extremidades do pátio, tinha ficado sem a sua cúpula. Haviam tirado também a iconóstase e instalado em seu lugar um grande quadrado de seda branca – a tela, confeccionada com as cortinas confiscadas num dos apartamentos burgueses do prédio "decadente". O cinema *A Barricada* estava pronto para receber seus primeiros espectadores...

Sim, nossa avó era essa mulher que podia conversar tranqüilamente com Gavrilytch, a mulher que se opunha a todas as campanhas e que, um dia, nos dissera com um piscar de olhos, falando de nosso cinema: "Aquela igreja decapitada..." E vimos elevar-se acima daquela construção atarracada (cujo passado nos era desconhecido) a silhueta esguia de um bulbo dourado e de uma cruz.

Muito mais do que suas roupas ou seu físico, eram esses pequenos sinais que nos revelavam sua diferença. Quanto ao francês, nós o considerávamos de certa forma nosso dialeto familiar. Afinal cada família tem suas pequenas manias verbais, seus tiques de linguagem e seus apelidos que nunca vão além da soleira da casa, sua gíria íntima.

A imagem de nossa avó era tecida dessas insignificantes estranhezas – originalidade aos olhos de alguns, extravagâncias para os outros. Até o dia em que descobrimos que uma pedrinha enferrujada podia fazer lágrimas perolarem em seus cílios e que o francês, nosso dialeto doméstico, podia – pela magia de seus sons – arrancar das águas negras e tumultuosas uma cidade fantasmagórica que voltava lentamente à vida.

De uma senhora de obscuras origens não russas, Charlotte se transformou, naquela noite, em mensageira da Atlântida tragada pelo tempo.

3

Neuilly-sur-Seine era composta de uma dúzia de casas de tronco de árvore. Verdadeiras isbás com tetos cobertos de finas ripas prateadas pelas intempéries do inverno, com janelas em molduras de madeira lindamente cinzeladas e sebes nas quais secava a roupa. As mulheres transportavam numa vara baldes cheios que deixavam cair algumas gotas na poeira da *grand'rue*. Os homens carregavam pesados sacos de trigo numa telega. Um rebanho, numa lentidão preguiçosa, se encaminhava para o estábulo. Ouvíamos o som surdo dos seus chocalhos, o canto rouco de um galo. O aroma agradável de um fogo de lenha – o cheiro do jantar próximo – pairava no ar.

Porque nossa avó nos dissera, um dia, falando da sua cidade natal:

– Oh! Neuilly, na época, era uma simples aldeia...

Ela tinha dito isso em francês, mas nós só conhecíamos as aldeias russas. E a aldeia na Rússia era necessariamente um rosário de isbás – a própria palavra *derevnia* vem de *derevo*, árvore, madeira. Foi tenaz a confusão, apesar dos esclarecimentos que os relatos de Charlotte forneceram posteriormente. Ao nome de "Neuilly", era a aldeia com suas casas de madeira, seu rebanho e seu galo que no mesmo instante surgia. E quando, no verão seguinte, Charlotte nos falou pela primeira vez de um certo Marcel Proust, "aliás, a gente o via jogar tênis em Neuilly, no Boulevard Bineau", imaginamos esse dândi de grandes olhos langorosos (ela tinha nos mostrado uma foto dele) no meio das isbás!

A realidade russa transparecia com freqüência sob a frágil pátina de nossos vocábulos franceses. O presidente da República não escapava de um quê stalinista no retrato que nossa imaginação esboçava. Neuilly se povoava de colcosianos. E Paris, que se libertava lentamente das águas, trazia em si uma emoção bem russa – aquela trégua fugidia após um cataclismo histórico a mais, aquela alegria por ter terminado uma guerra, por ter sobrevivido a repressões mortíferas. Erramos através das suas ruas ainda úmidas, cobertas de areia e de lodo. Os habitantes amontoavam diante das portas móveis e roupas para secá-los – como fazem os russos passado um inverno que começam a crer eterno.

E, depois, quando Paris resplandeceu de novo no frescor de seu ar primaveril, cujo gosto adivinhávamos intuitivamente – uma composição feérica puxada por uma locomotiva enguirlandada reduziu a marcha e parou nas portas da cidade, diante do pavilhão da estação de Ranelagh.

Um homem jovem trajando uma simples túnica militar desceu do vagão caminhando sobre a púrpura estendida a seus pés. Acompanhava-o uma mulher, muito jovem também, de vestido branco, com uma boá de plumas. Um homem mais velho, vestido a rigor, com magníficos bigodes e uma bela fita azul ao peito destacou-se de uma impressionante assembléia agrupada sob o pórtico do pavilhão e foi ao encontro do casal. O vento suave acariciava as orquídeas e os amarantos que enfeitavam as colunas, animava o penacho no chapéu de veludo branco da jovem. Os dois homens apertaram as mãos...

O senhor da Atlântida emersa, o presidente Félix Faure, recebia o Czar de todas as Rússias, Nicolau II, e sua esposa.

Foi o casal imperial, rodeado da elite da República, que nos guiou através de Paris... Muitos anos depois aprenderíamos a verdadeira cronologia dessa augusta visita: Nicolau e Alexandra não tinham ido na primavera de 1910, após o dilúvio, mas em outubro de 1896, isto é, muito antes do renascimento de nossa Atlântida francesa. Essa lógica real pouco nos importava entretanto. Somente a cronologia dos longos relatos de nossa avó contava para nós: um dia, no tempo legendário dessas narrativas, Paris surgia das águas, o sol brilhava e, no mesmo momento, ouvíamos o grito ainda distante do trem imperial. Essa ordem dos acontecimentos nos parecia tão legítima quanto o aparecimento de Proust entre os campônios de Neuilly.

O estreito balcão de Charlotte pairava no sopro aromático da planície, na fronteira de uma cidade adormecida, isolada do mundo pela eternidade silenciosa das estepes. Cada noite se assemelhava a um fabuloso matraz de alquimista, no qual se produzia uma surpreendente transmutação do passado. Os elementos dessa magia eram, para nós, não menos misteriosos do que os componentes da pedra filosofal. Charlotte abria um velho jornal, aproximava-o de seu abajur de cúpula turquesa e nos anunciava o menu do banquete dado em homenagem aos soberanos russos, quando de sua chegada a Cherbourg:

Potage
Bisque de crevettes
Cassolettes Pompadour
Truite de la Loire braisée au sauternes
Filet de Pré-Salé aux cèpes
Cailles de vigne à la Lucullus
Poulardes du Mans Cambacérès
Granités au Lunel
Punche à la romaine
Bartavelles et ortolans truffés rôtis
Pâté de foie gras de Nancy
Salade
Asperges en branches sauce mousseline
Glaces Succès
Dessert

Como podíamos decifrar aquelas fórmulas cabalísticas? *Bartavelles et ortolans truffés rôtis! Cailles de vigne à la Lucullus!* Nossa avó, compreensiva, buscava equivalentes evocando os produtos, muito rudimentares, que ainda se podiam encontrar no comércio de Saranza. Encantados, provávamos esses pratos imaginários realçados pelo frescor brumoso do oceano (Cherbourg!), mas já havia que partir novamente em busca do czar.

Como ele, penetrando no palácio do Eliseu, nos assombramos diante do espetáculo de todos aqueles trajes negros que se imobilizaram à sua aproximação

– imaginem só, mais de duzentos senadores e trezentos deputados! (Que, segundo nossa cronologia, apenas alguns dias antes, iam todos à sessão parlamentar de barco...) A voz de nossa avó, sempre calma e um pouco sonhadora, coloriu-se nesse momento de uma leve vibração dramática:

– Vocês compreendem, dois mundos se encontraram um diante do outro. (Vejam esta foto. Pena que o jornal tenha ficado tanto tempo dobrado...) – Sim, o czar, esse monarca absoluto, e os representantes do povo francês! Os representantes da democracia...

O sentido profundo dessa confrontação nos escapava. Mas distinguíamos agora entre quinhentos olhares fixos no czar os que, sem serem malevolentes, recusavam o entusiasmo geral. E que, principalmente, por causa dessa misteriosa "democracia", podiam permitir-se tal atitude! Aquela permissividade nos consternava. Escrutávamos as fileiras de costumes negros para descobrir eventuais desmancha-prazeres. O Presidente deveria tê-los identificado, tê-los expulsado empurrando-os da entrada do Eliseu!

Na noite seguinte, o abajur de nossa avó acendeu-se de novo no balcão. Vimos em suas mãos algumas páginas de jornais que ela acabava de tirar da mala siberiana. Ela falou, o balcão se destacou lentamente da parede e planou, enfiando-se na sombra cheirosa da estepe.

... Nicolau estava sentado à mesa de honra ornamentada com magníficas guirlandas de *médiolla*. Ele ouvia ora alguma graciosa réplica de Madame Faure, instalada à sua direita, ora o barítono aveludado do Presidente que se dirigia à Imperatriz. Os reflexos do cristal e o brilho da prata maciça ofuscavam os convivas... À sobremesa, o Presidente se levantou, ergueu o cálice e declarou:

– A presença de Vossa Majestade entre nós selou, sob as aclamações de todo um povo, os laços que unem os dois países numa harmoniosa atividade e numa confiança mútua em seus destinos. A união de um poderoso império e de uma república laboriosa... Fortalecida por uma fidelidade comprovada... intérprete da nação inteira, renovo a Vossa Majestade... Pela grandeza de seu reino... Pela felicidade de Sua Majestade a Imperatriz... Ergo meu cálice em homenagem a Sua Majestade o Imperador Nicolau e a Sua Majestade Alexandra Fedorovna.

A banda da guarda republicana executou o hino russo... E, à noite, a grande *soirée* de gala na Ópera foi uma apoteose.

Precedido por dois portadores de archotes, o casal imperial subiu a escadaria. Acreditavam avançar através de uma cascata viva: as curvas brancas das costas femininas, as flores desabrochadas nas blusas, o esplendor perfumado dos penteados, a cintilação das jóias sobre as carnes nuas, tudo aquilo sobre o fundo dos uniformes e dos fraques. O poderoso grito "Viva o Imperador!" elevava com seus ecos o majestoso teto, confundindo-o com o céu... Quando, no fim do espetáculo, a orquestra atacou a *Marseillaise*, o czar virou-se para o Presidente e estendeu-lhe a mão.

Minha avó apagou o abajur e passamos alguns minutos na escuridão. O tempo de deixar voar todos os insetos que procuravam a morte luminosa debaixo da cúpula turquesa. Pouco a pouco, nossos olhos recomeçavam a enxergar. As estrelas recompuseram suas constelações. A Via Láctea impregnou-se de fósforo. E num canto de nosso balcão, entre os caules entrelaçados das ervilhas-de-cheiro, a bacante deposta nos enviava seu sorriso de pedra.

Charlotte parou na soleira da porta e suspirou suavemente:

– Sabem, na verdade era uma marcha militar, nada mais, essa *Marseillaise*. Um pouco como os cantos da revolução russa. O sangue não mete medo em ninguém nesses períodos...

Entrou na sala e foi de lá que ouvimos vir estes versos que ela recitava a meia voz, como uma estranha litania do passado:

– *... l'étendard sanglant est levé... Qu'un sang impur abreuve nos sillons...*

Esperamos que o eco dessas palavras se dissolvesse na escuridão, depois, de um só impulso, exclamamos:

– E Nicolau? E o czar? Ele sabia do que falava a canção?

A França-Atlântida se revelava uma gama sonora, colorida, cheirosa. Seguindo nossos guias, descobríamos os diferentes tons que compunham essa misteriosa essência francesa.

O Eliseu aparecia no esplendor dos lustres e no reflexo dos vidros. A Ópera ofuscava a nudez das espáduas femininas, nos embriagava com o perfume que os esplêndidos penteados exalavam. Notre-Dame foi para nós uma sensação de pedra fria sob um céu tumultuoso. Sim, nós quase tocávamos aquelas paredes ásperas, porosas – um gigantesco rochedo, modelado, parecia-nos, por uma engenhosa erosão dos séculos...

Essas facetas sensíveis traçavam os contornos ainda incertos do universo francês. Aquele continente emerso se enchia de coisas e de seres. A Imperatriz se ajoelhava sobre um enigmático "genuflexório" que não evocava para nós nenhuma realidade conhecida. "É uma espécie de cadeira de pés cortados", explicava Charlotte, e a imagem do móvel mutilado nos deixava perturbados. Como Nicolau, reprimimos a vontade de tocar naquele manto púrpura de ouros já sem lustro que servira a Napoleão no dia em que foi sagrado. Sentíamos necessidade daquele toque sacrílego. O universo em gestação ainda carecia de materialidade. Na Sainte-Chapelle, foi o grão rugoso de um antigo pergaminho que despertou esse desejo – Charlotte nos ensinava que aquelas longas letras manuscritas tinham sido traçadas, havia um milênio, por uma rainha da França – e russa, Anna Iaroslavna, esposa de Henrique I.

O mais exaltante, porém, era que a Atlântida se edificava ante nossos olhos. Nicolau pegava uma colher de pedreiro de ouro e espalhava o cimento num grande bloco de granito – a primeira pedra da ponte Alexandre III... E estendia a colher a Félix Faure: *"A vous, monsieur le Président!"* E o vento livre que encapelava as águas do Sena levava as palavras que o ministro do Comércio lançava com força, lutando contra os estalidos das bandeiras:

– Sire! A França quis dedicar à memória de Vosso Augusto Pai um dos grandes monumentos da sua capital. Em nome do governo da República, peço a Vossa Majestade que se digne consagrar esta homenagem selando, com o presidente da República, a primeira pedra da ponte Alexandre III, que ligará Paris à exposição de 1900, e conceder assim à grande obra de civilização e de paz que inauguramos a alta aprovação de Vossa Majestade e o gracioso patrocínio da Imperatriz.

O Presidente mal teve tempo de dar duas batidas simbólicas no bloco de granito e um incidente inacreditável se produziu. Um indivíduo que não pertencia nem à comitiva imperial, nem ao grupo de notáveis franceses, ergueu-se diante do casal de soberanos, tuteou o czar e, com uma perícia deveras mundana, beijou a mão da czarina! Estupefatos com tamanha desenvoltura, contivemos a respiração...

Pouco a pouco a cena se precisou. As palavras do intruso, vencendo a distância do passado e as lacunas de nosso francês, recobraram sua clareza. Febrilmente, captávamos seu eco:

Très illustre Empereur, fils d'Alexandre Trois!
La France, pour fêter ta grande bienvenue,
Dans la langue des Dieux par ma voix te salue,
Car le poète seul peut tutoyer les rois.

[Mui ilustre Imperador, filho de Alexandre III!
A França, para festejar tua vinda,
Na língua dos deuses por minha voz te saúda,
Que só o poeta pode os reis tutear.]

Soltamos um "ufa" de alívio. O insolente atrevido era ninguém menos que o poeta cujo nome Charlotte nos dava a conhecer: José Maria de Heredia!

Et Vous, qui près de lui, Madame, à cette fête
Pouviez seule donner la suprême beauté,
Souffrez que je salue en Votre Majesté
La divine douceur dont votre grâce est faite!

[E Vós, que junto dele, senhora, a esta festa
Sois a única a poder dar a suprema beleza,
Aceitai que eu saúde em Vossa Majestade
A divina candura de que vossa graça é feita!]

A cadência das estrofes nos embriagou. A ressonância das rimas celebrava em nossos ouvidos extraordinários casamentos de palavras remotas: *fleuve – neuve*, *or – encor*... Sentíamos que somente esses artifícios verbais podiam exprimir o exotismo de nossa Atlântida francesa:

Voici Paris! Pour vous les acclamations
Montent de la cité riante et pavoisée
Qui, partout, aux palais comme à l'humble croisée,
Unit les trois couleurs de nos deux nations...

Sous les peuplier d'or, la Seine aux belles rives
Vous porte la rumeur de son peuple joyeux,
Nobles Hôtes, vers vous les coeurs suivent les yeux,
La France vous salue avec ses forces vives!

La Force accomplira les travaux éclatants
De la paix, et ce pont jetant une arche immense
Du siècle qui finit à celui qui commence,
Est fait pour relier les peuples et les temps...

Sur la berge historique avant que de descendre
Si ton généreux coeur aux coeurs français répond,
Médite gravement, rêve devant ce pont,
La France le consacre à ton père Alexandre.

Tel que ton père fut, sois fort et sois humain
Garde au fourreau l'épée illustrement trempée,
Et guerrier pacifique appuyé sur l'épée,
Tsar, regarde tourner le globe dans ta main.

Le geste impérial en maintient l'équilibre,
Ton bras doublement fort n'en est point fatigué,
Car Alexandre, avec l'Empire, t'a légué
L'honneur d'avoir conquis l'amour d'un peuple libre.

[Eis Paris! Para vós as aclamações
Se elevam da cidade sorridente e engalanada
Que em toda parte, nos palácios como na
[humilde esquina,
Une as três cores de nossas duas nações...

Sob os álamos dourados, o Sena de belas margens
Vos traz o rumor de seu povo contente,
Nobres Hóspedes, em vossa direção os corações
[seguem os olhos,
A França vos saúda com suas forças vivas!

A Força consumará as obras esplendorosas
Da paz, e esta ponte lançando um arco imenso
Do século que termina ao que começa,
É feita para ligar os povos e os tempos...

À margem histórica antes que desças
Se teu generoso coração aos corações franceses
[responde,
Medita gravemente, sonha diante desta ponte,
A França a consagra a teu pai Alexandre.

Tal como teu pai foi, sê forte e sê humano
Guarda na bainha a espada ilustremente temperada,
E guerreiro pacífico apoiado na espada,
Czar, vê girar o globo em tua mão.

O gesto imperial mantém seu equilíbrio,
Teu braço duplamente forte com isso não se cansa,
Porque Alexandre, com o Império, te legou
A honra de ter conquistado o amor de um
[povo livre.]

"A honra de ter conquistado o amor de um povo livre", esse dito, que por pouco não passou despercebido na melodiosa torrente dos versos, nos impressionou. Os franceses, um povo livre... Agora compreendíamos por que o poeta tinha ousado dar conselhos ao senhor do império mais poderoso do mundo. E por que ser amado por aqueles cidadãos livres era uma honra. Essa liberdade, naquela noite, no ar quentíssimo das estepes noturnas, nos pareceu como uma lufada rude e fresca do vento que agitava o Sena e que encheu nossos pulmões de um sopro inebriante e um tanto louco...

Mais tarde seríamos capazes de medir a pesadez empolada dessa declamação. Mas, na época, sua ênfase de circunstância não nos impedia de descobrir nessas estrofes aquele "não sei quê" francês que por enquanto permanecia sem nome. O espírito francês? A polidez francesa? Não sabíamos dizê-lo ainda.

Entrementes, o poeta voltou-se para o Sena e estendeu a mão indicando, na margem oposta, o domo dos Invalides. Seu discurso rimado alcançava um ponto muito doloroso do passado francês: Napoleão, Moscou em chamas, Berezina... Ansiosos, mordiscando o lábio, espreitávamos sua voz nesse lugar de todos os riscos. O rosto do czar fechou-se. Alexandra baixou os olhos. Não teria sido melhor silenciar, fazer como se não houvesse nada e de Pedro, o Grande, passar diretamente à Entente Cordiale?

Mas Heredia parecia até elevar o tom:

Et sur le ciel, au loin, ce Dôme éblouissant
Garde encor des héros de l'époque lointaine
Où Russes et Français en un tournoi sans haine,
Prévoyant l'avenir, mêlaient déjà leur sang.

[E no céu, ao longe, aquele Domo deslumbrante
Conserva ainda dos heróis da época distante
Em que russos e franceses num torneio sem ódio,
Antevendo o futuro, já misturavam seu sangue.]

Pasmos, não cessávamos de nos fazer esta pergunta: "Por que detestamos a esse ponto os alemães ao nos lembrarmos tanto da agressão teutônica de sete séculos atrás, sob Alexandre Névski, como da última guerra? Por que nunca podemos esquecer os excessos dos invasores poloneses e suecos, de três séculos e meio atrás? Sem falar dos tártaros... E por que a lembrança da terrível catástrofe de 1812 não maculou a reputação dos franceses nas cabeças russas? Não seria justamente por causa da elegância verbal desse 'torneio sem ódio'?"

Mas, sobretudo, esse "não sei quê" francês se revelou como a presença da mulher. Alexandra estava ali, concentrando em sua pessoa uma atenção discreta, saudada em cada discurso de maneira muito menos grandiloqüente do que seu esposo, porém muito mais cortês. E mesmo entre as paredes da Academia Francesa, em que o odor dos velhos móveis e dos grossos volumes empoeirados nos sufocou, esse "não sei quê" lhe permitiu permanecer mulher. Sim, ela o era mesmo no meio daqueles velhotes que adivinhávamos rabugentos, pedantes e um pouco surdos por causa dos pêlos nas orelhas. Um deles, o diretor, levantou-se e, com uma cara amarrada, declarou aberta a sessão. Depois calou-se como para juntar suas idéias que, tínhamos certeza, fariam todos os ouvintes sentir num instante a dureza dos assentos de madeira. O cheiro de poeira se adensava. De repente, o velho diretor ergueu de novo a cabeça – uma chispa de malícia acendeu seu olhar e ele falou:

– Sire, Senhora! Há cerca de duzentos anos Pedro, o Grande, chegou um dia, inesperadamente, ao lugar em que se reuniam os membros da Academia e imiscuiu-se em seus trabalhos... Vossa Majestade faz mais hoje: acrescenta uma honra a outra honra, não vindo sozinha (voltando-se para a Imperatriz): vossa presença, Senhora, vai trazer a nossas graves sessões algo bem inusitado... O charme.

Nicolau e Alexandra trocaram um rápido olhar. E o orador, como se tivesse sentido que era tempo de evocar o essencial, amplificou as vibrações da sua voz interrogando-se de maneira sobremodo retórica:

– Ser-me-á permitido dizê-lo? Este testemunho de simpatia não se dirige apenas à Academia, mas a nossa língua nacional mesma... que não é para vós uma língua estrangeira, e sente-se com isso não sei que desejo de entrar em comunicação mais íntima com o gosto e o espírito francês...

"Nossa língua"! Por cima das páginas que nossa avó lia, fitamo-nos, minha irmã e eu, atingidos por uma mesma iluminação: "... que não é para vós uma língua estrangeira". Era esta, então, a chave da nossa Atlântida! A língua, essa misteriosa matéria, invisível e onipresente, que alcançava por sua essência sonora cada recanto do universo que estávamos explorando. Essa língua que modelava os homens, esculpia os objetos, jorrava em versos, rugia nas ruas invadidas pelas turbas, fazia sorrir uma jovem czarina vinda do fim do mundo... Mas, sobretudo, ela palpitava em nós, como um enxerto fabuloso em nossos corações, já coberto de folhas e de flores, trazendo em si o fruto de toda uma civilização. Sim, esse enxerto, o francês.

E foi graças a esse ramo desabrochado em nós que penetramos, à noite, no camarote preparado para receber o casal imperial na Comédie-Française. Abrimos o programa: *Un caprice* de Musset, fragmentos do *Cid*, terceiro ato das *Femmes savantes.* Não havíamos lido nada disso na época. Foi uma leve mudança de timbre na voz de Charlotte que nos deixou adivinhar a importância daqueles nomes para os habitantes da Atlântida.

O pano subiu. Toda a companhia estava no palco, em trajes de cerimônia. Seu decano adiantou-se, inclinou-se e falou de um país que não reconhecemos de imediato:

Il est un beau pays aussi vaste qu'un monde
Où l'horizon lointain semble ne pas finir
Un pays à l'âme féconde,
Très grand dans le passé, plus grand dans l'avenir.

Blond du blond des épis, blanc du blanc de la neige,
Ses fils, chefs ou soldats, y marchent d'un pied sûr.
Que le sort clément le protège,
Avec ses moissons d'or sur un sol vierge et pur!

[É um belo país tão vasto quanto um mundo
Onde o horizonte distante parece não terminar
Um país de alma fecunda,
Muito grande no passado, maior no futuro.

Louro do louro das espigas, branco do branco
[da neve,
Seus filhos, chefes ou soldados, aí marcham com
[pé seguro.
Que a sorte clemente o proteja,
Com suas searas de ouro num solo virgem e puro.]

Pela primeira vez na vida, eu olhava meu país do exterior, de longe, como se eu não mais lhe pertencesse. Transportado a uma grande capital européia, eu me volvia para contemplar a imensidão dos trigais e das planícies nevosas sob a lua. Eu via a Rússia em francês! Eu estava em outro lugar. Fora da minha vida russa. E esse dilaceramento era tão agudo e, ao mesmo tempo, tão exaltante que tive de fechar os olhos. Tive medo de não poder mais voltar a mim, de permanecer naquela noite parisiense. Franzindo as pálpebras, aspirei profundamente. O vento cálido da estepe noturna se propagava de novo em mim.

Naquele dia, decidi roubar-lhe seu feitiço. Quis antecipar-me a Charlotte, penetrar na cidade em festa antes dela, juntar-me à comitiva do czar sem esperar o halo hipnótico do quebra-luz turquesa.

O dia estava mudo, cinzento – um dia de verão, incolor e triste, um desses que, surpreendentemente, ficam na memória. O ar recendendo a terra molhada inflava o *voile* branco na janela aberta – o tecido se animava, adquiria volume, depois voltava a cair deixando entrar no aposento alguém invisível.

Feliz com minha solitude, pus meu plano em execução. Puxei a mala siberiana para cima do tapete perto da cama. Os fechos soaram com aquele leve clique que esperávamos cada noite. Joguei para trás a grande tampa, debrucei-me sobre aqueles papéis velhos – como um corsário sobre o tesouro de um baú...

Na superfície, reconheci certas fotos, revi o czar e a czarina em frente do Panteão, depois à beira do Sena. Não, o que eu procurava se encontrava mais no fundo, naquela massa compacta e enegrecida dos tipos de imprensa. Removi, qual arqueólogo, uma camada após a outra. Nicolau e Alexandra apareceram em lugares que me eram desconhecidos. Uma nova camada e perdi-os de vista. Percebi então longos encouraçados em águas calmas, aeroplanos de asas curtas, ridículas, militares nas trincheiras. Tentando encontrar vestígios do casal imperial, escavava agora desordenadamente, embaralhando aquelas páginas recortadas. O czar reapareceu um instante, a cavalo, com um ícone nas mãos, diante de uma fileira de soldados ajoelhados... Seu rosto pareceu-me envelhecido, sombrio. Eu o queria de novo jovem, acompanhado da bela Alexandra, aclamado pelas multidões, glorificado pelas estrofes entusiastas.

Foi no fundo da mala que enfim pus a mão em seus vestígios. O título em corpo grande não podia enganar: "Glória à Rússia!" Desdobrei a página em meus joelhos, como fazia Charlotte, e a meia voz pus-me a soletrar os versos:

Oh! grand Dieu, quelle bonne nouvelle,
Quelle joie fait vibrer tous nos coeurs,
Voir crouler enfin la citadelle
Où l'esclave gémit de douleur!
Voir un peuple relever la tête,
Et du droit porter le flambeau!
Ami, n'est-ce pas un grand jour de fête,
Sur nos palais faites hisser les drapeaux!

[Oh! grande Deus, que boa nova,
Que alegria faz todos os nossos corações vibrarem,
Ver ruir enfim a cidadela
Onde o escravo geme de dor!
Ver um povo erguer a cabeça
E do direito o facho empunhar!
Amigo, não é um grande dia de festa?
Em nossos palácios mandai içar as bandeiras!]

Foi somente ao chegar ao fim do refrão que parei, atingido por uma dúvida: "Glória à Rússia?" Mas onde está aquele país louro do louro das espigas, branco do branco das neves? Aquele país de alma fecunda? E que vem fazer aqui esse escravo que geme de dor? E quem é esse tirano cuja queda se celebra?

Confuso, pus-me a declamar o refrão:

Salut, salut à vous,
Peuple et soldats de la Russie!
Salut, salut à vous
Car vous sauvez votre Patrie!
Salut, gloire et honneur
A la Douma qui, souveraine,
Va, demain, pour votre bonheur
A tout jamais briser vos chaînes.

[Salve, salve, vós,
Povo e soldados da Rússia!
Salve, salve, vós.
Porque salvais vossa Pátria!
Salve, glória e honra
À Duma que, soberana,
Vai, amanhã, para vossa felicidade
Para sempre romper vossos grilhões.]

De repente, as grandes manchetes que encimavam esses versos saltaram-me aos olhos:

ABDICAÇÃO DE NICOLAU II. A REVOLUÇÃO: O 89 RUSSO. A RÚSSIA DESCOBRE A LIBERDADE. KERENSKI – O DANTON RUSSO. A TOMADA DA PRISÃO PEDRO E PAULO, ESSA BASTILHA RUSSA. O FIM DO REGIME AUTOCRÁTICO...

A maioria dessas palavras não tinha o menor significado para mim. Mas eu compreendia o essencial: Nicolau não era mais czar e a notícia da sua queda provocava uma explosão de alegria delirante entre aqueles que, apenas ontem, o aclamavam desejando-lhe um reinado longo e próspero. De fato, eu me lembrava bem da voz de Heredia, cujo eco ainda ressoava em nosso balcão:

Oui, ton Père a lié d'un lien fraternel
La France et la Russie en la même espérance,
Tsar, écoute aujourd'hui la Russie et la France
Bénir, avec le tien, le saint nom paternel!

[Sim, teu Pai ligou com um laço fraterno
A França e a Rússia na mesma esperança,
Czar, escuta hoje a Rússia e a França
Abençoar, com o teu, o santo nome paterno!]

Tal reviravolta me parecia inconcebível. Não podia acreditar numa traição tão baixa. Sobretudo de parte de um presidente da República!

A porta de entrada bateu. Juntei às pressas todos os papéis, fechei a mala e empurrei-a para baixo da cama.

À noite, por causa da chuva, Charlotte acendeu o abajur dentro de casa. Nós nos instalamos ao lado dela, imitando nossos serões no balcão. Eu escutava seu relato: Nicolau e Alexandra, em seu camarote, aplaudiam *Le Cid*... Eu observava seus rostos com uma tristeza desenganada. Eu era aquele que tinha entrevisto o futuro. Esse conhecimento pesava grandemente sobre meu coração de criança.

"Onde está a verdade?", eu me perguntava acompanhando distraído a história (os soberanos se levantam, o público se volta para ovacioná-los). "Esses espectadores vão amaldiçoá-los em breve. E não restará nada desses poucos dias feéricos! Nada..."

Esse fim que eu estava condenado a saber de antemão pareceu-me de repente tão absurdo e tão injusto, principalmente em plena festa, no meio das luzes da Comédie-Française, que rebentei em soluços e, empurrando meu banquinho, fui me esconder na cozinha. Nunca havia chorado tão copiosamente. Rejeitava com raiva as mãos da minha irmã que tentava me consolar. (Eu estava tão bravo com ela, com ela, que ainda não sabia de nada!) Através das minhas lágrimas romperam alguns gritos desesperados:

– É tudo falso! Traidores, traidores! Esse mentiroso de bigode... Um Presidente, pois sim! Mentiras...

Não sabia se Charlotte havia adivinhado o motivo da minha aflição (com certeza ela tinha notado a desarrumação provocada por minhas buscas na mala siberiana, talvez ela até houvesse encontrado a página fatídica). Em todo caso, comovida com aquela crise de lágrimas inesperada, veio sentar-se na minha cama, ouviu por um momento meus soluços entrecortados, depois, achando na escuridão minha palma, insinuou nela uma pedrinha áspera. Apertei-a na mão. Sem abrir os olhos, pelo toque, reconheci a "Verdun". Agora era minha.

4

No fim das férias nós nos despedíamos de nossa avó. A Atlântida se apagava então atrás das brumas do outono e as primeiras tempestades de neve – atrás de nossa vida russa.

Porque a cidade a que retornávamos não tinha nada em comum com a silenciosa Saranza. Essa cidade se estendia nas duas margens do Volga e com seu milhão e meio de habitantes, suas fábricas de armamento, suas largas avenidas com grandes edifícios de estilo stalinista, encarnava o poder do império. Uma gigantesca central hidrelétrica rio abaixo, um metrô em construção, um enorme porto fluvial, apoiavam ante os olhos de todos a imagem de nosso compatriota – triunfando sobre as forças da natureza, vivendo em nome de um futuro radioso, não se preocupando, em seu esforço dinâmico, com os ridículos vestígios do passado. Ademais, nossa cidade, por causa de suas fábricas, era vedada aos estrangeiros... Sim, era uma cidade em que a gente sentia muito bem o pulso do império.

Esse ritmo, desde nosso retorno, punha-se a cadenciar nossos gestos e nossos pensamentos. Nós nos confundíamos na respiração nevosa de nossa pátria.

O enxerto francês não nos impedia, nem a minha irmã, nem a mim mesmo, de levar uma vida semelhante à de nossos colegas: o russo tornava-se de novo a língua corrente, a escola nos formava nos moldes dos jovens soviéticos modelos, os jogos paramilitares nos acostumavam ao cheiro de pólvora, às explosões das granadas de exercício, à idéia desse inimigo ocidental que um dia seria necessário combater.

Os serões no balcão de nossa avó não eram mais, parecia-nos, que um sonho de criança, agora. E quando, durante nossos cursos de história, o professor nos falava de "Nicolau II, apelidado pelo povo de Nicolau, o Sanguinário", não fazíamos nenhuma ligação entre esse carrasco mítico e o jovem monarca que aplaudia *Le Cid*. Não, eram dois homens que não se conheciam.

Um dia, porém, um tanto por acaso, essa aproximação se efetuou na minha cabeça: sem ser interrogado, pus-me a falar de Nicolau e de Alexandra, de sua visita a Paris. Minha intervenção foi tão inesperada e os detalhes biográficos tão abundantes, que o professor pareceu desconcertado. Risinhos de estupor percorreram a classe: os alunos não sabiam se deviam considerar meu discurso um ato de provocação ou simples delírio. Mas o professor logo retomava o controle da situação martelando:

– O czar é que foi responsável pelo terrível tumulto no campo de Khodynka: milhares de pessoas pisoteadas. Foi ele que ordenou abrir fogo contra a manifestação pacífica de 9 de janeiro de 1905: centenas de vítimas. Foi seu regime o culpado pelos massacres no rio Lena: cento e duas pessoas mortas! Aliás, não é por acaso que o grande Lênin se chamava assim: ele queria, com seu pseudônimo mesmo, fustigar os crimes do czarismo!

O que mais me impressionou, contudo, não foi o tom veemente dessa diatribe, e sim uma questão desconcertante que se formulou na minha cabeça durante o recreio, enquanto os outros alunos me assediavam com suas caçoadas ("Olhem só! Tem coroa, este czar!", gritava um deles puxando meus cabelos). A questão, em aparência, era bem simples: "Sim, eu sei, era um tirano sanguinário, está escrito em nosso manual. Mas que fazer então daquele vento fresco com cheiro de mar que soprava sobre o Sena, da sonoridade daqueles versos levados por esse vento, do chiado da colher de ouro no granito – que fazer daquele dia distante? Porque eu sinto sua atmosfera tão intensamente!"

Não, não se tratava para mim de reabilitar esse Nicolau II. Eu confiava em meu manual e em nosso professor. Mas aquele dia distante, aquele vento, aquele ar ensolarado? Eu me confundia nessas reflexões sem continuidade – meio pensamentos, meio imagens. Repelindo meus colegas trocistas que me agarravam e me ensurdeciam com suas zombarias, senti de repente uma terrível inveja deles: "Que bom não trazer em si aquele dia de forte vento, aquele passado tão denso e aparentemente tão inútil. Sim, não ter mais que um olhar sobre a vida. Não ver como vejo..."

Este último pensamento pareceu-me tão insólito que parei de rechaçar os ataques de meus escarnecedores, virando-me para a janela detrás da qual se estendia a cidade coberta de neve. Então, eu via de outra maneira! Era uma vantagem? Ou uma desvantagem, uma tara? Não sabia. Achei poder explicar essa dupla visão por minhas duas línguas: de fato, quando eu pronunciava em russo "ЦАРЬ", um tirano cruel se erguia diante de mim; ao passo que a palavra "*tsar*" em francês se enchia de luzes, ruídos, vento, fulgores de lustres, reflexos de espáduas femininas nuas, perfumes mesclados – daquele ar inimitável da nossa Atlântida. Compreendi que era necessário ocultar esse segundo olhar sobre as coisas, porque só poderia suscitar os gracejos dos outros.

Esse sentido secreto das palavras se revelou, posteriormente, mais uma vez, numa situação tão tragicômica quanto a de nossa aula de história.

Eu seguia uma fila de espera interminável que serpenteava nas proximidades de uma mercearia, depois, entrando nesta, se enrolava no seu interior. Tratava-se sem dúvida de algum gênero alimentício raro no inverno – laranjas ou simplesmente maçãs, não me lembro mais. Eu já tinha ultrapassado o limite psicológico mais importante dessa espera – a porta da mercearia, diante da qual dezenas de pessoas ainda patinhavam numa neve lamacenta. Foi nesse momento que minha irmã veio ao meu encontro: os dois juntos tínhamos direito ao dobro da mercadoria racionada.

Não compreendemos o que provocou de repente a cólera da multidão. As pessoas que ficavam atrás de nós devem ter pensado que minha irmã queria entrar sem fazer fila – um crime imperdoável! Gritos raivosos explodiram, a comprida serpente se contraiu, rostos ameaçadores nos rodearam. Tentávamos ambos explicar que éramos irmão e irmã. Mas a multidão nunca reconhece seu erro. Os que ainda não haviam entrado, os mais exasperados, deram uivos indignados, sem saber direito contra quem. E, como todo movimento de massa exagera absurdamente o alcance de seu esforço, era eu próprio que eles expulsavam agora. A serpente estremeceu, os ombros se retesaram. Uma sacudidela e me encontrei fora da fila, ao lado de minha irmã, diante do rosário compacto daquelas caras raivosas. Tentei reaver meu lugar, mas os cotovelos deles formavam uma linha de escudos. Desnorteado, os lábios trêmulos, encontrei o olhar de minha irmã. Inconscientemente, adivinhei que éramos particularmente vulneráveis, ela e eu. Dois anos mais velha, ela ia fazer quinze e ainda não possuía, portanto, nenhum trunfo de mocinha, havendo perdido porém as vantagens da infância que teriam podido enternecer aquela multidão blindada. O mesmo valia para mim: com meus doze anos e meio não podia me impor como os rapazolas de catorze ou quinze, fortes de sua agressiva irresponsabilidade de adolescentes.

Deslizamos ao longo da fila de espera esperando ser admitidos pelo menos alguns metros mais longe do lugar perdido. Mas os corpos se cerravam à nossa passagem e logo nos vimos do lado de fora, na neve derretida. Apesar do grito de uma vendedora: "Eh, atrás da porta, não esperem mais, não vai ter para todo o mundo!", as pessoas continuavam a afluir.

Estávamos no fim da fila, hipnotizados pelo poder anônimo da multidão. Eu tinha medo de erguer os olhos, de me mexer, minhas mãos enfiadas nos bolsos tremiam. E foi como vindo de outro planeta que ouvi de repente a voz de minha irmã – algumas palavras tintas de uma sorridente melancolia:

– Você se lembra? *Bartavelles et ortolans truffés rôtis...*

Ela riu docemente.

E eu, fitando seu rosto pálido com olhos que refletiam o céu de inverno, senti meus pulmões se encherem de um ar totalmente novo – o de Cherbourg – com cheiro de bruma salgada, dos seixos úmidos da praia e dos pios sonoros das gaivotas no infinito do oceano. Fiquei cego um momento. A fila de espera avançava e me empurrava lentamente para a porta. Eu cedia sem abandonar aquele instante de luz que se dilatava em mim.

Bartavelles et ortolans... Sorri dando para minha irmã uma discreta piscadela. Não, não nos sentíamos superiores às pessoas que se comprimiam na fila. Éramos como elas, talvez vivêssemos até mais modestamente que muitas delas. Pertencíamos todos à mesma classe: a das pessoas que patinhavam numa neve repisada no meio de uma grande cidade industrial, à porta de uma mercearia, esperando encher suas sacolas com dois quilos de laranja.

E, no entanto, ouvindo as palavras mágicas, aprendidas no banquete de Cherbourg, senti-me diferente delas. Não por causa da minha erudição (na época eu não sabia o que eram os tais *bartavelles et ortolans*). Simplesmente, o instante que estava em mim – com suas luzes brumosas e seus cheiros marinhos – havia tornado relativo tudo o que nos rodeava: aquela cidade com sua robustez stalinista, aquela espera nervosa e a violência obtusa da multidão. Em vez da raiva daquela gente que tinha me repelido, eu sentia agora uma surpreendente compaixão para com ela: não podiam, franzindo levemente as pálpebras, penetrar naquele dia repleto de aromas frescos das algas, dos pios das gaivotas, do sol velado... Uma terrível vontade de dizê-lo a todo o mundo tomou conta de mim. Mas dizê-lo como? Eu tinha de inventar uma língua inédita, de que por enquanto só conhecia os dois primeiros vocábulos: *bartavelles* e *ortolans*...

5

Depois da morte do meu bisavô Norbert, a imensidão branca da Sibéria se fechou lentamente sobre Albertine. Claro, ela ainda voltou duas ou três vezes a Paris, levando Charlotte consigo. Mas o planeta das neves jamais soltava as almas enfeitiçadas por seus espaços sem baliza, por seu tempo adormecido.

Aliás, as estadas parisienses eram assinaladas por um amargor que os relatos de minha avó não conseguiam dissimular. Alguma dissensão familiar de que não nos era dado conhecer as razões? Ou, quem sabe, uma frieza bem européia nas relações entre os próximos, inconcebível para nós, russos, com nosso coletivismo transbordante? Ou, simplesmente, a atitude compreensível das pessoas modestas para com uma das quatro irmãs, a aventureira familiar que, em vez de um belo sonho dourado, trazia cada vez a angústia de um país selvagem e de sua vida quebrada.

Em todo caso, o fato de Albertine preferir viver no apartamento de seu irmão e não na casa familiar de Neuilly não passou despercebido, nem mesmo para nós.

A cada regresso à Rússia, a Sibéria lhe parecia cada vez mais fatal – inevitável, confundindo-se com seu destino. Não era mais apenas o túmulo de Norbert que a prendia àquela terra de gelo, mas também aquela tenebrosa vivência russa, cujo veneno inebriante ela sentia instilar-se em suas veias.

De esposa de um médico respeitável, conhecido na cidade inteira, Albertine tinha se transformado numa viúva bem estranha – uma francesa que parecia não poder se decidir a voltar para seu país. Pior, voltava de lá todas as vezes!

Ela ainda era moça e bonita demais para evitar a maledicência das altas-rodas de Boiarsk. Insólita demais para fazer-se aceitar tal qual. E, em breve, pobre demais.

Charlotte notou que, após cada viagem a Paris, elas se instalavam num apartamento cada vez menor. Na escola em que fora aceita graças a um ex-paciente de seu pai, logo se tornou "aquela Lemonnier". Um dia sua "senhora de classe", como era chamada antes da revolução a professora principal, chamou-a ao quadro-negro – mas não para interrogá-la... Quando Charlotte se apresentou diante dela, a senhora observou os pés da menina e, com um sorriso de desprezo, perguntou:

– O que é isso em seus pés, senhorita Lemonnier?

As trinta alunas se levantaram de seus bancos espichando o pescoço, arregalando os olhos. No soalho bem encerado, viram dois invólucros de lã, dois "calçados" que Charlotte mesma tinha confeccionado para si. Acabrunhada por todos aqueles olhares, Charlotte baixou a cabeça e encolheu involuntariamente os dedos no interior dos chinelos, como se quisesse fazer desaparecer seus pés...

Nessa época, elas já viviam numa velha isbá na periferia da cidade. Charlotte não se espantava mais de ver sua mãe quase sempre prostrada numa cama alta camponesa, atrás de uma cortina. Quando Albertine se levantava, em seus olhos, apesar de abertos, fervilhavam as sombras negras dos sonhos. Nem tentava mais sorrir para a filha. Com uma concha de cobre tirava água de um balde, bebia demoradamente e se ia. Charlotte já sabia que elas sobreviviam desde havia muito graças ao cintilar de algumas jóias da caixinha com incrustações de madrepérola...

Aquela isbá, longe dos bairros chiques de Boiarsk, lhe agradava. Viam menos a miséria delas naquelas estreitas ruas curvas afogadas sob a neve. E, depois, era tão bom, voltando da escola, subir o velho alpendre de madeira que rangia sob os passos, atravessar uma entrada escura cujas paredes de grossas toras eram recobertas por uma espessa pelugem de gelo, e empurrar a pesada porta que cedia com um breve gemido bem vivo. E ali, no aposento, podia-se ficar um instante sem acender a lâmpada, vendo a pequena janela baixa impregnar-se do crepúsculo violeta, escutando as rajadas nevosas retinir contra o vidro. Encostada no largo flanco quente da grande estufa, Charlotte sentia o calor penetrar lentamente sob seu casaco. Aplicava as mãos geladas contra a pedra quente – a estufa lhe parecia ser o enorme coração daquela velha isbá. E sob a sola de suas botas de feltro derretiam-se os últimos pedaços de gelo.

Um dia, uma lasca de gelo se quebrou sob seu pé com uma sonoridade incomum. Charlotte ficou surpresa – já fazia mais de meia hora que voltara, toda a neve do casaco e da *chapka* tinha derretido e secado desde então. E aquele gelo... Ela se inclinou para catá-lo. Era um caco de vidro! Finíssimo, de uma ampola de remédio quebrada...

Foi assim que a terrível palavra morfina entrou em sua vida. E explicou o silêncio atrás da cortina, as sombras fervilhando nos olhos da mãe, aquela Sibéria absurda e inevitável como o destino.

Albertine não tinha nada mais a esconder da filha. Era Charlotte que viam entrar agora na farmácia e murmurar timidamente: "O remédio da senhora Lemonnier..."

Sempre voltava sozinha para casa, atravessando vastos terrenos baldios que separavam a vila onde moravam das últimas ruas da cidade com suas lojas e sua iluminação. Muitas vezes, uma tempestade de neve desencadeava acima dessas vastidões mortas. Cansada de lutar contra o vento carregado de cristais de gelo, surda com seu assobio, Charlotte parou, certa noite, no meio desse deserto de neve, virando as costas para as rajadas, o olhar perdido na revoada vertiginosa dos flocos. Intensamente, ela sentiu sua vida, o calor de seu corpo magro concentrado num minúsculo eu. Percebia as cócegas provocadas por uma gota que deslizava debaixo da orelheira da *chapka*, e as batidas do seu coração, e perto do seu coração – a presença frágil das ampolas que ela acabava de comprar. "Sou eu", ressoou de repente dentro de si uma voz sufocada, "eu que estou aqui, nestas borrascas de neve, no fim do mundo, nesta Sibéria, eu, Charlotte Lemonnier, eu, que não tenho nada a ver com estes lugares selvagens, nem com este céu, nem com esta terra gelada. Nem com estas pessoas. Estou aqui, sozinha, e levo morfina para minha mãe..." Ela achou que seu espírito vacilava antes de cair num abismo em que todo aquele absurdo subitamente revelado ia se tornar natural. Sacudiu-se: não, aquele deserto siberiano devia acabar em algum lugar e, aí, havia uma cidade com largas avenidas margeadas de castanheiros, os cafés iluminados, o apartamento do tio e todos aqueles livros que se abriam em palavras tão caras pelo simples aspecto de seus tipos. Havia a França...

A cidade de avenidas margeadas de castanheiros se transformou numa fina lamela dourada que brilhava em seu olhar sem que ninguém percebesse. Charlotte discernia seu brilho até no reflexo daquele bonito broche no vestido de uma jovem senhorita de sorriso caprichoso e altivo – ela estava sentada numa bela poltrona, no meio de uma grande sala de móveis elegantes, com cortinas de seda nas janelas.

– *La raison du plus fort est toujours meilleure** – declamava a jovem numa voz afetada.

– ...*est toujours* la *meilleure* – retificava discretamente Charlotte e, de olhos baixos, acrescentava:

– Seria mais correto pronunciar "*meilleure*" e não "*meillaire*". *Meill-eu-eure...*

Ela arredondava os lábios e fazia durar aquele som que se perdia num "r" aveludado. A jovem declamadora, fisionomia contraída, punha-se a recitar:

– *Nous allons vous montrer tout à l'heure...***

Era a filha do governador de Boiarsk. Charlotte lhe dava aulas de francês todas as quartas-feiras. A princí-

---

* "A razão do mais forte é sempre melhor." E, logo em seguida: "é sempre *a* melhor". (N. do T.)

** "Vamos lhes mostrar daqui a pouco..." (N. do T.)

pio esperara tornar-se amiga daquela adolescente bem cuidada, pouco mais velha do que ela. Agora não esperava mais nada, esforçava-se simplesmente para dar uma boa aula. Os rápidos olhares desdenhosos de sua aluna não a atingiam mais. Charlotte a escutava, intervinha de vez em quando, mas seus olhos mergulhavam no cintilar do belo broche de âmbar. Somente a filha do governador era autorizada a usar na escola um vestido de gola aberta com esse adorno no meio. Conscienciosamente, Charlotte apontava todos os erros de pronúncia ou de gramática. Da profundidade dourada do âmbar surgia uma cidade com belas folhagens de outono. Ela sabia que tinha de suportar por toda uma hora as pequenas caretas daquela criançona roliça magnificamente vestida, depois no canto da cozinha receber, das mãos de uma aia, seu pacote, os restos de um almoço e, na rua, esperar uma boa oportunidade para se encontrar a sós em face da farmacêutica e murmurar: "O remédio da senhora Lemonnier, por favor..." Uma pequena lufada de ar quente roubada na farmácia ia logo ser expulsa de seu casaco pelo sopro glacial dos terrenos baldios.

Quando Albertine apareceu no alpendre, o cocheiro ergueu as sobrancelhas e levantou-se do seu banco. Não esperava aquilo. Aquela isbá de telhado vergado e coberto de musgo, aquele alpendre carcomido invadido pelas urtigas. E sobretudo naquela vila de ruas sepultadas sob a areia cinza...

A porta se abriu e, em sua moldura deformada, surgiu uma mulher. Ela usava um longo vestido de corte elegantíssimo, um vestido que o cocheiro só vira nas belas damas que saíam do teatro, à noitinha, em pleno centro de Boiarsk. Seus cabelos estavam presos num coque – um chapéu amplo o coroava. O vento primaveril ondulava o véu jogado nas largas abas graciosamente recurvadas.

– Vamos para a estação! – disse ela, e surpreendeu ainda mais o cocheiro pela sonoridade vibrante, e bem estrangeira, da voz.

– ... Para a estação – repetiu a menina que o havia chamado fazia pouco na rua. Ela falava russo muito bem, com uma pontinha de sotaque siberiano...

Charlotte sabia que a aparição de Albertine no alpendre fora precedida por um longo e doloroso combate, entrecortado de várias recaídas. Como a luta daquele homem que se debatia no meio dos gelos, numa fenda negra, aquele que Charlotte vira um dia, na primavera, atravessando a ponte. Agarrando um longo galho que empurravam em sua direção, ele rastejava no aclive resvaladiço da margem do rio, estendia-se de barriga para baixo naquela superfície gelada, progredia centímetro por centímetro e já estendia sua mão vermelha, tocando as dos salvadores. De repente, nem se entendia por que, seu corpo estremecia e ia escorregando, encontrando-se de volta na água escura. A corrente o levava um pouco mais longe. Tudo tinha de recomeçar... Sim, como aquele homem.

Mas naquela tarde de verão, cheia de luz e de verdor, somente a leveza guiava-lhes os gestos.

– E a mala grande? – indagou Charlotte quando se instalaram em seus assentos.

– Vamos deixá-la. Só tem papéis velhos e todos aqueles jornais do seu tio... Um dia, voltaremos para pegá-la.

Atravessaram a ponte, passaram ao lado da casa do governador. Aquela cidade siberiana já parecia se estender como um estranho passado em que era fácil perdoar sorrindo...

Sim, era justamente esse olhar sem rancor que elas lançariam sobre Boiarsk instaladas de novo em Paris. E quando, no verão, Albertine quisesse voltar à Rússia (para encerrar definitivamente a época siberiana de sua vida, pensariam seus próximos), Charlotte se mostraria até um tanto invejosa da mãe: ela também teria gostado de passar uma semana ou duas naquela cidade povoada desde então de personagens do passado, cujas casas, a isbá delas entre outras, tornavam-se monumentos dos tempos antigos. Uma cidade em que nada mais podia feri-la.

– Mamãe, não se esqueça de ver se o ninho de camundongo continua ali, perto da estufa, lembra-se? – lançou à mãe que estava à janela abaixada do vagão.

Era julho de 1914. Charlotte tinha onze anos.

Sua vida não teve cortes. Simplesmente aquela última frase ("Não se esqueça dos camundongos!") lhe parecia, com o tempo, cada vez mais tola, infantil. Devia ter se calado e escrutado aquele rosto à janela do vagão, enchido seus olhos com os traços dela. Meses, anos passavam e a última frase tinha sempre a mesma ressonância de uma felicidade boba. A espera se tornava o único tempo da vida de Charlotte.

Aquele tempo ("em tempo de guerra", escreviam os jornais) se assemelhava a uma tarde cinzenta, a um domingo nas ruas desertas de uma cidade de província: um pé-de-vento surge de repente na esquina de um prédio, levanta um turbilhão de poeira, uma veneziana se agita silenciosamente, o homem se dissolve facilmente nesse ar incolor, desaparece sem razão.

Foi assim que desapareceu o tio de Charlotte – "caído no campo de honra", "morto pela França", conforme a fórmula dos jornais. E essa nova expressão verbal tornava sua ausência ainda mais desconcertante – como aquele apontador na mesa de trabalho, com um lápis introduzido no buraco e algumas finas aparas, imóveis desde a sua partida. Foi assim que se esvaziou pouco a pouco a casa de Neuilly – mulheres e homens se inclinavam para beijar Charlotte e, com um ar sério, lhe diziam para se comportar bem.

Aquele tempo estranho tinha seus caprichos. De repente, com a rapidez saltitante dos filmes, uma das suas tias se vestiu de branco, deixou-se cercar de parentes que se reuniram à sua volta com a mesma pressa do cinema da época, para se dirigir num passo lépido e entrecortado à igreja onde a tia se encontrou ao lado de um homem de bigodes, com cabelos lisos, untados. E quase em seguida – na memória de Charlotte nem tiveram tempo de sair da igreja – a noiva se cobria de negro e não podia mais erguer os olhos pesados de lágrimas. Dava para crer, a tal ponto a mudança foi rápida, que já ao sair da igreja estava só, cobria-se de luto fechado e escondia do sol seus olhos vermelhos. Os dois dias formavam um só – colorido por um céu radioso, animado pelo carrilhão e pelo vento de verão que parecia acelerar ainda mais o vaivém dos convidados. E seu sopro quente colava no rosto da moça ora o véu branco da noiva, ora o véu negro da viúva.

Mais tarde, esse tempo fantástico retomou seu andamento regular e foi ritmado por noites insones e um longo desfile de corpos mutilados. As horas tinham agora a sonoridade das grandes salas de aula daquele liceu de Neuilly transformado em hospital. Seu primeiro conhecimento de um corpo de homem foi a visão daquela carne viril dilacerada e sanguinolenta... E o céu noturno daqueles anos carregou-se para sempre da monstruosidade esbranquiçada de dois zepelins alemães entre as estalagmites luminosas dos projetores.

Enfim, veio um dia, aquele 14 de julho de 1919, em que as incontáveis fileiras de soldados atravessaram Neuilly, dirigindo-se para a capital. Garbosos, olhar destemido e coturnos bem encerados – a guerra voltava a ter seu ar de parada. Estaria entre eles aquele guerreiro que depositaria na mão de Charlotte uma pedrinha marrom, aquele estilhaço de obus coberto de ferrugem? Seriam namorados? Noivos?

Aquele encontro não mudou em nada a decisão de Charlotte, tomada vários anos antes. Na primeira oportunidade, oportunidade milagrosa, ela partiu para a Rússia. Ainda não existia nenhuma ligação com o país devastado pela guerra civil. Era 1921. Uma missão da Cruz Vermelha se preparava para a viagem à região do Volga, onde a fome fizera centenas de milhares de vítimas. Charlotte foi admitida como enfermeira. Sua candidatura havia sido rapidamente aceita: os voluntários para a expedição eram raros. Mas, sobretudo, ela falava russo.

Foi lá que ela pensou ter conhecido o inferno. De longe, parecia-se com as tranqüilas aldeias russas – isbás, poços, sebes – mergulhadas na bruma do grande rio. De perto, imobilizava-se nas imagens que o fotógrafo da missão recortava naqueles dias melancólicos: um grupo de camponeses e camponesas com casacos de pele de carneiro, congelados diante de um amontoado de carcaças humanas, de corpos cortados em pedaços, de fragmentos de carne irreconhecíveis. Depois, aquela criança nua sentada na neve – cabelos compridos emaranhados, um olhar penetrante de velho, um corpo de inseto. Enfim, no gelo de uma estrada – aquela cabeça, solta, de olhos abertos, vítreos. O pior é que essas imagens não permaneciam fixas. O fotógrafo fechava seu tripé, e os camponeses, deixando o enquadramento da foto – daquela aterrorizante foto dos canibais – voltavam a viver na desconcertante simplicidade dos gestos cotidianos. Sim, eles continuavam a viver! Uma mulher se debruçava sobre a criança e reconhecia seu filho. E não sabia o que fazer daquele velhote-inseto – ela, que tinha se alimentado fazia semanas de carne humana. Ouvia-se subir então da sua garganta um uivo de loba. Nenhuma foto podia fixar aquele grito... Um camponês olhou suspirando nos olhos da cabeça jogada na estrada. Depois debruçou-se e, com mão desajeitada, enfiou-a num grande saco de burel. "Vou enterrá-la", murmurou. "Não somos tártaros, afinal..."

E havia que entrar nas isbás desse plácido inferno para descobrir que a velha que observava a rua através da vidraça era a múmia de uma moça morta fazia várias semanas, sentada diante daquela janela na impossível esperança da salvação.

Charlotte desligou-se da missão assim que voltou a Moscou. Ao sair do hotel, mergulhou na multidão variegada da praça e desapareceu. No mercado de Sukharevka, onde reinava o escambo, ela trocou cinco francos de prata (o comerciante estampou a moeda com seu molar, depois a fez soar contra a lâmina de um machado) por dois pães que deviam garantir os primeiros dias da sua viagem. Ela já estava vestida como uma russa e, na estação, no assalto violento e desordenado aos vagões, ninguém prestou atenção naquela moça que, ajeitando sua mochila, se debatia nos tremores frenéticos do magma humano.

Ela partiu e viu tudo. Ela enfrentou o infinito daquele país, seu espaço fugidio no qual os dias e os anos se atolam. Ela avançava, apesar dos pesares, patinhando nesse tempo estagnante. De trem, de telega, a pé...

Ela viu tudo. Cavalos arreados, toda uma manada, que galopavam sem cavaleiros numa planície, paravam um instante, depois, espavoridos, recomeçavam sua louca carreira, felizes e assustados com a liberdade reconquistada. Um desses fugitivos atraiu o olhar de todo o mundo. Um sabre, profundamente enfiado na sela, erguia-se em seu lombo. O cavalo galopava e a longa lâmina presa no couro espesso balançava suavemente brilhando sob o sol baixo. As pessoas seguiam com os olhos seus reflexos escarlates que se apagavam pouco a pouco na bruma dos campos. Sabiam que aquele sabre, com o punho cheio de chumbo, devia ter cortado um corpo em dois – do ombro até o baixo-ventre – antes de se embutir no couro. E aquelas duas metades tinham deslizado para a relva pisoteada, cada qual de seu lado.

Ela também viu os cavalos mortos que retiravam dos poços. E os novos poços que abriam na terra fértil e pesada. As toras da gaiola que os camponeses baixavam até o fundo do buraco recendiam a madeira fresca.

Ela viu um grupo de aldeões que, sob a direção de um homem de casaco de couro preto, puxavam uma grossa corda enrolada em torno da cúpula de uma igreja, em torno da cruz. Os estalos repetidos pareciam atiçar o entusiasmo deles. E em outra aldeia, de manhã cedinho, ela percebeu uma velha ajoelhada diante de um bulbo de igreja projetado entre os túmulos de um cemitério sem cerca, aberto para a sonoridade frágil dos campos.

Ela atravessou aldeias desertas cujos pomares regurgitavam de frutas maduras demais que caíam na relva ou secavam nos galhos. Esteve numa cidade em que, um dia, no mercado, um vendedor mutilou uma criança que havia tentado roubar-lhe uma maçã. Todos os homens que ela encontrava pareciam ou correr para um objetivo desconhecido, assediando os trens, pisoteando-se nos embarcadouros, ou esperar não se sabe quem – diante das portas fechadas das lojas, ao lado dos portões guardados por soldados e, às vezes, simplesmente na beira da estrada.

O espaço que ela afrontava não conhecia meio termo: o incrível apinhamento humano cedia lugar de repente a um deserto perfeito em que a imensidão do céu, a profundidade das florestas tornavam a presença do homem inimaginável. E esse vazio, sem transição, desembocava num atropelo feroz de camponeses que chafurdavam naquela margem argilosa de um rio cheio pelas chuvas de outono. Sim, Charlotte viu isso também. Aqueles camponeses em cólera que, com longas varas, repeliam uma barca de onde se elevava uma interminável queixa. Viam-se silhuetas que, de seu bordo, estendiam suas mãos descarnadas na direção da margem. Eram os doentes de tifo, abandonados, que iam à deriva em seu cemitério flutuante havia vários dias. A cada tentativa de acostar, os ribeirinhos se mobilizavam para impedi-los. A barca prosseguia sua navegação fúnebre, as pessoas morriam, agora também de fome. Em breve não teriam mais força para tentar uma escala, e os últimos sobreviventes, acordados um dia pelo rumor poderoso e regular das ondas, veriam o horizonte indiferente do Cáspio...

Na orla de um bosque, numa manhã cintilante de granizo, ela viu sombras penduradas nas árvores, os rictos macilentos dos enforcados que ninguém pensava enterrar. E lá em cima, no azul ensolarado do céu, um vôo de aves migradoras se dissolvia lentamente, acentuando o silêncio com o eco de seus pios fortes.

O sopro pesado e sincopado desse mundo russo não a aterrorizava mais. Ela tinha aprendido tanto desde a sua partida. Sabia que era prático, num vagão ou numa telega, levar uma sacola cheia de palha com algumas pedras no fundo. Era esta que os bandidos levavam em suas incursões noturnas. Ela sabia que o melhor lugar no teto de um vagão era o que ficava perto do buraco da ventilação: era por essa abertura que se prendiam as cordas que permitiam descer e subir rapidamente. E quando, por felicidade, ela encontrava lugar num corredor abarrotado de gente, não devia se espantar ao ver uma criança amedrontada que as pessoas amontoadas no chão transmitiam umas às outras na direção da saída. Os que se agachavam perto da porta iam abri-la e segurariam a criança acima do estribo da entrada o tempo que ela fizesse suas necessidades. Essa transferência parecia até distraí-los, eles sorriam, enternecidos com aquele pequeno ser que se deixava manipular sem dizer nada, emocionados com a vontade dele, tão natural naquele universo desumano... Nenhuma surpresa tampouco quando, através do martelamento dos trilhos, um cochicho varasse a noite: comunicavam-se a morte de um passageiro metido na espessura das vidas confundidas.

Apenas uma vez no curso dessa longa travessia balizada pelo sofrimento, o sangue, as doenças, a lama, ela acreditou entrever uma parcela de serenidade e de sabedoria. Já era do outro lado do Ural. À saída de um burgo metade devorado por um incêndio, ela percebeu alguns homens sentados num talude juncado de folhas mortas. Seus rostos pálidos voltados para o sol suave do fim do outono exprimiam uma calma venturosa. O camponês que conduzia a telega sacudiu a cabeça e explicou a meia voz: "Coitados. Há uma dúzia deles que vagueiam agora por aqui. O asilo pegou fogo. Isso mesmo, loucos..."

Não, nada mais podia surpreendê-la.

Muitas vezes, comprimida na escuridão irrespirável de um vagão, tinha um sonho breve, luminoso e completamente inverossímil. Assim como aqueles enormes camelos sob a nevasca que viravam as cabeças desdenhosas na direção de uma igreja. Quatro soldados saíam por sua porta aberta arrastando consigo um padre que os exortava numa voz trêmula. Os camelos com as corcundas cobertas de neve, aquela igreja, aquela multidão hílare... Em seu sono, Charlotte lembrava-se de que outrora aquelas silhuetas corcundas eram inseparáveis das palmeiras, do deserto, dos oásis...

E então emergia de seu torpor: não, não era um sonho! Ela estava no meio de um mercado ruidoso numa cidade desconhecida. A neve abundante grudava em seus cílios. Os passantes se aproximavam e apalpavam o pequeno medalhão de prata que ela esperava trocar por pão. Os camelos pairavam sobre a azáfama dos mercadores como estranhas naves viquingues assentadas em seus suportes. E sob os olhares divertidos da multidão, os soldados empurravam o padre num trenó repleto de palha.

Depois desse falso sonho, seu passeio, à noite, foi tão cotidiano, tão real. Ela atravessou a rua calçada de pedras luzidias sob a claridade brumosa de um poste de luz. Empurrou a porta de uma padaria. Seu interior quente, bem iluminado, pareceu-lhe familiar até à cor da madeira envernizada do balcão, até à disposição dos doces e dos chocolates na vitrine. A dona do estabelecimento sorriu para ela com gentileza, como a uma freguesa, e estendeu-lhe um pão. Na rua, Charlotte deteve-se presa da perplexidade: mas deveria ter comprado muito mais pão! Dois, três, não, quatro! E também gravar o nome da rua em que se encontrava aquela excelente padaria. Aproximou-se da casa de esquina, ergueu os olhos. Mas as letras tinham uma aparência esquisita, desfocada, misturavam-se, pisca-piscavam. "Que boba eu sou!", pensou de repente. "Esta rua é a rua onde mora meu tio..."

Despertou sobressaltada. O trem, parado em campo aberto, estava tomado por uma zoada confusa: um bando tinha matado o maquinista e agora percorria os vagões confiscando tudo o que lhes caía na mão. Charlotte tirou seu xale e cobriu a cabeça, amarrando as pontas debaixo do queixo como fazem as velhas camponesas. Depois, ainda sorrindo à lembrança de seu sonho, dispôs no colo uma sacola cheia de trapos velhos enrolados em torno de uma pedra...

E se ela foi poupada durante esses dois meses de viagem, é que o imenso continente que atravessava sentia-se farto de sangue. A morte, pelo menos por mais alguns anos, perdia seu atrativo, tornando-se demasiado banal e não valendo mais o esforço.

Charlotte caminhava através de Boiarsk, a cidade siberiana da sua infância, e não se perguntava se ainda era um sonho ou a realidade. Sentia-se fraca demais para pensar no assunto.

Na casa do governador, acima da entrada, estava pendurada uma bandeira vermelha. Dois soldados armados de fuzis patinhavam na neve de cada lado da porta... Certas janelas do teatro tinham sido quebradas e tapadas, na falta de algo melhor, com pedaços do cenário de compensado: via-se ora uma folhagem coberta de flores brancas, provavelmente da *Cerejeira*, ora a fachada de uma *datcha**. E acima do pórtico, dois operários estavam esticando uma comprida faixa vermelha. "Todos no comício popular da sociedade dos sem-Deus!", leu Charlotte reduzindo um pouco a marcha. Um dos operários retirou um prego seguro entre seus dentes e cravou-o com força ao lado do ponto de exclamação.

– Então, está vendo? Acabamos tudo antes da noite, graças a Deus! – gritou a seu companheiro.

Charlotte sorriu e continuou seu caminho. Não, não estava sonhando.

Um soldado, postado perto da ponte, barrou sua passagem pedindo-lhe que apresentasse seus documentos. Charlotte obedeceu. Ele os pegou e, provavelmente não sabendo ler, decidiu tomá-los. Ele próprio, aliás, parecia espantado com sua decisão. "A senhora poderá reavê-los após as verificações necessárias, no conselho revolucionário", anunciou repetindo visivelmente as palavras de outro. Charlotte não teve força para discutir.

Aqui, em Boiarsk, o inverno tinha se instalado fazia tempo. Mas naquele dia o ar estava morno, o gelo debaixo da ponte – coberto de largas manchas úmidas. Primeiro sinal de abrandamento da temperatura. E grandes flocos preguiçosos de neve viravolteavam no silêncio branco dos terrenos baldios que ela atravessara tantas vezes em sua infância.

---

* Casa de campo. (N. do T.)

Com suas duas janelas estreitas, a isbá pareceu percebê-la ao longe. Sim, a casa a espiava se aproximar, sua fachada enrugada se animava com uma imperceptível careta, com a alegria amarga dos reencontros.

Charlotte não esperava grande coisa dessa visita. Tinha se preparado fazia muito para receber as notícias que não deixariam nenhuma esperança: a morte, a loucura, o desaparecimento. Ou uma ausência pura e simples, inexplicável, natural, não surpreendendo ninguém. Ela se vedava esperar e mesmo assim esperava.

Nos últimos dias, seu esgotamento era tamanho que não pensava em outra coisa que o calor da grande estufa contra o flanco da qual ia se encostar arriando-se no soalho.

Do alpendre da isbá, percebeu, debaixo de uma macieira mirrada, uma velha com a cabeça agasalhada num xale preto. Curvada, a mulher retirava um grande galho afundado na neve. Charlotte chamou-a. Mas a velha camponesa não se virou. A voz era fraca demais e se dissipava depressa no ar fosco daqueles dias amenos do inverno. Não se sentiu capaz de dar outro grito.

Com um movimento de ombro, empurrou a porta. Na entrada, escura e fria, viu toda uma reserva de madeira – tábuas de caixas, de soalho e até, num montículo preto e branco, as teclas de um piano. Charlotte lembrou-se que eram principalmente os pianos dos apartamentos dos ricos que provocavam a cólera do povo. Tinha visto um, rebentado a machadadas, encastrado no meio dos gelos de um rio...

Ao entrar no cômodo, seu primeiro gesto foi tocar as pedras da estufa. Estavam mornas. Charlotte sentiu uma agradável vertigem. Já queria deixar-se escorregar junto da estufa quando, na mesa de tábuas grossas brunidas pelos anos, notou um livro aberto. Um pequeno volume antigo de papel áspero. Apoiando-se num banco, inclinou-se sobre as páginas abertas. Estranhamente as letras puseram-se a vacilar, a dissolver-se – como naquela noite no trem quando tinha sonhado com a rua parisiense onde morava seu tio. Desta vez, não se tratava mais de sonho, mas de lágrimas. Era um livro francês.

A velha de xale preto entrou e não pareceu se espantar ao ver aquela jovem delgada que se levantava de seu banco. Os galhos secos que ela trazia debaixo do braço deixavam cair no soalho longos filamentos de neve. Seu rosto murcho se parecia com o de qualquer velha camponesa daquela paragem siberiana. Seus lábios cobertos de uma fina rede de rugas estremeceram. E foi naquela boca, no peito seco daquele ser irreconhecível que soou a voz de Albertine, uma voz em que nenhuma nota tinha mudado.

– Esses anos todos, eu só temia uma coisa: que você voltasse!

Sim, foram as primeiras palavras que Albertine dirigiu à filha. E Charlotte compreendeu: o que elas tinham vivido desde a despedida na estação, oito anos antes, toda aquela multidão de gestos, de rostos, de palavras, de sofrimentos, de privações, de esperanças, de inquietudes, de gritos, de lágrimas – todo aquele rumor da vida ressoava sobre o fundo de um só eco que se recusava a morrer. Aquele encontro, tão desejado, tão temido.

– Eu queria pedir a alguém que lhe escrevesse dizendo que eu tinha morrido. Mas era a guerra, depois a revolução. E de novo a guerra. E depois...

– Eu não teria acreditado na carta...

– Pois é, e eu me dizia que de qualquer modo você não acreditaria nela...

Jogou os galhos perto da estufa e aproximou-se de Charlotte. Quando, em Paris, olhava para ela da janela abaixada do vagão, sua filha tinha onze anos. Ia fazer vinte em breve.

– Está ouvindo? – sussurrou Albertine, o rosto iluminado, e virou-se para a estufa. – Os camundongos, lembra-se? Continuam ali...

Mais tarde, agachada diante do fogo que se animava atrás da portinhola de ferro fundido, Albertine murmurou como que consigo mesma, sem olhar para Charlotte que tinha se deitado no banco e parecia dormir:

– Este país é assim. Entra-se facilmente, mas nunca se sai...

A água quente parecia uma matéria totalmente nova, desconhecida. Charlotte esticava as mãos para o fio que sua mãe deixava correr lentamente sobre seus ombros e suas costas de uma concha de cobre. Na escuridão daquele aposento clareado apenas pela frágil chama de um cavaco de madeira aceso, as gotas quentes pareciam resina de pinho. Elas faziam cócegas deliciosas no corpo que Charlotte esfregava com uma bola de argila azul. Do sabão, guardavam apenas uma vaga lembrança.

– Você emagreceu muito – disse Albertine baixinho e sua voz se interrompeu.

Charlotte riu suavemente. E, levantando a cabeça com os cabelos úmidos, viu lágrimas daquela mesma cor de âmbar brilharem nos olhos baços da mãe.

Nos dias que se seguiram, Charlotte procurou saber como elas poderiam sair da Sibéria (por superstição, não ousava dizer: voltar para a França). Foi à antiga casa do governador. Os soldados, na entrada, sorriram para ela. Bom sinal? A secretária do novo dirigente de Boiarsk a fez esperar numa saleta – a mesma, pensou Charlotte, em que, antes, ela esperava o pacote com os restos do almoço...

O dirigente a recebeu, sentado atrás de sua pesada escrivaninha: ela já entrava, mas ele, cenho franzido, continuava a traçar linhas enérgicas com um lápis vermelho nas páginas de uma brochura. Toda uma pilha de opúsculos idênticos se erguia em cima da mesa.

– Bom dia, cidadã! – disse ele por fim, estendendo-lhe a mão.

Conversaram. E com um estupor incrédulo, Charlotte constatou que as respostas do funcionário pareciam um estranho eco deformado das perguntas que ela lhe fazia. Ela falava do Comitê Francês de Socorro e ouvia, em eco, um breve discurso sobre as pretensões imperialistas do Ocidente sob o manto da filantropia burguesa. Ela evocava o desejo de voltarem a Moscou e depois... O eco a interrompia: as forças intervencionistas do estrangeiro e os inimigos de classe internos estavam sabotando a reconstrução na jovem república dos sovietes...

Após um quarto de hora de tal diálogo, Charlotte teve vontade de gritar: "Quero ir embora! Só isso!" Mas o absurdo lógico daquela conversa não a largava mais.

– Um trem para Moscou...

– A sabotagem dos especialistas burgueses nas estradas de ferro...

– O mau estado de saúde de minha mãe...

– A horrível herança econômica e cultural deixada pelo czarismo...

Enfim, sem forças, ela soprou fracamente:

– Escute, devolva-me, por favor, meus documentos...

A voz do dirigente pareceu chocar-se contra um obstáculo. Um rápido espasmo percorreu seu rosto. Ele saiu da sala sem dizer nada. Aproveitando sua ausência, Charlotte deu uma olhada na pilha de brochuras. O título mergulhou-a numa perplexidade extrema: *Para acabar com o relaxamento sexual nas células do Partido (recomendações).* Eram então essas recomendações que o dirigente sublinhava a lápis vermelho.

– Não encontramos seus documentos – disse ele voltando à sala.

Charlotte insistiu. O que se produziu então foi tão inverossímil quanto lógico. O dirigente soltou tamanha torrente de palavrões que mesmo depois de dois meses passados em trens superlotados, ela ficou estarrecida. Ele continuava a xingá-la quando ela já segurava a maçaneta da porta. Depois, aproximando bruscamente seu rosto do dela, ele soprou:

– Posso prender e fuzilar você aqui, no pátio, atrás das latrinas! Entendeu, espiã nojenta!

De volta, caminhando no meio dos campos cobertos de neve, Charlotte se dizia que uma nova língua estava nascendo naquele país. Uma língua que ela não conhecia, e era por isso que o diálogo no antigo escritório do governador tinha lhe parecido inverossímil. Não, tudo tinha seu sentido – aquela eloqüência revolucionária derrapando de repente num linguajar lamacento, e aquela "cidadã-espiã", e a brochura regulamentando a vida sexual dos membros do Partido. Sim, uma nova ordem de coisas se instalava. Tudo nesse mundo, embora tão familiar, ia adquirir outro nome, iam aplicar a cada objeto, a cada ser uma etiqueta diferente.

"E esta neve lenta", pensou, "estes flocos sonolentos dos dias mais amenos de inverno, no céu lilás do anoitecer?" Lembrou-se de que, criança, ela se sentia tão feliz por encontrar aquela neve quando saía à rua, depois da lição para a filha do governador. "Como hoje...", disse para si, respirando profundamente.

Alguns dias depois a vida se petrificou. Numa noite límpida, o frio polar desceu do céu. O mundo se transformou num cristal de gelo em que tinham se incrustado as árvores eriçadas de geada, as colunas brancas e imóveis acima das chaminés, a linha prateada da taiga no horizonte, o sol rodeado de um halo furta-cor. A voz humana não tinha mais alcance, seu vapor congelava-se nos lábios.

Elas não pensavam em nada além de sobreviver, dia após dia, preservando uma minúscula zona de calor em torno do corpo.

Foi principalmente a isbá que as salvou. Tudo nela tinha sido concebido para resistir aos invernos sem fim, às noites sem fundo. A própria madeira com suas grossas toras encerrava a dura experiência de várias gerações de siberianos. Albertine tinha adivinhado o alento secreto daquela velha moradia, tinha aprendido a viver em estreita fusão com a lentidão quente da grande estufa que ocupava a metade da peça, com seu silêncio tão vivo. E Charlotte, observando os gestos cotidianos da mãe, dizia-se com freqüência sorrindo: "É uma verdadeira siberiana!" Na entrada, tinha notado desde o primeiro dia maços de ervas secas. Lembravam os buquês que os russos empregam para bater-se nos banhos. Só quando a última fatia de pão foi comida é que descobriu o verdadeiro uso daquelas ervas. Albertine pôs um punhado delas a macerar na água quente e, de noite, tomaram o que chamaria mais tarde, brincando, de "sopa da Sibéria" – mistura de caules, grãos e raízes. "Começo a conhecer as plantas da taiga de cor", disse Albertine, vertendo dessa sopa nos pratos das duas. "Eu me pergunto, aliás, por que a gente daqui as aproveita tão pouco..."

O que as salvou foi também a presença daquela criança, daquela ciganinha que encontraram um dia, quase congelada, no alpendre. Ela arranhava as tábuas duras da porta com seus dedos dormentes, roxos de frio... Para alimentá-la, Charlotte fez o que nunca teria feito para si mesma. Viram-na mendigar no mercado: uma cebola, algumas batatas geladas, um pedaço de toucinho. Procurou na lata de lixo perto do refeitório do Partido, não longe do lugar em que o dirigente tinha ameaçado fuzilá-la. Chegou a descarregar vagões em troca de um pão. A criança, esquelética de início, vacilou alguns dias na tênue fronteira entre a luz e o nada, depois, lentamente, com um espanto hesitante, insinuou-se novamente naquele extraordinário fluxo de dias, de palavras, de cheiros – que todo o mundo chamava de vida...

Em março, num dia de sol pleno e de chiados de neve sob os pés dos passantes, uma mulher (sua mãe? sua irmã?) veio buscá-la e, sem explicar nada, levou-a. Charlotte alcançou-as na saída da vila e deu à menina a grande boneca de bochechas descascadas com a qual a ciganinha brincara durante as longas noites de inverno... Essa boneca tinha vindo outrora de Paris e era, com os jornais velhos da "mala siberiana", um dos derradeiros vestígios da vida de antanho das duas.

A verdadeira fome, Albertine sabia, chegaria na primavera... Não havia mais um só maço de ervas nas paredes da entrada, o mercado estava deserto. Em maio, fugiram da isbá, sem saber direito aonde ir. Andavam por um caminho ainda pesado da umidade primaveril e inclinavam-se de quando em quando para colher finos brotos de azedinha.

Foi um *kulak** que as aceitou como jornaleiras em sua fazenda. Era um siberiano forte e seco, de rosto em boa parte oculto pela barba através da qual irrompiam raras palavras breves e definitivas.

– Não vou lhes pagar nada – falou sem rodeios. – Comida, cama. Se as aceito, não é pelos lindos olhos de vocês. Preciso de mãos.

Não tinham escolha. Nos primeiros dias, Charlotte, ao voltar do trabalho, caía morta em seu catre, com as mãos cobertas de ampolas rebentadas. Albertine, que, todo o dia, costurava grandes sacos para a futura colheita, cuidava dela o melhor que podia. Certa noite, o cansaço era tamanho que, encontrando-se com o proprietário da fazenda, Charlotte pôs-se a falar em francês. A barba do camponês se animou com um movimento profundo, seus olhos se estiraram – ele sorria.

– Está bem, amanhã você pode descansar. Se sua mãe quiser ir à cidade, podem ir...

Deu alguns passos, depois se voltou:

– Os jovens da aldeia dançam todas as noites, sabe? Vá vê-los, se tiver vontade...

Como fora combinado, o camponês não lhes pagou nada. No outono, quando elas se aprontavam para voltar à cidade, ele lhes mostrou uma telega cuja carga ia coberta por uma tela de burel nova.

– Ele é que vai conduzir – disse olhando para o velho camponês sentado no banco.

---

* Agricultor abastado. (N. do T.)

Albertine e Charlotte agradeceram-no e içaram-se à beira da telega, entupida de caixas, sacos e pacotes.

– O senhor está enviando tudo isso para o mercado? – indagou Charlotte para preencher o silêncio incômodo daqueles últimos minutos.

– Não. É o que vocês ganharam.

Elas não tiveram tempo de responder. O cocheiro puxou as rédeas, a telega balançou e pôs-se a rodar na poeira quente do caminho dos campos... Debaixo da tela, Charlotte e sua mãe descobriram três sacos de batata, dois sacos de trigo, um tonelete de mel, quatro enormes abóboras e várias caixas de legumes, de favas, de maçãs. Num canto, perceberam meia dúzia de galinhas com as patas amarradas; um galo, no meio, lançava olhares coléricos e vexados.

– Mesmo assim vou secar alguns maços de ervas – disse Albertine, conseguindo por fim afastar os olhos de todo aquele tesouro. – Nunca se sabe...

Ela morreu dois anos depois. Era uma noite de agosto, calma e transparente. Charlotte voltava da biblioteca onde tinha sido encarregada da exploração das montanhas de livros recolhidos nos domínios nobiliários destruídos... Sua mãe estava sentada num banquinho grudado à parede da isbá, a cabeça encostada na madeira lisa das toras. Seus olhos estavam fechados. Deve ter adormecido e morrido durante o sono. Um leve sopro vindo da taiga animava as páginas do livro aberto em seu colo. Era o mesmo pequeno volume francês de douradura apagada na lombada.

Casaram-se na primavera do ano seguinte. Ele era natural de uma aldeia à beira do Mar Branco, a dez mil quilômetros daquela cidade siberiana aonde a guerra civil o havia trazido. Charlotte logo percebeu que a seu orgulho por ser "juiz do povo" se mesclava um vago mal-estar cuja razão, na época, nem ele mesmo teria sabido explicar. No jantar de bodas, um dos convidados, com uma voz grave, propôs comemorar a morte de Lênin com um minuto de silêncio. Todo o mundo se levantou... Três meses depois do casamento, ele foi nomeado para a outra extremidade do império, em Bukhara. Charlotte queria de todo jeito levar a grande mala cheia de jornais velhos franceses. Seu marido nada tinha contra, mas no trem, dissimulando canhestramente aquele mal-estar pertinaz, fez-lhe entender que uma fronteira, mais intransponível do que qualquer montanha, se erguia a partir de então entre a vida francesa dela e a vida deles. Buscava as palavras para dizer o que logo pareceria tão natural: a cortina de ferro.

6

Os camelos numa tempestade de neve, o frio que gelava a seiva das árvores e estourava seus troncos, as mãos transidas de Charlotte que agarravam longas achas jogadas do alto de um vagão...

Era assim que, em nossa cozinha enfumaçada, durante os serões de inverno, esse passado fabuloso renascia. Detrás da janela coberta de neve, estendia-se uma das maiores cidades da Rússia e a planície cinzenta do Volga, erguiam-se edifícios-fortalezas da arquitetura stalinista. E ali, no meio da desordem de um jantar interminável e das nuvens nacaradas de tabaco, surgia a sombra daquela misteriosa francesa perdida sob o céu siberiano. O televisor despejava as notícias do dia, transmitia as sessões do último congresso do Partido, mas aquele fundo sonoro não tinha a menor repercussão sobre as conversas de nossos convidados.

Encolhido num canto dessa cozinha atravancada, as costas contra a estante na qual pontificava o televisor, eu os ouvia avidamente tentando tornar-me invisível. Sabia que logo o rosto de um adulto emergiria da névoa azul e que eu ouviria um grito de indignação divertida:

– Ah, vejam só este boemiozinho! Já passa da meia-noite e ele ainda não está na cama! Ande, rápido, correndo! Chamaremos você quando sua barba tiver crescido...

Expulso da cozinha, eu demorava para dormir, intrigado com esta questão que voltava o tempo todo à minha jovem cabeça: "Por que eles gostam tanto de falar de Charlotte?"

A princípio, pensei ter entendido que essa francesa era, para meus pais e seus convidados, um tema de conversa ideal. De fato, bastava-lhes evocar as lembranças da última guerra para que começasse uma discussão. Meu pai, que tinha passado quatro anos na linha de frente, na infantaria, punha a vitória na conta daquelas tropas atoladas na terra, as quais, conforme sua expressão, tinham banhado com seu sangue essa mesma terra de Stalingrado até Berlim. Seu irmão, sem querer vexá-lo, observava então que, "como todo o mundo sabe", a artilharia era a deusa da guerra moderna. A discussão se esquentava. Pouco a pouco os artilheiros estavam sendo tratados de amoitados, e a infantaria, por causa da lama dos caminhos da guerra, tornava-se "infectaria". Era nesse momento que o melhor amigo deles, ex-piloto de caça, intervinha com seus argumentos, e a conversa entrava num vôo picado perigosíssimo. E ainda não tinham examinado nem os méritos respectivos de suas frentes de batalha, diferentes todas as três, nem o papel de Stálin durante a guerra...

Essa discussão, eu sentia, lhes era muito penosa. Porque eles sabiam que qualquer que tivesse sido o papel deles na vitória, os dados estavam jogados: sua geração, dizimada, mortificada, ia desaparecer em breve. O infante, o artilheiro e o piloto. Minha mãe os precederia inclusive, seguindo o destino das crianças nascidas no início dos anos 20. Aos quinze anos, estarei sozinho com minha irmã. Havia na polêmica deles como que uma tácita presciência desse futuro tão próximo... A vida de Charlotte, pensava eu, os reconciliava, proporcionando um terreno neutro.

Foi nessa idade que me pus a discernir um motivo totalmente diferente para essa predileção francesa de seus intermináveis debates. É que Charlotte surgia sob o céu russo como uma extraterrestre. Ela nada tinha a ver com a história cruel daquele imenso império, com suas crises de penúria, suas revoluções, suas guerras civis... Nós, russos, não tínhamos escolha. Mas ela? Através do seu olhar, eles observavam um país irreconhecível, porque julgado por uma estrangeira, às vezes ingênua, na maioria das vezes mais perspicaz que eles próprios. Nos olhos de Charlotte refletira-se um mundo inquietante e cheio de uma verdade espontânea – uma Rússia insólita que precisavam descobrir.

Eu os escutava. E descobria, também eu, o destino russo de Charlotte, mas à minha maneira. Certos detalhes apenas evocados se ampliavam na minha cabeça formando todo um universo secreto. Outros acontecimentos a que os adultos davam uma importância considerável passavam despercebidos.

Assim, estranhamente, as horríveis imagens do canibalismo nas aldeias do Volga me tocaram muito pouco. Eu acabava de ler *Robinson Crusoe*, e os congêneres de Sexta-Feira com seus jubilosos ritos antropofágicos tinham me vacinado, de forma romanesca, contra as atrocidades reais.

E não foi o duro trabalho na fazenda que mais me impressionou no passado rural de Charlotte. Não, eu retivera principalmente sua visita aos jovens da aldeia. Ela tinha ido naquela mesma noite e os encontrara empenhados numa discussão metafísica: tratava-se de saber que tipo de morte fulminaria quem ousasse ir à meia-noite exata a um cemitério. Charlotte sorrindo tinha se dito capaz de enfrentar todas as forças sobrenaturais, naquela noite, no meio dos túmulos. As distrações eram raras. Os jovens, esperando secretamente algum desenlace macabro, haviam saudado sua coragem com um entusiasmo turbulento. Faltava encontrar o objeto que aquela francesa desmiolada ia deixar num dos túmulos do cemitério da aldeia. E não era fácil. Porque tudo o que era sugerido podia ser substituído por uma réplica: lenço, pedra, moeda... Sim, aquela estrangeira esperta poderia perfeitamente ir ao romper da aurora e prender o xale enquanto todo o mundo dormia. Não, tinham de escolher um objeto único... Na manhã seguinte, toda uma delegação havia encontrado suspensa numa cruz, no canto mais sombrio do cemitério – "a bolsinha da Pont-Neuf"...

Foi imaginando essa bolsa feminina no meio das cruzes, sob o céu da Sibéria, que comecei a pressentir o incrível destino das coisas. Elas viajavam, acumulavam sob a sua superfície banal as épocas da nossa vida, ligando instantes tão afastados.

Quanto ao casamento de minha avó com o juiz do povo, sem dúvida eu não notava todo o pitoresco histórico que os adultos podiam ver em tal fato. O amor de Charlotte, a corte que meu avô lhe fazia, o casal fora do comum que formavam naquelas plagas siberianas – de tudo isso só conservei um fragmento: Fiodor, jaquetão bem passado, botas reluzentes, se dirige para o local do encontro decisivo. Alguns passos atrás dele, seu escrivão, jovem filho de um pope, consciente da gravidade do momento, caminha lentamente levando um enorme buquê de rosas. Um juiz do povo, ainda que apaixonado, não devia parecer um banal pretendente de opereta. Charlotte os vê de longe, compreende de imediato o porquê daquela encenação e, com um sorriso malicioso, aceita o buquê que Fiodor toma das mãos do escrivão. Este, intimidado, mas curioso, desaparece recuando.

Ou talvez este outro fragmento: a única foto das núpcias (todas as outras, aquelas em que aparecia vovô, seriam confiscadas quando de sua detenção): os rostos dos dois, ligeiramente inclinados um para o outro e, nos lábios de Charlotte, incrivelmente jovem e bela, aquele reflexo sorridente da "*petite pomme*"...

Aliás, naqueles longos relatos noturnos, nem tudo ficava sempre claro a meus ouvidos de criança. Aquele repente do pai de Charlotte, por exemplo... Esse respeitável e rico médico fica sabendo um dia, por um de seus pacientes, alto funcionário da polícia, que a grande manifestação dos operários que ia de um minuto a outro se abater sobre a praça principal de Boiarsk seria recebida, numa das esquinas, a tiro de metralhadora. Mal o paciente partiu, o doutor Lemonnier tirou o jaleco branco e, sem chamar o cocheiro, pulou em sua charrete e disparou rua afora para avisar os operários.

A matança não ocorreu... E eu me perguntava muitas vezes por que esse "burguês" privilegiado tinha agido assim. Estávamos acostumados a ver o mundo em preto e branco: os ricos e os pobres, os inimigos de classe e os justos. O gesto do pai de Charlotte me deixava confuso. Da massa humana, tão comodamente cortada em dois, surgia o homem com sua imprevisível liberdade.

Eu tampouco compreendia o que havia acontecido em Bukhara. Apenas adivinhava que o acontecimento tinha sido atroz. Não era por acaso que os adultos o evocavam por subentendidos acompanhados de sacudidas sucessivas da cabeça. Era uma espécie de tabu em torno do qual o relato deles girava, descrevendo assim o cenário. Eu via primeiro um rio correndo sobre os seixos lisos, depois um caminho que ladeava o infinito do deserto. E o sol punha-se a balançar nos olhos de Charlotte, e suas faces se inflamavam com o ardor da areia, e o céu ressoava de relinchos... A cena cujo sentido eu não compreendia, mas cuja densidade física eu penetrava, se extinguia. Os adultos suspiravam, desviavam a conversa, serviam-se um novo cálice de vodca.

Acabei adivinhando que esse acontecimento sobrevindo nas areias da Ásia Central tinha marcado para sempre, de forma misteriosa e muito íntima, a história da nossa família. Notei também que nunca o contavam quando o filho de Charlotte, meu tio Serguei, estava entre os convidados...

Na verdade, se eu espionava as confidências noturnas, era principalmente para explorar o passado francês de minha avó. O lado russo da sua vida me interessava menos. Eu era como o pesquisador que, examinando um meteorito, é atraído essencialmente por uns pequenos cristais brilhantes cravados em sua superfície basáltica. E como se sonha com uma viagem distante cujo objetivo ainda é desconhecido, eu sonhava com o balcão de Charlotte, com sua Atlântida, onde eu acreditava ter deixado, no último verão, uma parte de mim.

II

II

1

Naquele verão, eu tinha muito medo de encontrar, mais uma vez, o czar... Sim, de rever aquele jovem imperador e sua esposa nas ruas de Paris. É assim que se teme o encontro com um amigo cujo fim iminente seu médico informou a você, um amigo que, numa ignorância feliz, confia a você seus projetos.

Com efeito, como eu teria podido seguir Nicolau e Alexandra, se os sabia condenados? Se eu sabia que até a filha deles, Olga, não seria poupada. Que mesmo os outros filhos que Alexandra ainda não tinha posto no mundo teriam a mesma sorte trágica.

Foi com uma alegria secreta que percebi, naquela noite, uma pequena antologia de poemas que minha avó, sentada no meio das flores do seu balcão, folheava no colo. Será que ela tinha sentido meu embaraço, lembrando-se do incidente do verão passado? Ou simplesmente queria nos ler um de seus poemas favoritos?

Fui me sentar a seu lado, no chão, encostando-me na cabeça da bacante de pedra. Minha irmã estava do outro lado, apoiando-se no parapeito, o olhar perdido na bruma quente das estepes.

A voz de Charlotte era cantante como a queriam estes versos:

Il est un air pour qui je donnerais
Tout Rossini, tout Mozart et tout Weber
Un air très vieux, languissant et funèbre
Qui pour moi seul a des charmes secrets...

[Há uma canção pela qual eu daria
Todo Rossini, todo Mozart e todo Weber
Uma canção muito antiga, lânguida e fúnebre
Que só para mim tem encantos secretos...]

A magia deste poema de Nerval fez surgir da sombra da noite um castelo do tempo de Luís XIII e a castelã "loura de olhos negros, em seus trajes antigos"...

Foi então que a voz da minha irmã me tirou de minha contemplação poética.

– E esse Félix Faure, que fim levou?

Ela continuava ali, no canto do balcão, inclinando-se ligeiramente por cima do parapeito. Com gestos distraídos, arrancava de quando em quando uma flor murcha de ipoméia e jogava-a acompanhando seu rodopio no ar noturno. Imersa em seus sonhos de mocinha, não tinha ouvido a leitura do poema. Era o verão dos seus quinze anos... Por que tinha ela pensado no Presidente? Provavelmente, aquele homem bonito, imponente, com um elegante bigode e grandes olhos calmos concentrou de repente em si, por algum jogo caprichoso da fantasia amorosa, a presença masculina prefigurada. E perguntou em russo – como para expressar melhor o mistério inquietante daquela presença secretamente desejada: "E esse Félix Faure, que fim levou?"

Charlotte lançou-me um olhar rápido, matizado de sorriso. Depois fechou o livro que trazia em seu colo e, suspirando suavemente, olhou para longe, para aquele horizonte em que, um ano atrás, tínhamos visto emergir a Atlântida.

– Alguns anos depois da visita de Nicolau II a Paris, o Presidente morreu...

Houve uma breve hesitação, uma pausa involuntária que só contribuiu para aumentar nossa atenção.

– Morreu subitamente, no Eliseu. Nos braços de sua amante, Marguerite Steinheil...

Foi essa frase que assinalou o fim da minha infância. "Morreu subitamente nos braços da amante..."

A beleza trágica dessas poucas palavras me perturbou. Todo um mundo novo se abateu sobre mim.

Aliás, essa revelação me impressionou antes de mais nada por seu cenário: essa cena amorosa e mortal se desenrolara no Eliseu! No palácio presidencial! No cume dessa pirâmide do poder, da glória, da celebridade mundana... Eu imaginava um interior luxuoso de gobelinos, dourados, enfiadas de espelhos. No meio dessa munificência – um homem (o presidente da República!) e uma mulher unidos num enlace fogoso...

Perplexo, pus-me a traduzir inconscientemente aquela cena em russo. Isto é, substituir os protagonistas franceses por seus equivalentes nacionais. Uma série de fantasmas metidos em mal cortados costumes negros se apresentaram aos meus olhos. Secretários do Politburo, senhores do Kremlin: Lênin, Stálin, Kruchev, Brejnev. Quatro caracteres muito diferentes, amados ou detestados pela população, que tinham marcado, cada qual, uma época na história do império. Entretanto, tinham todos uma qualidade em comum: ao lado deles, nenhuma presença feminina e, com maior razão, amorosa era concebível. Era muito mais fácil para nós imaginar Stálin em companhia de um Churchill em Yalta ou de um Mao em Moscou do que supô-lo com a mãe de seus filhos...

"O Presidente morreu no Eliseu, nos braços de sua amante, Marguerite Steinheil..." Esta frase tinha o ar de uma mensagem em código proveniente de outro sistema estelar.

Charlotte foi buscar na mala siberiana alguns jornais da época esperando poder nos mostrar a foto de Madame Steinheil. E eu, atrapalhado na minha tradução amorosa franco-russa, me lembrei de uma tirada que certa noite ouvira da boca de um mau aluno desengonçado, meu colega de turma. Andávamos pelos corredores escuros da escola, depois de um treino de halterofilismo, a única disciplina em que se destacava. Passando perto do retrato de Lênin, meu colega assobiara de maneira deveras desrespeitosa e afirmara:

– He, he! Ora, Lênin! Ele não tinha filhos. É que simplesmente não sabia fazer amor...

Havia empregado um verbo grosseiríssimo para designar essa atividade sexual, deficiente segundo ele, de Lênin. Um verbo que eu jamais teria ousado utilizar e que, aplicado a Vladimir Ilitch, se tornava de uma obscenidade monstruosa. Confuso, eu ouvia o eco daquele verbo iconoclasta ecoar nos longos corredores vazios...

"Félix Faure... O presidente da República... Nos braços da amante..." Mais que nunca a Atlântida-França me parecia uma *terra incognita* em que nossas noções russas não tinham mais validade.

A morte de Félix Faure me fez tomar consciência de minha idade: tinha treze anos, adivinhava o que queria dizer "morrer nos braços de uma mulher" e de então em diante podiam me falar de semelhantes temas. Aliás, a coragem e a total ausência de hipocrisia no relato de Charlotte demonstraram o que eu já sabia: ela não era uma avó como as outras. Não, nenhuma *babuchka* russa teria se aventurado em tal discussão com seu neto. Eu pressentia nessa liberdade de expressão uma visão insólita do corpo, do amor, das relações entre homem e mulher – um misterioso "olhar francês".

De manhã, fui à estepe para sonhar, sozinho, com a fabulosa mutação provocada em minha vida pela morte do Presidente. Para grande surpresa minha, revista em russo, a cena não era mais boa para se narrar. Impossível até de se narrar! Censurada por um inexplicável pudor das palavras, rasurada de repente por uma estranha moral melindrada. Por fim narrada, ela hesitava entre a obscenidade mórbida e os eufemismos que transformavam aquele casal de amantes em personagens de um romance sentimental mal traduzido.

"Não", eu me dizia, deitado na relva que ondulava com o vento quente, "é só em francês que ele podia morrer nos braços de Marguerite Steinheil..."

Graças aos amantes do Eliseu, compreendi o mistério daquela jovem criada que, surpreendida na banheira por seu amo, se entregava a ele com o pavor e a febre de um sonho enfim consumado. Sim, havia antes aquele trio esquisito descoberto num romance de Maupassant que eu havia lido na primavera. Um dândi parisiense cobiçava, ao longo de todo o livro, o amor inacessível de um ser feminino composto de refinamentos decadentes, procurava penetrar no coração daquela cortesã cerebral, indolente, semelhante a uma frágil orquídea, que sempre o deixava esperando em vão. E, ao lado deles, a criada, a jovem banhista de corpo robusto e sadio. Quando da primeira leitura, eu não havia discernido mais que esse triângulo, que me parecia artificial e sem vigor: de fato, as duas mulheres nem podiam ser consideradas rivais...

Desde então, eu lançava um olhar totalmente novo sobre o trio parisiense. Eles se tornavam concretos, carnais, palpáveis – eles viviam! Eu reconhecia agora aquele medo feliz que arrepiava a jovem criada tirada da banheira e levada, toda molhada, para uma cama. Eu sentia as cócegas provocadas pelas gotas que sinuavam em seu peito polpudo, o peso de suas ancas nos braços do homem, via até o movimento rítmico da água na banheira de onde seu corpo acabava de ser retirado. A água se acalmava pouco a pouco... E a outra, a mundana inacessível que me lembrava antigamente uma flor ressecada entre as páginas de um livro, revelou-se de uma sensualidade subterrânea, opaca. Seu corpo encerrava um calor perfumado, uma perturbadora fragrância feita das batidas de seu sangue, do polido de sua pele, da lentidão tentadora de suas palavras.

O amor fatal que tinha feito explodir o coração do Presidente remodelou a França que eu trazia em mim. Esta era principalmente romanesca. As personagens literárias que seguiam lado a lado nos caminhos pareciam, naquela noite memorável, despertar após um longo sono. Antigamente, por mais que eles agitassem suas espadas, trepassem por escadas de corda, engolissem arsênico, declarassem seu amor, viajassem numa carroça levando, no colo, a cabeça cortada do bem-amado, não deixavam seu mundo fictício. Exóticos, brilhantes, engraçados talvez, não me sensibilizavam. Como aquele cura de Flaubert, aquele padre de província a quem Emma confessava seus tormentos, eu tampouco compreendia aquela mulher: "O que mais ela pode desejar, se tem uma linda casa, um marido trabalhador e o respeito dos vizinhos"...

Os amantes do Eliseu me ajudaram a compreender *Madame Bovary*. Numa intuição fulgurante, captei este detalhe: os dedos engordurados do cabeleireiro que habilmente esticam e alisam os cabelos de Emma. Naquele salão estreito, o ar é pesado, a luz das velas que expulsa a sombra da noite – fluida. Aquela mulher, sentada diante do espelho, acaba de deixar seu jovem amante e se prepara agora para voltar para casa. Sim, eu adivinhei o que podia sentir uma mulher adúltera, de noite, no cabeleireiro, entre o último beijo de um encontro no hotel e as primeiras palavras, bem cotidianas, que teria de dirigir ao marido... Sem poder explicá-lo a mim mesmo, eu ouvia como que uma corda vibrante na alma dessa mulher. Meu coração ressoava em uníssono. "Emma Bovary sou eu!", soprava-me uma voz sorridente vinda dos relatos de Charlotte.

O tempo que corria em nossa Atlântida tinha suas próprias leis. Precisamente, ele não corria, mas ondulava em torno de cada acontecimento evocado por Charlotte. Cada fato, mesmo se perfeitamente acidental, incrustava-se para sempre no cotidiano daquele país. Seu firmamento noturno estava sempre atravessado por um cometa, muito embora nossa avó, referindo-se a um recorte de jornal, nos precisasse a data exata dessa aparição celeste: 17 de outubro de 1882. Não podíamos mais imaginar a torre Eiffel sem ver aquele austríaco louco que pulava da flecha rendada e, traído por seu pára-quedas, se arrebentava no meio de uma multidão de passeantes. O Père-Lachaise não tinha para nós nada de um cemitério aprazível, animado pelos cochichos respeitosos de alguns turistas. Não, entre seus túmulos, as pessoas armadas corriam em todos os sentidos, trocavam tiros, escondiam-se atrás das lápides funerárias. Contado uma vez, esse combate entre os partidários da Comuna e os de Versalhes tinha se associado para sempre, em nossa cabeça, ao nome de "Père-Lachaise". Aliás, ouvíamos o eco daquela fuzilaria também nas catacumbas de Paris. Porque, segundo Charlotte, eles combatiam naqueles labirintos e as balas estouravam o crânio dos mortos de muitos séculos atrás. E se o céu noturno acima da Atlântida era iluminado pelo cometa e pelos zepelins alemães, o azul fresco do dia se enchia com a estridulação regular de um monoplano: um tal de Louis Blériot atravessava o canal da Mancha.

A escolha dos acontecimentos era mais ou menos subjetiva. Sua sucessão obedecia principalmente a nossa febril vontade de saber, a nossas questões desordenadas. Mas qualquer que fosse sua importância, nunca escapavam da regra geral: o lustre que caía do teto durante a representação do *Fausto* na Ópera de Paris espalhava imediatamente sua explosão cristalina em todas as salas parisienses. O verdadeiro teatro supunha para nós aquele leve tilintar do enorme cacho de vidro maduro o bastante para se soltar do teto ao som de uma *fioritura* ou de um alexandrino... Quanto ao verdadeiro circo parisiense, sabíamos que o domador sempre era estraçalhado pelas feras – como aquele "negro chamado Delmonico" atacado por suas sete leoas.

Charlotte extraía tais conhecimentos ora da mala siberiana, ora de suas lembranças infantis. Vários de seus relatos remontavam a uma época ainda mais antiga, contados por seu tio ou por Albertine, que por sua vez os haviam herdado de seus pais.

Mas a nós pouco importava a cronologia exata. O tempo da Atlântida conhecia apenas a maravilhosa simultaneidade do presente. O barítono vibrante de Fausto enchia a sala: *"Laisse-moi, laisse-moi contempler ton visage..."*, o lustre caía, as leoas se jogavam sobre o infortunado Delmonico, o cometa incisava o céu noturno, o pára-quedista voava da torre Eiffel, dois ladrões aproveitando a negligência estival saíam do Louvre noturno levando a *Gioconda*, o príncipe Borghese batia no peito, todo prosa por ter ganho o primeiro reide automobilístico Pequim-Paris via Moscou... E em algum ponto na penumbra de um discreto salão do Eliseu, um homem de belos bigodes brancos enlaçava sua amante e sufocava-se neste derradeiro beijo.

Esse presente, esse tempo em que os gestos se repetiam indefinidamente era, evidentemente, uma ilusão de óptica. Mas foi graças a essa visão ilusória que descobrimos alguns traços de caráter essenciais nos habitantes da nossa Atlântida. As ruas parisienses, em nossos relatos, eram constantemente sacudidas pelas explosões das bombas. Os anarquistas que as atiravam deviam ser tão numerosos quanto as costureirinhas ou os cocheiros em seus fiacres. Alguns desses inimigos da ordem social conservariam por muito tempo, para mim, em seu nome, um estrondo explosivo ou o barulho das armas: Ravachol, Santo Caserio...

Sim, foi numa dessas ruas tonitruantes que uma das singularidades desse povo revelou-se a nós: estava sempre reivindicando, nunca estava satisfeito com o *status quo* adquirido, pronto a todo instante a romper pelas artérias de sua cidade para destronar, abalar, exigir. Na calma social perfeita de nossa pátria, esses franceses tinham cara de amotinados natos, de contestatários por convicção, de reclamadores profissionais. A mala siberiana contendo os jornais que falavam das greves, dos atentados, dos combates nas barricadas também parecia uma grande bomba no meio da sonolência tranqüila de Saranza.

E depois, a algumas ruas das explosões, sempre naquele presente que não passava, demos naquele bistrozinho calmo cujo nome Charlotte, em suas lembranças, nos lia sorrindo: *Au Ratafia de Neuilly*. "Essa ratafia", explicava, "o dono servia em tacinhas de prata..."

A gente da nossa Atlântida podia ter, portanto, um apego sentimental a um café, gostar de seu nome, distinguir nele uma atmosfera própria. E conservar por toda a vida a lembrança que era ali, na esquina de uma rua, que se bebia ratafia em tacinhas de prata. Sim, não em copos facetados, nem em cálices, mas naquelas tacinhas finas. Era nossa nova descoberta: essa ciência oculta que aliava o lugar da restauração, o ritual da refeição e sua tonalidade psicológica. "Os bistrôs favoritos deles, será que têm, para eles, uma alma", nós nos perguntávamos, "ou, pelo menos, uma fisionomia pessoal?" Havia um só café em Saranza. Apesar de seu bonito nome, *Floco de neve*, não despertava em nós nenhuma emoção particular, como tampouco a loja de móveis a seu lado, nem a Caixa Econômica, em frente. Fechava às oito da noite, e era também seu interior escuro, com o olho azul da lâmpada piloto, que provocava nossa curiosidade. Quanto aos cinco ou seis restaurantes da cidade à beira do Volga onde vivia nossa família, todos se pareciam: às sete horas precisas, o porteiro abria as portas para uma multidão impaciente, a música de trovoada misturada com o cheiro de fritura se espraiava na rua e, às onze horas, a mesma multidão, aparvalhada e embrutecida, se derramava na entrada, perto da qual um farol giratório da polícia acrescentava uma nota de fantasia àquele ritmo imutável... As tacinhas de prata do *Ratafia de Neuilly*, repetíamos silenciosamente.

Charlotte nos explicou a composição dessa bebida insólita. O relato, naturalmente, abordou o universo dos vinhos. E foi aí que, subjugados por um fluxo colorido de denominações, sabores, buquês, travamos conhecimento com aqueles seres extraordinários cujo palato era capaz de distinguir todas essas nuanças. Tratava-se sempre dos mesmos construtores de barricadas! E lembrando das etiquetas de algumas garrafas expostas nas prateleiras do *Floco de neve*, agora nos rendíamos à evidência de que eram unicamente nomes franceses: "Champanskoie", "Koniak", "Silvaner", "Aligotê", "Muskat", "Kagor"...

Sim, era sobretudo essa contradição que nos deixava perplexos: aqueles anarquistas souberam elaborar um sistema de bebidas tão coerente e complexo. E, além do mais, todos aqueles incontáveis vinhos formavam, segundo Charlotte, infinitas combinações com os queijos! E estes, por sua vez, compunham uma verdadeira enciclopédia queijeira de gostos, de cores locais – de humores individuais, quase... Rabelais, que não raro freqüentava nossos serões nas estepes, não mentira, portanto.

Descobríamos que a refeição, sim, a simples absorção de comida, podia se tornar uma encenação, uma liturgia, uma arte. Como naquele *Café Anglais* no Boulevard des Italiens, onde o tio de Charlotte costumava jantar com os amigos. Ele é que havia contado à sobrinha a história daquela incrível conta de dez mil francos para um cento de... rãs! "Fazia muito frio", ele se lembrava, "todos os rios estavam cobertos de gelo. Foi preciso convocar cinqüenta operários para abrir aquela geleira e encontrar as rãs..." Eu não sabia o que mais nos espantava: aquele prato inimaginável, contrário a todas as nossas noções gastronômicas, ou aquele regimento de mujiques (era como os víamos) fendendo blocos de gelo num Sena gelado.

Para dizer a verdade, começávamos a perder a cabeça: o Louvre, o *Cid* na Comédie-Française, as barricadas, a fuzilaria nas catacumbas, a Academia, os deputados num barco, e o cometa, e os lustres que caíam um atrás dos outros, e o Niágara de vinhos, e o último beijo do Presidente... E as rãs perturbadas em seu sono invernal! Estávamos diante de um povo de fabulosa multiplicidade de sentimentos, atitudes, olhares, maneiras de falar, de criar, de amar.

E, depois, também havia, informava-nos Charlotte, o célebre cozinheiro Urbain Dubois, que dedicara a Sarah Bernhardt uma sopa de camarões e aspargos. Precisávamos imaginar um *bortsch* dedicado a alguém, como um livro... Um dia, seguimos pelas ruas da Atlântida um jovem dândi que entrou no *Weber*, um café na moda, segundo o tio de Charlotte. Pediu o que sempre pedia: um cacho de uvas e um copo d'água. Era Marcel Proust. Observávamos esse cacho e essa água que, ante nossos olhares fascinados, se transformavam num prato de uma elegância inigualável. Não eram, pois, a variedade dos vinhos ou a abundância rabelaisiana da comida que contavam, mas...

Pensávamos de novo nesse espírito francês cujo mistério nos esforçávamos para penetrar. E Charlotte, como se quisesse tornar nossa busca ainda mais apaixonada, já nos falava do restaurante *Paillard,* na Chaussée-d'Antin. A princesa de Caraman-Chimay tinha sido raptada lá, certa noite, pelo violinista cigano Rigo...

Ainda sem ousar acreditar, eu me interrogava silenciosamente: essa quintessência francesa tão procurada não teria por fonte o amor? Porque todos os caminhos da nossa Atlântida pareciam cruzar-se no país de Cupido.

Saranza mergulhava na noite odorosa das estepes. Seus aromas se confundiam com o perfume que impregnava aquele corpo feminino coberto de pedrarias e de arminho. Charlotte contava os frascos da divina Otéro. Com um espanto incrédulo, eu contemplava esta última grande cortesã, toda curvilínea em seu canapé de formas caprichosas. Sua vida extravagante era consagrada exclusivamente ao amor. E em torno daquele trono se agitavam homens – uns contavam os magros napoleões de sua fortuna aniquilada, os outros aproximavam lentamente o cano de seus revólveres da têmpora. E mesmo nesse gesto derradeiro, sabiam dar prova de uma elegância digna do cacho de uvas de Proust: um desses amantes infelizes tinha se suicidado no mesmo lugar em que Caroline Otéro lhe aparecera pela primeira vez!

Aliás, nesse país exótico, o culto do amor não conhecia fronteiras sociais, e longe daquelas alcovas transbordantes de luxo, nos subúrbios populares, víamos dois bandos rivais de Belleville se matar por causa de uma mulher. Única diferença: os cabelos da bela Otéro tinham o brilho de uma asa de corvo, ao passo que a cabeleira da namorada disputada brilhava como trigos maduros na luz do poente. Os bandidos de Belleville chamavam-na *Casque d'or,* cabeça dourada.

Nosso senso crítico se revoltava nesse momento. Estávamos dispostos a crer na existência dos comedores de rãs, mas imaginar gângsteres se degolarem pelos lindos olhos de uma mulher!

Visivelmente, aquilo não tinha nada de surpreendente para nossa Atlântida: já não havíamos visto o tio de Charlotte sair titubeante do fiacre, olhos turvos, braço enrolado num lenço ensangüentado – ele acabava de duelar, na floresta de Marly, em defesa da honra de uma mulher... E aquele general Boulanger, aquele ditador destituído, não tinha rebentado os miolos no túmulo da bem-amada?

Certo dia, voltando de um passeio, nós três fomos surpreendidos por um aguaceiro... Andávamos pelas velhas ruas de Saranza, compostas unicamente de grandes isbás escurecidas pela idade. Foi sob o beiral de uma delas que encontramos refúgio. A rua, sufocada pelo calor um minuto antes, mergulhou num crepúsculo frio, varrido por rajadas de granizo. Era pavimentada à antiga – grandes calhaus redondos de granito. A chuva fez subir deles um cheiro forte de pedra molhada. A perspectiva das casas se apagou detrás de um véu d'água – e graças a esse cheiro, podíamos imaginar-nos numa grande cidade, à noite, sob uma chuva de outono. A voz de Charlotte, de início mal superando o barulho das gotas, tinha a aparência de um eco abafado pelas vagas de chuva.

– Foi também uma chuva que me fez descobrir aquela inscrição gravada na parede úmida de uma casa, na Allée des Arbalétriers, em Paris. Estávamos escondidas, minha mãe e eu, sob um pórtico, esperando a chuva passar, e só tínhamos diante dos olhos aquela placa comemorativa: "*Nesta passagem, ao sair do*

Hôtel de Barbette, o duque Luís de Orléans, irmão do rei Carlos VI, foi assassinado por João sem Medo, duque de Borgonha, na noite de 23 para 24 de novembro de 1407..." Ele saía da casa da rainha Isabel da Baviera...

Nossa avó calou-se, mas no sussurro das gotas continuávamos ouvindo aqueles nomes fabulosos tecidos num trágico monograma de amor e morte: Luís de Orléans, Isabel da Baviera, João sem Medo...

De repente, sem saber por que, lembrei-me do Presidente. Um pensamento claro, simples, evidente: é que durante todas aquelas cerimônias em honra do casal imperial, sim, no séquito dos Champs-Elysées, e diante do túmulo de Napoleão, e na Ópera, ele não parara de pensar nela, na sua amante, em Marguerite Steinheil. Dirigia-se ao czar, pronunciava discursos, respondia à czarina, trocava um olhar com sua esposa. Mas ela, a cada instante, estava presente.

A chuva escorria do teto musgoso da velha isbá que nos abrigava em seu alpendre. Esqueci-me de onde estava. A cidade que eu tinha visitado outrora em companhia do czar se transfigurava a olhos vistos. Eu a observava agora com o olhar do Presidente apaixonado.

Desta vez, ao deixar Saranza, eu tinha a impressão de voltar de uma expedição. Levava uma soma de conhecimentos, um apanhado de usos e costumes, uma descrição, ainda lacunosa, da misteriosa civilização que todas as noites renascia no fundo da estepe.

Todo adolescente é classificador – reflexo de defesa diante da complexidade do mundo adulto que o aspira no limiar da infância. Eu talvez fosse mais que os outros. Porque o país que eu tinha para explorar não existia mais, e eu devia reconstituir a topografia de seus principais lugares e de seus lugares santos através da bruma espessa do passado.

Eu me orgulhava sobretudo de uma galeria de tipos humanos que possuía em minha coleção. Além do Presidente-amante, dos deputados num barco e do dândi com seu cacho de uvas, havia personagens bem mais humildes, mas não menos insólitas. Aquelas crianças, por exemplo, juveníssimos operários das minas, com seu sorriso cingido de preto. Um vendedor de jornais (não ousávamos imaginar um louco capaz de correr as ruas gritando: "Olha o *Pravda*! Olha o *Pravda*!"). Um tosquiador de cachorros que exercia seu ofício no cais do Sena. Um guarda-florestal com seu tambor. Grevistas reunidos em torno de uma "sopa comunista". E até um negociante de cocô de cachorro. Orgulhei-me muito de saber que essa estranha mercadoria era utilizada na época para amaciar couro...

Mas minha maior iniciação, naquele verão, foi compreender como se podia ser francês. As inúmeras facetas dessa identidade fugidia tinham se composto formando um todo vivo. Era uma maneira de existir muito ordenada, apesar de seus aspectos excêntricos.

A França não era mais, para mim, um simples gabinete de curiosidades, mas um ser sensível e denso, uma parcela do qual fora um dia enxertada em mim.

2

– Não, o que não compreendo é por que ela quis se enterrar nessa Saranza. Ela poderia muito bem ter vindo morar aqui, junto de vocês...

Quase pulei de meu banquinho perto do televisor. É que eu compreendia perfeitamente por que razão Charlotte se apegava à sua cidadezinha de província. Teria sido tão fácil, para mim, explicar sua opção aos adultos reunidos em nossa cozinha. Teria evocado o ar seco da grande estepe que destilava o passado em sua transparência muda. Teria falado daquelas ruas poeirentas que não levavam a lugar nenhum, desembocando todas na mesma planície infinita. Daquela cidade de que a história, decapitando as igrejas e arrancando os "excessos arquitetônicos", tinha varrido toda noção de tempo. A cidade em que viver significava reviver sem cessar seu passado, enquanto efetuava maquinalmente os gestos cotidianos.

Eu não dizia nada. Tinha medo de ser expulso da cozinha. Os adultos, eu notara isso já fazia algum tempo, toleravam mais facilmente minha presença. Eu parecia ter conquistado, aos catorze anos, o direito de assistir às suas conversas tardias. Contanto que permanecesse invisível. Encantado com essa mudança, eu não queria de maneira nenhuma comprometer tal privilégio.

O nome de Charlotte voltava durante aqueles serões de inverno com a mesma freqüência de antes. Sim, como antes, a vida da minha avó oferecia a nossos convidados um assunto de conversa que poupava o amor-próprio de cada um.

E, depois, essa jovem francesa tinha a vantagem de concentrar em sua existência os momentos cruciais da história de nosso país. Ela tinha vivido sob o czar e sobrevivido aos expurgos stalinistas, tinha atravessado a guerra e assistido à queda de tantos ídolos. Sua vida, decalcada no século mais sanguinário do império, adquiria a nossos olhos uma dimensão épica.

Era ela, essa francesa nascida no outro lado do mundo, que seguia com um olhar vazio a ondulação das areias além da porta aberta do vagão ("Mas que diabo a terá levado àquele raio de deserto?", havia exclamado um dia o amigo de meu pai, o piloto de guerra). Ao lado dela, igualmente imóvel, mantinha-se seu marido Fiodor. O sopro que se engolfava no vagão não trazia nenhum frescor apesar da marcha rápida do trem. Permaneceram um longo momento naquele vão de luz e calor. O vento raspava a testa deles como lixa d'água. O sol estilhaçava a vista numa miríade de fragmentos. Mas eles não se mexiam, como se quisessem que um passado penoso se apagasse com aquela fricção e com aquela ardência. Acabavam de deixar Bukhara.

Era ela que, depois do retorno deles à Sibéria, passava horas intermináveis diante de uma janela escura, soprando de vez em quando a camada espessa de gelo para preservar um pequeno círculo derretido. Através daquele olho mágico aquoso, ela via uma rua branca, noturna. Às vezes um carro deslizava lentamente, se aproximava de sua casa e, após um momento de indecisão, voltava a partir. Três da manhã soavam e, alguns minutos mais tarde, ela ouvia o rangido agudo da neve no alpendre. Fechava os olhos um instante, depois ia abrir. Seu marido sempre voltava àquela hora... As pessoas desapareciam ora no trabalho, ora em plena noite, em casa, depois da passagem de um carro escuro pelas ruas cobertas de neve. Ela tinha a certeza de que enquanto o esperasse à janela, soprando o gelo, nada podia lhe acontecer. Às três, ele se levantava, arrumava as pastas na escrivaninha, saía. Como todos os outros funcionários através do imenso império. Eles sabiam que, no Kremlin, o senhor do país terminava sua jornada de trabalho às três. Sem pensar, todo o mundo se apressava a imitar sua agenda. E nem pensavam que de Moscou à Sibéria, passando por vários fusos horários aquelas "três da manhã" não correspondiam a mais nada. E que Stálin levantava da cama e enchia o primeiro cachimbo do dia, ao passo que numa cidade siberiana, ao cair da noite, seus súditos fiéis lutavam contra o sono em suas cadeiras que se transformavam em instrumentos de tortura. Do Kremlin, o senhor parecia impor sua medida ao fluxo do tempo e ao próprio sol. Quando ia se deitar, todos os relógios do planeta indicavam três da manhã. Pelo menos todo o mundo via a coisa assim, na época.

Um dia, Charlotte, esgotada com essas esperas noturnas, adormeceu alguns minutos antes dessa hora planetária. Um instante após, despertando sobressaltada, ouviu os passos do marido no quarto das crianças. Entrou e viu-o inclinado sobre a cama do filho deles, daquele menino de cabelos negros e lisos que não se parecia com ninguém da família...

Não prenderam Fiodor em seu escritório em pleno dia, nem de madrugada interrompendo seu sono com um tamborilar autoritário na porta. Não, era noite de Natal. Ele tinha se vestido com o capote vermelho de Papai Noel e, irreconhecível debaixo de uma longa barba, seu rosto fascinava as crianças: aquele menino de doze anos e a irmã mais moça – minha mãe. Charlotte ajustava a grande *chapka* na cabeça do marido quando eles penetraram no apartamento. Entraram sem ter de bater, a porta estava aberta, estavam esperando.

E essa cena de detenção, que já tinha se repetido milhões de vezes durante uma só década na vida do país, teve naquela noite, como cenário, aquela árvore de Natal, aquelas duas crianças com suas máscaras de papelão – ele, a lebre, ela, o esquilo. E no centro do aposento – aquele Papai Noel petrificado, adivinhando perfeitamente a seqüência e quase feliz com que as crianças não notassem a palidez das suas faces debaixo da barba de algodão. Charlotte, com uma voz calmíssima, disse à lebre e ao esquilo que espiavam os intrusos sem tirar as máscaras:

– Vão para lá, crianças. Vocês vão acender os fogos-de-bengala.

Ela tinha falado em francês. Os dois agentes trocaram um olhar carregado de subentendidos...

Fiodor foi salvo pelo que, logicamente, deveria têlo perdido: a nacionalidade de sua mulher... Quando, alguns anos antes, as pessoas haviam começado a desaparecer, família por família, casa por casa, ele logo pensara nisso. Charlotte tinha dois graves defeitos geralmente imputados aos "inimigos do povo": as origens "burguesas" e o vínculo com o estrangeiro. Casado com um "elemento burguês", ainda por cima com uma francesa, via-se naturalmente acusado de ser um "espião a soldo dos imperialistas franceses e britânicos". A fórmula, com o tempo, tinha se tornado corrente.

Entretanto, foi justamente nessa evidência perfeita que a máquina bem lubrificada das repressões travou. Porque, de ordinário, ao montar um processo, era-se obrigado a demonstrar que o acusado tinha habilmente e anos a fio escondido seus laços com o exterior. E quando se tratava de um siberiano que só falava sua língua materna, que nunca tinha saído da sua pátria ou encontrado um representante do mundo capitalista, tal demonstração, mesmo se totalmente falsificada, requeria um indiscutível *savoir-faire*.

Mas Fiodor não escondia nada. O passaporte de Charlotte indicava, preto no branco, sua nacionalidade: francesa. Sua cidade de nascimento, Neuilly-sur-Seine, em sua transcrição russa, apenas ressaltava seu estrangeirismo. Suas viagens à França, seus primos "burgueses" que continuavam vivendo lá, seus filhos que falavam francês tão bem quanto russo – tudo era claro demais. As falsas confissões que se costumavam arrancar sob tortura, após semanas de interrogatórios, desta vez tinham sido feitas de bom grado desde o início. A máquina patinou. Fiodor foi encarcerado, depois, tornando-se cada vez mais incômodo, transferido para o outro extremo do império, numa cidade anexada à Polônia.

Eles passaram uma semana juntos. O tempo da viagem através do país e de um dia de instalação, longo e desordenado. No dia seguinte, Fiodor partia para Moscou a fim de se fazer reintegrar ao Partido de que tinha sido prontamente excluído. "É questão de um dia ou dois", disse a Charlotte que o acompanhava à estação. Ao voltar, ela percebeu que o marido havia esquecido sua cigarreira. "Não tem importância", pensou, "daqui a dois dias..." E aquele tempo tão próximo (Fiodor entraria no aposento, veria a cigarreira em cima da mesa e, dando um tapinha na testa, exclamaria: "Que bobo! Procurei por toda parte..."), sim, essa manhã de junho seria a primeira numa longa série de dias felizes...

Voltariam a se ver quatro anos depois. E Fiodor nunca mais encontraria sua cigarreira, trocada por Charlotte, em plena guerra, por uma fôrma de pão preto.

Os adultos falavam. A televisão com suas notícias radiosas, seus ecos das últimas performances da indústria nacional, seus concertos do Bolchói, formava um agradável fundo sonoro. A vodca atenuava o amargor do passado. E eu sentia que todos os nossos convidados, mesmo os recém-vindos, apreciavam aquela francesa que aceitara sem protestar o destino do país deles.

Aqueles relatos me instruíam muito. Eu agora adivinhava por que as festas de fim de ano sempre tinham em nossa família um reflexo de inquietação, como uma corrente de ar sorrateira que faz as portas de uma casa vazia baterem, na hora do crepúsculo. Apesar da alegria de meu pai, apesar dos presentes, do barulho das bombas e do cintilar da árvore de Natal, aquele impalpável mal-estar se fazia sentir. Como se, no meio dos brindes, dos estouros das rolhas e dos risos, esperassem a chegada de alguém. Creio até que, sem o confessarem um ao outro, nossos pais recebiam a calma nevosa e cotidiana dos primeiros dias de janeiro com certo alívio. Em todo caso, esse momento após as festas era o que preferíamos, minha irmã e eu, à própria festa...

Os dias russos da minha avó – aqueles dias que, a um momento dado, se tornavam simplesmente sua vida e não uma "etapa russa" antes da volta à França – tinham para mim uma tonalidade secreta que os outros não discerniam. Era uma espécie de aura invisível que Charlotte trazia em si através desse passado ressurgido em nossa cozinha enfumaçada. Eu me dizia com uma surpresa maravilhada: "Aquela mulher que esperava meses a fio a famosa batida das três da manhã, diante da janela coberta de gelo, aquela mulher era o mesmo ser misterioso e tão próximo que vira, um dia, tacinhas de prata num café de Neuilly!"

Nunca, quando falavam de Charlotte, deixavam de contar aquela manhã...

Foi seu filho que acordou de repente no meio da noite. Pulou da cama de dobrar e, descalço, braços esticados à sua frente, foi até a janela. Atravessando o aposento às escuras, bateu na cama da irmã. Charlotte tampouco dormia. Estava deitada, olhos abertos na escuridão, tentando compreender de onde provinha aquele ruído denso e monótono que parecia impregnar as paredes com vibrações surdas. Sentiu seu corpo, sua cabeça trepidarem naquele ruído lento e viscoso. As crianças acordaram e correram para a janela. Charlotte ouviu o grito espantado da filha:

– Ah! Quantas estrelas! Mas estão se mexendo...

Sem acender a luz, Charlotte foi ter com eles. Ao passar, ela percebeu em cima da mesa um vago reflexo metálico: a cigarreira de Fiodor. Ele devia voltar de Moscou pela manhã. Viu as fileiras de pontos luminosos que deslizavam lentamente no céu noturno.

– Aviões – disse o garoto com sua voz calma que nunca mudava de entonação. – Esquadrilhas inteiras...

– E para onde voam todos assim? – suspirou a menina arregalando os olhos pesados de sono.

Charlotte segurou os dois pelos ombros.

– Vão dormir! Devem ser as manobras de nosso exército. Vocês sabem, a fronteira fica pertinho daqui. As manobras ou, quem sabe, o treino para um desfile aéreo...

O filho tossicou e disse suavemente, como para si mesmo e sempre com aquela tristeza tranqüila que tanto surpreendia naquele adolescente:

– Ou, quem sabe, a guerra...

– Não diga bobagens, Serguei – repreendeu-o Charlotte. – Vão para a cama. Amanhã vamos buscar o pai de vocês na estação.

Acendendo o abajur da mesinha de cabeceira, ela consultou o relógio: "Duas e meia. Já é hoje, então..."

Não tiveram tempo de voltar a dormir. As primeiras bombas rasgaram a noite. As esquadrilhas que fazia uma hora sobrevoavam a cidade tinham por alvo regiões muito mais recuadas, nas profundezas do país, onde seu assalto teria a aparência de um terremoto. Foi somente por volta das três e meia da manhã que os alemães começaram a bombardear a linha fronteiriça abrindo caminho para suas forças terrestres. E aquela adolescente sonolenta, minha mãe, fascinada com estranhas constelações bem arrumadas demais, na verdade se encontrava num fulgurante parênteses entre a paz e a guerra.

Já era quase impossível sair de casa. A terra balançava, as telhas, uma fileira atrás da outra, deslizavam do telhado e quebravam com um estalo seco nos degraus do alpendre. O barulho das explosões envolvia os gestos e as palavras numa espessa surdez.

Charlotte conseguiu enfim empurrar as crianças para fora, ela própria saiu levando uma grande mala que lhe pesava tremendamente nos braços. As construções em frente não tinham mais vidros. Uma cortina ondulava sob o vento apenas desperto. O tecido claro conservava em seu movimento toda a doçura das manhãs de paz.

A rua que levava à estação estava juncada de estilhaços de vidro, de galhos quebrados. Às vezes, uma árvore quebrada em dois obstruía a passagem. Em certo momento, tiveram de contornar uma enorme cratera. Era nesse lugar que a multidão de fugitivos se tornava mais densa. Afastando-se do buraco, as pessoas carregadas de sacos se empurravam e, de repente, se percebiam. Tentavam falar-se, mas a onda de choque perdida no meio das casas surgia subitamente e, com um eco ensurdecedor, as amordaçava. Agitavam os braços com impotência e reiniciavam seu trajeto.

Quando, no fim da rua, Charlotte viu a estação, sentiu fisicamente sua vida de ontem se precipitar num passado sem retorno. Somente a parede da fachada permanecia de pé e, através das órbitas vazias das janelas, via-se o céu pálido da manhã...

A notícia repetida por centenas de bocas varou por fim o barulho das bombas. O último trem para o Leste acabava de partir, respeitando com uma precisão absurda os horários habituais. A multidão chocou-se contra as ruínas da estação, imobilizou-se, depois, acachapada pelo uivo de um avião, dispersou-se nas ruas vizinhas e sob as árvores de uma praça.

Charlotte, desorientada, passeou o olhar a seu redor. Uma tabuleta estava caída a seus pés: "Não atravesse a via! Perigo!" Mas a via férrea, arrancada pelas explosões, não passava de trilhos loucos erguidos numa curva rígida contra o suporte de concreto de um viaduto. Apontavam para o céu e seus dormentes pareciam uma escadaria fantasmagórica que levava direto às nuvens.

"Ali há um trem de mercadorias que vai partir", ouviu murmurar de repente a voz calma e como que entediada do filho.

Ao longe, ela viu uma composição de grandes vagões marrons em torno dos quais se agitavam figurinhas humanas. Charlotte agarrou a alça da mala, as crianças agarraram suas sacolas.

Quando chegaram diante do último vagão, o trem estremeceu e ouviu-se um suspiro de alegria temerosa a saudar esta partida. Um amontoado compacto de gente amedrontada aparecia entre portas de correr. Sentindo a lentidão desesperadora de seus gestos, Charlotte empurrou os filhos para aquela abertura que se afastava lentamente. O filho trepou, pegou a mala. Sua irmã já teve de acelerar o passo para se agarrar à mão que o garoto lhe estendia. Charlotte segurou a menina pela cintura, levantou-a, conseguiu içá-la para a beirada do vagão superlotado. Agora precisava correr, tentando ao mesmo tempo se agarrar à grande tramela de ferro. Aquilo durou apenas um segundo, mas ela teve tempo de perceber os rostos petrificados dos que tinham conseguido escapar, as lágrimas da filha e, com uma nitidez sobrenatural, a madeira rachada da parede do vagão...

Tropeçou, caiu de joelhos. O resto foi tão rápido que pensou não ter tocado o cascalho branco do leito da ferrovia. Duas mãos apertaram-lhe fortemente as costelas, o céu descreveu um brusco ziguezague, ela sentiu-se propulsada para dentro do vagão. E num relâmpago, entreviu o boné de um ferroviário, a silhueta de um homem que, por uma fração de segundo, delineou-se contra a luz entre as portas corridas...

Por volta do meio-dia, o comboio atravessou Minsk. Na fumaça espessa, o sol vermelheava como se de outro planeta fosse. E estranhas borboletas fúnebres – grandes flocos de cinza – rodopiavam no ar. Ninguém conseguia entender como, em algumas horas de guerra, a cidade tinha podido se transformar naquelas enfiadas de carcaças enegrecidas.

O trem avançava lentamente, como às apalpadelas, nesse crepúsculo carbonizado, sob um sol que não doía mais nos olhos. Já estavam acostumados àquela marcha hesitante e ao céu cheio de rugidos de aviões. E até àquele assobio estridente acima do vagão seguido de uma saraivada de balas no teto.

Ao deixar a cidade calcinada, deram com os restos de um trem desventrado pelas bombas. Vários vagões estavam derrubados sobre o leito da via férrea, outros, deitados ou enganchados num monstruoso engavetamento, obstruíam os trilhos. Algumas enfermeiras, imersas num torpor de impotência diante do número de corpos estendidos, caminhavam ao longo da composição. Em suas entranhas negras viam-se contornos humanos, às vezes um braço pendia de uma janela quebrada. O chão estava coberto de bagagens espalhadas. O que mais surpreendia era a quantidade de bonecas que jaziam nos dormentes e no capim... Um dos vagões que haviam ficado nos trilhos tinha sua placa de esmalte, em que se podia ler seu destino. Perplexa, Charlotte constatou que era o trem que haviam perdido de manhã. Sim, aquele último trem para o Leste que havia respeitado os horários de antes de guerra.

Ao cair da noite, a marcha do trem se acelerou. Charlotte sentiu sua filha arrimar-se a seu ombro e ter um calafrio. Levantou-se então para liberar a grande mala sobre a qual estavam sentadas. Era preciso preparar-se para a noite, pegar a roupa quente e dois pacotes de biscoito. Charlotte entreabriu a mala, enfiou a mão dentro e petrificou-se, não podendo reprimir um breve grito que acordou seus vizinhos.

A mala estava repleta de jornais velhos! Na correria da manhã, tinha levado a mala siberiana...

Sem ainda poder acreditar no que seus olhos viam, pegou uma folha amarelada e, à luz cinzenta do crepúsculo, pôde ler: "Deputados e senadores sem distinção de opinião responderam prontamente à convocação que lhes fora feita pelos senhores Loubet e Brisson... Os representantes dos grandes corpos do Estado se agrupavam no salão Murat..."

Com um gesto sonâmbulo, Charlotte tornou a fechar a mala, sentou-se e olhou à sua volta sacudindo levemente a cabeça como se quisesse negar uma evidência.

– Tenho um casaco velho na minha sacola. E peguei o pão na cozinha, saindo...

Ela reconheceu a voz do filho. Ele devia ter adivinhado seu transtorno.

De noite, Charlotte dormiu o tempo de um sonho rápido, misturas de sons e de cores de antigamente... Alguém, dirigindo-se para a saída, a despertou. O trem havia parado no meio dos campos. O ar noturno não tinha aqui a mesma densidade de negro da cidade de que fugiram. A planície que se estendia diante do retângulo pálido da porta aberta conservava o tom acinzentado das noites do Norte. Quando seus olhos domaram a escuridão, ela distinguiu ao lado da via, na sombra de um pequeno bosque, os contornos de uma isbá adormecida. E em frente, num prado que margeava o leito da ferrovia, viu um cavalo. O silêncio era tamanho que se ouvia o leve chiado dos caules arrancados e o pisar macio dos tamancos na terra úmida. Com uma serenidade amarga que surpreendeu a si mesma, Charlotte ouviu nascer e ecoar em seu espírito este pensamento transparente: "Houve aquele inferno das cidades incendiadas e, algumas horas mais tarde – este cavalo que pasta o capim cheio de orvalho, no frescor da noite. Este país é grande demais para que possam vencê-lo. O silêncio desta planície infinita resistirá às bombas deles..."

Nunca tinha se sentido tão próxima daquela terra.

Durante os primeiros meses da guerra, seu sono era atravessado por um incessante desfile de corpos mutilados que ela tratava trabalhando catorze horas por dia. Àquela cidade, a uma centena de quilômetros da linha do *front*, os feridos eram trazidos por composições inteiras. Muitas vezes Charlotte acompanhava o médico que ia à estação receber os trens repletos de carne humana descarnada. Por vezes percebia então, na via paralela, outro trem, cheio de soldados recentemente mobilizados que partiam no sentido oposto, rumando para o *front*.

A ronda dos corpos mutilados não se interrompia, nem mesmo quando dormia. Eles atravessavam seus sonhos, reuniam-se na fronteira das suas noites, esperavam-na: aquele jovem soldado de infantaria com o maxilar inferior arrancado e cuja língua pendia sobre os curativos sujos, aquele outro – sem olhos, sem rosto... Mas principalmente aqueles, cada vez mais numerosos, que tinham perdido braços e pernas – horríveis troncos sem membros, olhares cegos pela dor e pelo desespero.

Sim, eram principalmente esses olhos que rasgavam o véu frágil de seus sonhos. Eles formavam constelações cintilantes na escuridão, seguiam-na por toda parte, falavam silenciosamente com ela.

Uma noite (colunas infinitas de carros de combate atravessavam a cidade), seu sono foi mais que nunca frágil – uma série de breves esquecimentos e despertares no meio do riso metálico das lagartas dos tanques. Foi sobre o fundo pálido desses sonhos que Charlotte começou de repente a reconhecer todas aquelas constelações de olhos. Sim, ela já as havia visto, um dia numa outra cidade. Numa outra vida. Acordou, surpresa por não ouvir mais o menor ruído. Os tanques tinham se ido da rua. O silêncio ensurdecia. E naquela escuridão compacta e muda, Charlotte revia os olhos dos feridos da Grande Guerra. O tempo do hospital de Neuilly se aproximou repentinamente. "Era ontem", pensou Charlotte.

Ela se levantou e foi à janela fechar um postigo. Seu gesto deteve-se a meio caminho. A tempestade branca (a primeira neve daquele primeiro inverno de guerra) atapetava, a grandes rajadas, a terra ainda negra. O céu agitado pelas vagas nevosas aspirou seu olhar para dentro de profundezas movediças. Ela pensou na vida dos homens. Na morte deles. Na presença em algum lugar sob aquele céu tumultuoso de seres sem braços nem pernas, nos olhos deles abertos durante a noite.

A vida apareceu-lhe então como uma monótona seqüência de guerras, um interminável penso de ferimentos sempre abertos. E o estrépito do aço nos paralelepípedos úmidos... Ela sentiu um floco pousar em seu braço. Sim, aquelas guerras sem fim, aqueles ferimentos e, numa espera secreta no meio delas, aquele instante da primeira neve.

Os olhos dos feridos se apagaram em seus sonhos somente duas vezes durante a guerra. Primeiro quando sua filha contraiu tifo e era preciso encontrar a qualquer preço pão e leite (fazia meses que comiam casca de batata). A segunda vez, quando recebeu do *front* um aviso de falecimento... Chegara ao hospital de manhã e lá ficou a noite inteira esperando ser prostrada pelo cansaço, temendo voltar para casa, ver as crianças, ter de contar-lhes. Por volta da meia-noite, sentou-se por fim junto da estufa, a cabeça contra a parede, fechou os olhos e logo enveredou numa rua... Ouvia a sonoridade matinal das calçadas, respirava o ar iluminado por um sol pálido, oblíquo. Andando por essa cidade ainda adormecida, reconhecia a cada passo sua topografia ingênua: café da estação, igreja, praça do mercado... Sentia uma estranha alegria ao ler o nome das ruas, ao olhar o reflexo das janelas, a folhagem da praça atrás da igreja. A pessoa que caminhava ao lado dela pediu-lhe para traduzir um daqueles nomes. Ela adivinhou então o que tornava tão feliz aquela caminhada através da cidade matinal...

Charlotte saiu do sono guardando no movimento dos lábios as últimas palavras pronunciadas lá. E quando compreendeu toda a inverossimilhança de seu sonho – ela e Fiodor naquela cidade francesa numa manhã clara de outono –, quando penetrou a irrealidade absoluta daquele passeio, tão simples porém, tirou do bolso um pequeno retângulo de papel e releu pela centésima vez a morte impressa em letras sem nitidez e o nome do marido escrito à mão, com tinta roxa. Alguém já a chamava na outra ponta do corredor. O novo comboio de feridos ia chegar.

"Samovares"! Era assim que em suas conversas noturnas meu pai e seus amigos às vezes chamavam aqueles soldados sem braços nem pernas, aqueles troncos vivos cujos olhos concentravam todo o desespero do mundo. Sim, eram samovares: com tocos de coxas parecidos aos pés desse recipiente de cobre e cotos de ombros iguais às suas asas.

Nossos convidados falavam com uma estranha mescla de bravata, deboche e amargor. Esse "samovar" irônico e cruel significava que a guerra estava longe, esquecida para uns, sem interesse para outros, para nós, jovens nascidos uma dezena de anos após a Vitória deles. E para não parecerem patéticos, pensava eu, evocavam o passado com essa desenvoltura um pouco canalha, sem crer nem em Deus nem no Diabo, conforme o ditado russo. Somente bem mais tarde aquele tom desenganado revelou-me seu verdadeiro segredo: um "samovar" era uma alma tragada por um pedaço de carne desarticulada, um cérebro destacado do corpo, um olhar sem força enviscado na pasta esponjosa da vida. Aquela alma mortificada, os homens chamavam de "samovar".

Contar a vida de Charlotte também era para eles um modo de não exibir suas próprias chagas e seus sofrimentos. Tanto mais que o hospital dela, misturando centenas de soldados vindos de todos os *fronts*, condensava inúmeros destinos, acumulava tantas histórias pessoais.

Aquele soldado, por exemplo, que sempre me impressionava com sua perna recheada de... madeira. Um estilhaço, incrustando-se abaixo do seu joelho, tinha triturado uma colher de pau que ele trazia enfiada no longo cano da bota. O ferimento não era grave, mas havia que retirar todos os resíduos. "Todas aquelas farpas", segundo Charlotte.

Outro ferido se queixava, dias inteiros a fio, afirmando que debaixo do gesso sua perna comichava a ponto "de arrancar as tripas". Ele se contorcia, coçava a carapaça branca como se suas unhas pudessem penetrar até a ferida. "Tirem o gesso", implorava. "Está me roendo. Tirem ou eu mesmo vou quebrá-lo com uma faca!" O médico-chefe que não largava o escalpelo doze horas por dia não queria saber de nada, pensando tratar-se de um chorão. "Os samovares nunca se queixam", dizia consigo. Foi Charlotte quem por fim persuadiu-o a fazer uma pequena abertura no gesso. Foi ela também que, com uma pinça, tirou da carne sanguinolenta uns vermes brancos e lavou a ferida.

Ao ouvir esse relato, tudo em mim se revoltava. Meu corpo estremecia diante daquela imagem de desagregação. Eu sentia na minha pele o toque físico da morte. E, de olhos arregalados, observava os adultos que esses episódios, todos idênticos a seu ver, divertiam: pedaços de madeiras na ferida, vermes...

E, depois, havia aquela ferida que não queria fechar. Mas cicatrizava bem; o soldado, calmo e sério, permanecia deitado, ao contrário dos outros que, apenas operados, punham-se a vagar pelos corredores. O médico se debruçava sobre aquela perna e balançava a cabeça. Sob os curativos, a ferida, coberta na véspera por um fino verniz de pele, sangrava de novo, suas beiradas escuras se assemelhavam a uma renda rasgada.

"Esquisito!", espantava-se o médico, mas não podia demorar-se mais nela. "Faça outro curativo!", dizia à enfermeira de serviço esgueirando-se entre as camas apertadas umas contra as outras... Foi na noite seguinte que Charlotte, involuntariamente, surpreendeu o ferido. Todas as enfermeiras usavam calçados cujos saltos enchiam os corredores de um tamborilar apressado. Somente Charlotte, com seus chinelos de feltro, se movia sem ruído. Ele não a ouvira entrar. Ela penetrou naquela sala escura, parou perto da porta. A silhueta do soldado sentado na cama se recortava distintamente contra as vidraças iluminadas pela neve. Charlotte necessitou de alguns segundos para adivinhar: o soldado esfregava a ferida com uma esponja. Debaixo do travesseiro enrolavam-se os curativos que ele acabava de tirar... De manhã ela falou com o médico-chefe. Este, após uma noite insone, olhava para ela como se através de um nevoeiro, não entendendo. Depois, sacudindo seu torpor, lançou com uma voz rouca:

– O que você quer que eu faça? Telefono já para eles e digo que o levem embora. É automutilação...

– Ele vai ser levado ao conselho de guerra...

– E daí? Não mereceu? Enquanto os outros morrem nas trincheiras... Ele... Desertor...

Houve um momento de silêncio. O médico sentou-se e pôs-se a massagear o rosto com suas palmas maculadas de tintura de iodo.

– E se engessássemos? – sugeriu Charlotte.

O rosto do médico apareceu detrás de suas palmas com um esgar de cólera. Entreabriu a boca, depois mudou de idéia. Seus olhos avermelhados se animaram, ele sorriu.

– Você com as suas histórias de gesso. Quebramos o de um, porque coça, pomos em outro porque ele se coça. Você não pára de me surpreender Charlota Norbertovna!

Na hora da visita, examinou a ferida e no tom mais natural disse à enfermeira:

– Vai ser preciso engessá-lo. Só uma camada. Charlota fará isso antes de ir embora.

A esperança voltou quando, um ano e meio após a primeira notificação de falecimento, recebeu outra. Fiodor não podia ter sido morto duas vezes, pensava ela, logo talvez estivesse vivo. Aquela dupla morte se tornava uma promessa de vida. Charlotte, sem dizer nada a ninguém, punha-se de novo a esperar.

Ele voltou, chegando, não do Oeste, no início do verão como a maioria dos soldados, mas do Extremo Oriente, em setembro, depois da derrota do Japão...

Saranza, de cidade que esteve encostada ao *front*, transformara-se num lugar pacato, voltando ao seu sono das estepes, detrás do Volga. Charlotte vivia sozinha lá: seu filho (meu tio Serguei) havia ingressado numa escola militar, sua filha (minha mãe) – partido para a cidade vizinha, assim como todos os alunos que desejavam continuar os estudos.

Num morno fim de tarde de setembro, ela saiu de casa e andou pela rua deserta. Antes de a noite cair, queria colher, na orla da estepe, alguns caules de aneto selvagem para as suas salgas. Foi no caminho de volta que o viu... Ela levava um buquê de compridas plantas encimadas por umbelas amarelas. Seu vestido, seu corpo estavam cheios da limpidez dos campos silenciosos, da luz fluida do poente. Seus dedos conservavam o aroma forte do aneto e das ervas secas. Ela já sabia que aquela vida, apesar de toda a sua dor, podia ser vivida, que era preciso atravessá-la lentamente passando daquele pôr-do-sol ao cheiro penetrante daqueles caules, da calma infinita da planície ao gorjeio de um passarinho perdido no céu, sim, indo daquele céu a seu reflexo profundo que ela sentia em seu peito como uma presença atenta e viva. Sim, observar até mesmo a tepidez da poeira naquele pequeno caminho que levava a Saranza...

Ela ergueu os olhos e o viu. Ele ia a seu encontro, ainda estava longe, no fundo da rua. Se Charlotte o tivesse recebido na soleira da casa, se ele tivesse aberto a porta e entrado, como ela imaginava havia tanto tempo, como faziam todos os soldados ao voltar da guerra, na vida ou no cinema, então ela teria sem dúvida dado um grito, teria pulado para ele agarrando-se a seu boldrié, teria chorado...

Mas ele apareceu bem longe, deixando-se reconhecer pouco a pouco, deixando à sua mulher o tempo de dominar aquela rua tornada irreconhecível pela silhueta de um homem cujo sorriso indeciso ela já notava. Eles não correram, não trocaram nenhuma palavra, não se beijaram. Acreditavam ter andado um para o outro durante uma eternidade. A rua estava vazia, a luz do entardecer refletida pela folhagem dourada das árvores – de uma transparência irreal. Parando perto dele, agitou suavemente seu buquê. Ele sacudiu a cabeça como quem diz: “Sim, sim, entendo.” Não usava boldrié, apenas um cinturão com fivela de bronze fosco. Suas botas estavam ruças de poeira.

Charlotte morava no andar térreo de uma velha casa de madeira. De ano em ano, havia um século, o solo se elevava imperceptivelmente e a casa afundava, de modo que a janela de seu cômodo mal ultrapassava o nível da calçada... Entraram em silêncio. Fiodor pôs seu embornal num banco, quis falar, mas não disse nada, apenas tossiu levemente, levando os dedos aos lábios. Charlotte pôs-se a preparar a comida.

Ela se surpreendeu respondendo às suas perguntas, respondendo sem pensar (falaram do pão, dos vales de racionamento, da vida em Saranza), oferecendo-lhe chá, sorrindo quando ele dizia que era preciso "amolar todas as facas desta casa". Mas participando daquela primeira conversa ainda hesitante, ela estava longe. Numa ausência profunda em que ecoavam palavras totalmente diferentes: "Este homem de cabelos curtos e como que salpicados de giz é meu marido. Faz quatro anos que não o vejo. Enterraram-no duas vezes – na batalha de Moscou primeiro, depois na Ucrânia. Ele está aqui, voltou. Eu deveria chorar de alegria. Eu deveria... Ele está com os cabelos todos grisalhos..." Ela adivinhava que ele também estava longe daquela conversa sobre os vales de racionamento. Voltara quando os fogos da Vitória tinham se apagado fazia tempo. A vida retomava seu curso cotidiano. Ele voltava tarde demais. Como um homem distraído que, convidado para almoçar, se apresenta na hora do jantar, surpreendendo a dona da casa que está se despedindo dos últimos convivas atrasados. "Devo lhe parecer velha", pensou de repente Charlotte, mas mesmo essa idéia não soube quebrar a estranha falta de emoção em seu peito, aquela indiferença que a deixava perplexa.

Ela somente chorou quando viu seu corpo. Depois da comida, esquentou água, levou uma bacia de zinco, a pequena banheira de criança que instalou no meio do aposento. Fiodor se encolheu naquele recipiente cinzento cujo fundo cedia sob o pé emitindo um som vibrante. E enquanto derramava um fio de água quente no corpo do marido que, desajeitadamente, esfregava as costas, Charlotte pôs-se a chorar. As lágrimas atravessavam seu rosto cujos traços permaneciam imóveis e caíam, misturando-se à água ensaboada da bacia.

Aquele corpo era o de um homem que ela não conhecia. Um corpo crivado de cicatrizes, de marcas – ora profundas, com bordas carnudas, como enormes lábios vorazes, ora de superfície lisa, luzidia, como o rasto de um caramujo. Num dos omoplatas, uma cavidade fora aberta – Charlotte sabia que gênero de pequenos estilhaços cheios de garras faziam aquilo. Os vestígios rosados dos pontos de sutura rodeavam um ombro, perdendo-se no peito...

Através das suas lágrimas, ela olhou para o aposento como pela primeira vez: uma janela ao rés do chão, aquele buquê de aneto já vindo de outra época de sua vida, um embornal de soldado num banco perto da entrada, grossas botas cobertas de poeira ruça. E debaixo de uma lâmpada nua e baça, no meio daquele cômodo quase escondido na terra, aquele corpo irreconhecível, como que dilacerado pelas engrenagens de uma máquina. Palavras espantadas formaram-se nela, à sua revelia: "Eu, Charlotte Lemonnier, estou aqui, nesta isbá enterrada sob o mato das estepes, com este homem, este soldado de corpo lacerado de ferimentos, o pai de meus filhos, o homem que amo tanto... Eu, Charlotte Lemonnier..."

Uma das sobrancelhas de Fiodor trazia um largo entalhe branco que, estreitando-se, lhe barrava a testa. Seu olhar parecia constantemente surpreso com essa cicatriz. Como se não conseguisse se acostumar àquela vida do pós-guerra.

Viveu menos de um ano... No inverno, mudaram-se para o apartamento em que, crianças, viríamos encontrar Charlotte, cada verão. Não tiveram tempo de comprar louça e talheres novos. Fiodor cortava o pão com a faca trazida do *front* – feita a partir de uma baioneta...

Ao ouvir os relatos dos adultos, eu imaginava assim nosso avô durante aquele reencontro incrivelmente breve: um soldado subia o alpendre da isbá, seu olhar se afogava no de sua mulher e mal tinha tempo de dizer: "Voltei, está vendo?...", antes de cair e morrer de seus ferimentos.

3

A França, naquele ano, encerrou-me numa solidão profunda e silenciosa. No fim do verão, eu voltava de Saranza, como um jovem explorador com mil e um achados em minhas bagagens – do cacho de uvas de Proust à placa atestando a morte trágica do duque de Orléans. No outono e sobretudo durante o inverno, transformei-me num maníaco de erudição, num arquivista catando obsessivamente toda informação sobre o país cujo mistério tinha conseguido apenas abordar em sua excursão estival.

Li tudo o que a biblioteca da nossa escola possuía de interessante sobre a França. Mergulhei nas estantes, mais vastas, de nossa cidade. Ao pontilhado dos relatos impressionistas de Charlotte eu queria opor um estudo sistemático, progredindo de um século ao outro, de um Luís ao seguinte, de um romancista a seus colegas, discípulos ou epígonos.

Esses longos dias passados nos labirintos poeirentos carregados de livros correspondiam sem dúvida a um pendor monacal que todo o mundo sente nessa idade. Procura-se a evasão antes de ser tragado pelas engrenagens da vida adulta, fica-se sozinho fabulando as aventuras amorosas por vir. Essa espera, essa vida de recluso logo se torna penosa. Donde o coletivismo irrequieto e tribal dos adolescentes – tentativa febril de encenar, antes da hora, todos os roteiros da sociedade adulta. São raros os que, aos treze ou catorze anos, sabem resistir a esses desempenhos de papéis impostos aos solitários, aos contemplativos, com toda a crueldade e a intolerância dessas crianças de ontem.

Foi graças à minha busca francesa que eu soube preservar minha atenta solidão de adolescente.

A sociedade em miniatura de meus colegas manifestava a meu respeito ora uma condescendência distraída (eu era um "não maduro", não fumava e não contava histórias salazes em que os órgãos genitais, masculinos e femininos, se tornavam personagens integrais), ora uma agressividade cuja violência coletiva me deixava atônito: eu me sentia muito pouco diferente dos outros, não me acreditava digno de tanta hostilidade. É verdade que eu não me extasiava com os filmes que a mini-sociedade deles comentava durante os recreios, não distinguia os times de futebol de que eram torcedores apaixonados. Minha ignorância os ofendia. Viam nela um desafio. Atacavam-me com suas zombarias, com seus punhos. Foi durante aquele inverno que comecei a discernir uma verdade desconcertante: carregar em si esse passado distante, deixar viver sua alma naquela fabulosa Atlântida não era inocente. Sim, era realmente um desafio, uma provocação aos olhos dos que viviam no presente. Um dia, excedido com as troças, fingi interessar-me pelo placar da última partida e, metendo-me na conversa deles, citei nomes de jogadores que aprendera na véspera. Mas todo o mundo farejou a impostura. A discussão se interrompeu. A mini-sociedade dispersou-se. Tive direito a alguns olhares quase compassivos. Eu me senti ainda mais depreciado.

Depois dessa lamentável tentativa, entranhei-me ainda mais em minhas pesquisas e em minhas leituras. Os reflexos efêmeros da Atlântida no curso do tempo já não me bastavam. Doravante eu aspirava conhecer a intimidade de sua história. Errando nas cavernas de nossa velha biblioteca, eu tentava esclarecer o porquê daquele extravagante casamento de Henrique I com a princesa russa Anna. Queria saber o que o pai dela, o célebre Iaroslav, o Sábio, podia mandar como dote. E como fazia chegar de Kiev manadas de cavalos a seu genro francês atacado pelos belicosos normandos. E qual era o passatempo cotidiano de Anna Iaroslavna nos sombrios castelos medievais em que ela lamentava tanto a ausência dos banhos russos... Eu não me contentava mais com o relato trágico que pintava a morte do duque de Orléans sob as janelas da bela Isabel. Não, agora eu me lançava na perseguição de seu assassino, daquele João sem Medo de quem necessitava remontar a linhagem, atestar as façanhas guerreiras, reconstituir os trajes e as armas, situar os feudos... Eu aprendia qual era o atraso das divisões do marechal Grouchy, aquelas poucas horas a mais, fatais para Napoleão em Waterloo...

Claro, a biblioteca, refém da ideologia, era muito desigualmente provida: encontrei nela um só livro sobre o tempo de Luís XIV, ao passo que a estante vizinha oferecia uns vinte volumes consagrados à Comuna de Paris e uma dúzia sobre o nascimento do partido comunista francês. Mas, ávido de conhecimento, soube frustrar essa manipulação histórica. Voltei-me para a literatura. Os grandes clássicos franceses estavam todos lá e, com exceção de alguns proscritos célebres, como Rétif de La Bretonne, Sade ou Gide, haviam, em geral, escapado da censura.

Minha juventude e minha inexperiência tornavam-me fetichista: eu colecionava mais do que captava a fisionomia do tempo histórico. Buscava principalmente anedotas semelhantes às que os guias contam aos turistas diante dos monumentos de um lugar. Havia na minha coleção o colete vermelho de Théophile Gautier, que este usara na estréia do *Hernani*, as bengalas de Balzac, o narguilé de George Sand e a cena de sua traição nos braços do médico que deveria tratar de Musset. Admirava a elegância com a qual ela oferecia a seu amante o tema de *Lorenzaccio*. Não me cansava de rever as seqüências cheias de imagens que minha memória registrava, em grande desordem, é bem verdade. Como aquela em que Victor Hugo, patriarca grisalho e melancólico, encontrava Leconte de Lisle sob o caramanchão de um parque. "O senhor sabe em quem eu estava pensando?", perguntava o patriarca. E diante do embaraço de seu interlocutor, declarava enfaticamente: "Estava pensando no que direi a Deus quando, muito em breve talvez, chegar a seu reino..." Era então que Leconte de Lisle, irônico e respeitoso ao mesmo tempo, afirmava com convicção: "Oh, o senhor lhe dirá: 'Caro colega...'"

Estranhamente, foi um ser que não sabia nada da França, que nunca tinha lido um só autor francês, alguém que não podia, eu tinha certeza, nem localizar esse país no mapa-múndi, sim, foi ele que, involuntariamente, me ajudou a sair da minha coleção de anedotas orientando minha busca numa direção totalmente nova. Foi aquele bronco que me fizera saber um dia que, se Lênin não tinha filhos, era porque não sabia fazer amor...

A mini-sociedade de nossa classe dedicava a ele tanto desprezo quanto a mim, mas por motivos bem diferentes. Detestavam-no porque ele lhes projetava uma imagem demasiado desagradável do adulto. Dois anos mais velho que nós, instalado portanto naquela idade cujas liberdades os alunos saboreavam antecipadamente, meu amigo ruim de letras não as aproveitava. Pachka, como todo o mundo o chamava, levava a vida desses mujiques esquisitos que guardam em si, até a morte, uma parte de infância, o que contrasta tanto com seu físico selvagem e viril. Obstinadamente, fogem da cidade, da sociedade, do conforto, embrenham-se na floresta e, caçadores ou vagabundos, muitas vezes aí acabam seus dias.

Pachka trazia à classe o cheiro de peixe, de neve e, quando o inverno ficava mais ameno, o odor do barro. Patinhava dias inteiros nas margens do Volga. E se vinha à escola era para não magoar a mãe. Sempre atrasado, não percebendo os olhares desdenhosos dos futuros adultos, atravessava a classe e se enfiava atrás da sua carteira, lá no fundo. Os alunos fungavam ostensivamente à sua passagem, a professora suspirava e erguia os olhos para o céu. O cheiro de neve e de terra úmida enchia lentamente a sala.

Nosso estatuto de párias na sociedade da nossa turma acabou nos unindo. Sem ficarmos propriamente amigos, observávamos nossas duas solidões, víamos nelas como que um sinal de reconhecimento. Desde então, era freqüente eu acompanhar Pachka em suas expedições de pescaria nas margens nevadas do Volga. Ele furava o gelo com uma poderosa pua, jogava no buraco sua linha e se imobilizava sobre essa abertura redonda, que deixava aparecer a espessura esverdeada do gelo. Eu imaginava um peixe que, no fim daquele túnel estreito, às vezes com um metro de comprimento, se aproximava prudentemente da isca... Percas de dorso tigrado, lúcios pintados, barbos de rabo vermelho vivo surgiam do buraco e, desprendidos do anzol, caíam na neve. Após alguns estertores, seus corpos se imobilizavam, gelados pelo vento glacial. As espinhas dorsais cobriam-se de cristais, como fabulosos diademas. Falávamos pouco. A grande calma das planuras nevosas, o céu prateado, o profundo sono do grande rio tornavam inúteis as palavras.

Às vezes Pachka, em busca de um lugar mais piscoso, aproximava-se perigosamente das longas placas de gelo escuro, úmido, minado pelas fontes... Eu me voltava ouvindo um estalido e via meu companheiro debatendo-se na água e enfiando os dedos em leque na neve granulosa. Corria até ele e, a alguns metros da brecha, estendia-me de barriga para baixo e atirava-lhe a ponta da minha echarpe. Normalmente, Pachka conseguia se safar antes da minha intervenção. Como um marsuíno, arrancava-se da água e caía de peito no gelo, rojava desenhando um longo rasto molhado. Mas algumas vezes, sem dúvida muito mais para me agradar, agarrava minha echarpe e deixava-se ser salvo.

Depois desse banho, íamos até uma das carcaças de velhos barcos que se viam, aqui e ali, erguerem-se no meio das dunas de neve. Acendíamos um bom fogo de lenha nas entranhas enegrecidas dessas embarcações. Pachka tirava suas grossas botas de feltro, sua calça acolchoada e colocava-as perto das chamas. Depois, pés nus sobre uma tábua, punha-se a assar o peixe.

Era em torno dessas fogueiras que nos tornávamos mais volúveis. Ele me contava as pescarias extraordinárias (um peixe largo demais para passar pelo buraco furado pela pua!), o degelo que, rompendo com um barulho ensurdecedor a superfície congelada das águas, levava de roldão os barcos, as árvores arrancadas e até as isbás com gatos trepados no teto... E eu lhe falava dos torneios de cavalaria (acabava de aprender que os guerreiros de antanho, ao tirar o elmo após uma justa, estavam com o rosto coberto de ferrugem: ferro mais suor; não sabia por que, mas esse detalhe me exaltava muito mais do que o próprio torneio...), sim, eu lhe falava daqueles traços viris acentuados por uns fios arruivados e daquele jovem bravo que soprava três vezes em seu corno chamando reforço. Eu sabia que Pachka, trilhando, no verão como no inverno, as margens do Volga, sonhava em segredo com as amplidões marinhas. Fiquei feliz ao encontrar para ele na minha coleção francesa aquele combate aterrorizante entre um marinheiro e um enorme polvo. E como minha erudição se nutria essencialmente de anedotas, contava-lhe uma, perfeitamente relacionada com sua paixão e com nossa escala na carcaça de um velho barco. Num mar perigoso de outrora, um navio de guerra inglês cruza com um navio francês e, antes de se lançar numa batalha sem dó nem piedade, o capitão inglês se dirige a seus inimigos de sempre pondo as mãos em concha: "Vós, franceses, combateis por dinheiro. Nós, súditos da rainha, combatemos pela honra!" Então, do navio francês, ouve-se chegar numa lufada de vento salgado esta exclamação jovial do capitão: "Cada um combate pelo que não tem, *sir*!"

Um dia, quase se afogou de verdade. Todo um pano de gelo – estávamos em plena trégua do frio – cedeu sob seus pés. Somente sua cabeça saía da água, depois um braço em busca de um apoio inexistente. Num esforço violento, ele projetou o peito sobre o gelo, mas a superfície porosa se quebrou com seu peso. A correnteza já arrastava suas pernas com as botas cheias d'água. Não tive tempo de desenrolar meu cachecol, atirei-me de barriga sobre a neve, rastejei, estendi-lhe a mão. Foi nesse momento que vi passar em seus olhos um breve clarão de pavor... Creio que ele teria se safado sem a minha ajuda, ele era por demais aguerrido, por demais ligado às forças da natureza para se deixar surpreender por elas. Mas daquela vez aceitou minha mão sem seu sorriso habitual.

Alguns minutos mais tarde o fogo ardia e Pachka, com as pernas nuas e o corpo coberto unicamente com um comprido suéter que eu lhe tinha emprestado enquanto suas roupas secavam, dançava numa tábua lambida pelas chamas. Com seus dedos vermelhos, esfolados, ele amassava uma bola de argila com que envolvia o peixe antes de pô-lo na brasa... Havia em torno de nós o deserto branco do Volga invernal, os salgueiros de galhos finos, friorentos, que formavam um matagal transparente ao longo da margem e, afogado sob a neve, aquele barco quase desintegrado cujo cavername alimentava nossa fogueira bárbara. A dança das chamas parecia tornar o crepúsculo mais denso, a efêmera sensação de conforto mais insinuante.

Por que, naquele dia, eu lhe contei esta história em vez de outra? Com certeza houve uma razão para tanto, um início de conversa que tinha me sugerido este tema... Era um resumo, bem abreviado por sinal, de um poema de Hugo que Charlotte tinha me narrado fazia muito tempo e cujo título eu nem me lembrava... Em algum lugar ao lado das barricadas destruídas, os soldados fuzilavam os insurretos, no coração daquela Paris rebelde em que as pedras do calçamento tinham a extraordinária capacidade de se erguerem subitamente em muralhas. Uma execução rotineira, brutal, implacável. Os homens punham-se de costas contra a parede, fixavam um momento os canos dos fuzis que visavam seu peito, depois levantavam os olhos para a corrida ligeira das nuvens. E caíam. Seus companheiros os substituíam em face dos soldados... Entre esses condenados encontrava-se uma espécie de Gavroche cuja idade deveria ter inspirado clemência. Mas não! O oficial mandou que ele se pusesse na fila de espera fatal, o garoto tinha o mesmo direito à morte dos adultos. "Vamos fuzilar a ti também!", rosnou aquele carrasco. Mas um instante antes de ir para o muro, o menino correu até o oficial e suplicou: "Posso levar este relógio à minha mãe? Ela mora a dois passos daqui, perto da fonte. Depois eu volto, juro!" Essa esperteza infantil comoveu até os corações barbarizados da soldadesca. Eles caíram na risada, a artimanha parecia de fato ingênua demais. O oficial, rindo às gargalhadas, proferiu: "Vai, corre. Cai fora, seu malandrinho!" E continuavam a rir enquanto carregavam os fuzis. Mas eis que suas vozes cessam bruscamente. O menino reaparecera e colocando-se junto do muro, ao lado dos adultos, lançou: "Aqui estou!"

Ao longo de todo o meu relato, Pachka mal parecia me ouvir. Estava imóvel, inclinado para o fogo. Seu rosto se escondia sob a viseira abaixada de sua grossa *chapka* de pele. Mas quando cheguei à última cena – o garoto volta, de rosto pálido e grave, e se imobiliza diante dos soldados –, sim, quando pronunciei sua palavra final: "Aqui estou!", Pachka estremeceu, endireitou-se... E o inacreditável se produziu. Passou por cima da borda do barco e, descalço, pôs-se a andar na neve. Ouvi uma espécie de gemido sufocado que o vento úmido dissipou rapidamente acima da planície branca.

Deu alguns passos, depois parou, enfiado até os joelhos num monte de neve. Perplexo, fiquei um instante sem me mexer, olhando do barco aquele rapaz grandalhão metido num suéter estirado que o vento inflava como se fosse um vestido curto de lã. As orelheiras da sua *chapka* ondulavam lentamente naquele sopro frio. Suas pernas nuas enfiadas na neve me fascinavam. Não entendendo mais nada, pulei por cima do bordo e fui ao seu encontro. Ouvindo o chiado dos meus passos, ele se virou bruscamente. Um esgar de dor crispava seu rosto. As chamas de nossa fogueira se refletiam em seus olhos com uma fluidez inusitada. Ele se apressou a enxugar aqueles reflexos com a manga. "Ah, esta fumaça!", resmungou piscando os olhos e, sem olhar para mim, voltou para o barco.

Foi ali, estendendo seus pés frigorificados para a brasa, que me perguntou com uma insistência colérica:

– E aí? Eles mataram o sujeito, não foi?

Pego desprevenido e não encontrando em minha memória nenhum esclarecimento sobre esse ponto, emiti um balbucio hesitante:

– Eh... Não sei direito...

– Como não sabe? Mas você me contou tudo!

– Não, é que, entende, no poema...

– Dane-se o poema! Na vida, mataram ele ou não?

Seu olhar que me fixava por cima das chamas brilhava com uma luz um tanto louca. Sua voz se fazia ao mesmo tempo rude e suplicante. Eu suspirei, como se quisesse pedir perdão a Hugo e, num tom firme e claro, declarei:

– Não, não fuzilaram. Um velho sargento que estava ali lembrou-se de seu filho que ficara na aldeia. E gritou: "Quem tocar neste garoto vai se haver comigo!" E o oficial teve de soltá-lo...

Pachka baixou o rosto e pôs-se a tirar o peixe moldado na argila remexendo a brasa com um galho. Em silêncio, quebrávamos aquela crosta de terra cozida que se soltava com as escamas e comíamos a carne macia e quente salpicando-a de sal grosso.

Nós nos calávamos também ao regressar, ao cair da noite, à cidade. Eu ainda estava sob a impressão da magia que vinha de se produzir. O milagre que tinha me demonstrado a onipotência da palavra poética. Eu adivinhava que não se tratava nem mesmo de artifícios verbais, tampouco de uma sábia reunião de palavras. Não! Porque as de Hugo tinham sido inicialmente deformadas no relato distante de Charlotte, depois no curso do meu resumo. Portanto duplamente traídas... E no entanto, o eco dessa história na verdade tão simples, contada a milhares de quilômetros do seu lugar de origem, tinha conseguido arrancar lágrimas de um jovem bárbaro e empurrá-lo nu na neve! Secretamente, eu me orgulhava de ter feito brilhar uma centelha daquele esplendor que a pátria de Charlotte irradiava.

E depois, naquela noite, compreendi que não eram as anedotas que eu precisava procurar em minhas leituras. Nem palavras lindamente dispostas numa página. Era algo muito mais profundo e, ao mesmo tempo, muito mais espontâneo: uma penetrante harmonia do visível que, uma vez revelada pelo poeta, tornava-se eterna. Sem saber nomeá-la, era ela que eu perseguia agora de um livro a outro. Mais tarde, aprenderia seu nome: Estilo. E jamais poderia aceitar sob esse nome exercícios vãos de malabaristas de palavras. Porque eu veria surgir diante do meu olhar as pernas azuis de Pachka plantadas num monte de neve, à beira do Volga, e os reflexos fluidos das chamas em seus olhos... Sim, ele estava mais comovido com o destino do jovem insurreto do que com seu próprio afogamento evitado por um triz uma hora antes!

Despedindo-se de mim num cruzamento do subúrbio em que morava, Pachka entregou-me minha parte de peixe: algumas longas carapaças de argila. Depois, num tom carrancudo, evitando meu olhar, perguntou:

– E aquele poema sobre os fuzilados, onde se pode encontrar?

– Amanhã eu levo para você, na escola, devo tê-lo em casa, copiado...

Disse isso de um só jato, controlando mal minha alegria. Era o dia mais feliz da minha adolescência.

4

"É que Charlotte não tem mais nada para me transmitir!"

Esse pensamento desconcertante me veio à mente na manhã da minha chegada a Saranza. Saltei do vagão em frente da pequena estação, era o único a descer ali. Na outra ponta da plataforma, vi minha avó. Ela me avistou, agitou levemente a mão e veio ao meu encontro. Nesse momento é que tive essa intuição: ela não tinha mais nada de novo a me transmitir sobre a França, tinha me contado tudo e, graças às minhas leituras, eu tinha acumulado conhecimentos talvez mais vastos que os seus... Beijando-a, senti-me envergonhado com esse pensamento que me havia pegado desprevenido. Via naquilo como que uma traição involuntária.

Aliás, já fazia meses que eu sentia esta angústia esquisita: a de ter aprendido demais... Eu parecia aquele sujeito econômico que espera ver a massa de sua poupança proporcionar-lhe em breve um modo de vida totalmente diferente, abrir-lhe um horizonte prodigioso, mudar sua visão das coisas – até mesmo seu modo de andar, de respirar, de falar com as mulheres. A massa não pára de inchar, mas a metamorfose radical demora para vir.

O mesmo sucedia com minha soma de conhecimentos franceses. Não que eu desejasse tirar algum proveito dela. O interesse que meu colega de poucas letras tinha por meus relatos já me satisfazia amplamente. Eu esperava antes um misterioso estalo, semelhante ao da mola de uma caixinha de música, um clique que anuncia o começo de um minueto que os bonecos vão dançar em seu tablado. Eu aspirava a que aquela barafunda de datas, nomes, acontecimentos, personagens, se remodelasse numa matéria vital nunca antes vista, se cristalizasse num mundo radicalmente novo. Eu queria que a França enxertada em meu coração, estudada, explorada, aprendida, fizesse de mim um outro.

Mas a única mudança do início daquele verão foi a ausência da minha irmã que tinha ido prosseguir seus estudos em Moscou. Eu tinha medo de me confessar que sua partida talvez tornasse impossíveis nossos serões no balcão.

Na primeira noite, como para obter a confirmação de meus temores, pus-me a interrogar minha avó sobre a França da sua juventude. Ela respondia de bom grado, estimando minha curiosidade sincera. Enquanto falava, Charlotte continuava a cerzir a gola rendada de uma blusa. Ela manejava a agulha com aquele toque de elegância artística que sempre se nota numa mulher que trabalha e ao mesmo tempo mantém a conversa com um convidado que acredita interessado em seu relato.

Apoiado no parapeito do pequeno balcão, eu a escutava. Minhas perguntas maquinais traziam, em eco, cenas do passado mil vezes contempladas na minha infância, imagens familiares, seres conhecidos: aquele tosquiador de cachorros do cais do Sena, o séquito imperial percorrendo os Champs-Elysées, a bela Otéro, o Presidente enlaçando sua amante num beijo fatal... Agora, eu me dava conta de que aquelas história todas Charlotte tinha repetido para nós cada verão, cedendo a nosso desejo de ouvir de novo o conto favorito. Sim, exatamente, não eram nada mais que contos que encantavam nossos jovens anos e que, como todo conto verdadeiro, não nos cansavam nunca.

Eu tinha catorze anos naquele verão. O tempo dos contos, isso eu entendia perfeitamente, não recomeçaria. Eu havia aprendido demais para me deixar inebriar por sua sarabanda colorida. Estranhamente, em vez de me alegrar com esse sinal evidente de meu amadurecimento, naquela noite eu sentia grandemente a perda de minha confiança ingênua de outrora. Porque meus novos conhecimentos, contrariando minha expectativa, pareciam obscurecer meu imaginário francês. Mal tinha vontade de voltar à Atlântida da nossa infância, uma voz douta intervinha: eu via as páginas dos livros, as datas em negrito. E a voz punha-se a comentar, a comparar, a citar. Eu me sentia atingido por uma estranha cegueira...

A certa altura, nossa conversa se interrompeu. Eu havia escutado tão distraidamente que as últimas palavras de Charlotte – devia ser uma pergunta – me escaparam. Envergonhado, escrutei seu rosto voltado para mim. Ouvia em meus ouvidos a melodia da frase que ela acabava de pronunciar. Foi sua entonação que me ajudou a reconstituir seu sentido. Sim, era a entonação que o contador adota dizendo: "Ora, esta você sem dúvida já ouviu. Não vou aborrecê-lo com minhas velharias..." e espera, secretamente, que seus ouvintes se ponham a encorajá-lo afirmando ignorar sua história ou tê-la esquecido... Eu sacudi levemente a cabeça, com um ar dubitativo.

– Não, não, não sei. Tem certeza de que já me contou?

Vi um sorriso iluminar o rosto de minha avó. Ela retomou seu relato. Eu a ouvia com atenção, desta feita. E pela enésima vez surgiu diante da minha vista a rua estreita de uma Paris medieval, uma fria noite de outono e, numa parede, aquela placa escura que unira para sempre três destinos e três nomes de antanho: Luís de Orléans, João sem Medo, Isabel da Baviera...

Não sei por que eu lhe cortei a palavra nesse instante. Sem dúvida eu queria lhe mostrar minha erudição. Mas, sobretudo, foi essa revelação que me cegou subitamente: uma velha senhora, num balcão suspenso acima da estepe sem fim, repete mais uma vez uma história conhecida de cor, repete-a com a precisão mecânica de um disco, fiel a esse relato mais ou menos legendário falando de um país que existe apenas em sua memória... Nosso *tête-à-tête* no silêncio do anoitecer pareceu-me de repente descabido, a voz de Charlotte lembrou-me a de um autômato. Captei de passagem o nome de um personagem que ela acabava de evocar, pus-me a falar. João sem Medo e suas vergonhosas colusões com os ingleses. Paris, onde os açougueiros, tendo se tornado "revolucionários", faziam a lei e massacravam os inimigos da Borgonha, ou assim supostos. E o rei louco. E os patíbulos nas praças parisienses. E os lobos que vagavam pelos subúrbios da cidade devastada pela guerra civil, e a traição inimaginável cometida por Isabel da Baviera que se ligou a João sem Medo e renegou o delfim, pretendendo que ele não era filho do rei. Sim, a bela Isabel da nossa infância...

Faltou-me ar de repente, eu me estrangulava com minhas próprias palavras, tinha demais a dizer.

Após um momento de silêncio, minha avó balançou suavemente a cabeça e disse com muita sinceridade:

– Fico feliz por você conhecer tão bem a história!

No entanto, em sua voz, cheia de convicção, acreditei distinguir o eco de um pensamento inconfesso: "É bom conhecer a história. Mas quando falava de Isabel e daquela Allée des Arbalétriers, daquela noite de outono, eu estava pensando numa coisa bem diferente..."

Ela se debruçou sobre seu trabalho, dando pequenas agulhadas, precisas e regulares. Atravessei o apartamento, desci à rua. Um apito de locomotiva soou ao longe. Sua sonoridade atenuada pelo ar quente da noite tinha algo de um suspiro, de uma queixa.

Entre o prédio em que morava Charlotte e a estepe havia uma espécie de pequeno bosque muito denso, impenetrável mesmo: moitas de amoreiras silvestres, galhos espinhentos de aveleiras, valas afundadas cheias de urtigas. Aliás, mesmo se, no curso de nossas brincadeiras, conseguíamos transpassar esses atravancamentos naturais, outros, os fabricados pelo homem, obstruíam a passagem: as fileiras contorcidas de arame farpado, as intersecções enferrujadas dos obstáculos antitanques... Chamavam aquele lugar de "Stalinka", do nome da linha de defesa que havia sido construída ali durante a guerra. Temia-se que os alemães chegassem até lá. Mas o Volga e, sobretudo, Stalingrado, os detiveram... A linha havia sido desmontada, os restos do material de guerra tinham sido abandonados naquele bosque que herdara seu nome. "Stalinka", diziam os habitantes de Saranza, e a cidade deles parecia entrar assim nas grandes gestas da História.

Afirmava-se que o interior do bosque estava minado. Isso dissuadia até os mais corajosos dentre nós a querer se aventurar naquele *no man's land* ensimesmado em seus tesouros enferrujados.

Era atrás do matagal da Stalinka que passava aquela estrada de ferro de bitola estreita; dir-se-ia uma ferrovia em miniatura, com uma pequena locomotiva preta de fuligem, vagonetes, também eles pequenos e – como numa ilusão de óptica – o maquinista com uma camiseta manchada de óleo e graxa: um falso gigante debruçado na janela. Cada vez, antes de atravessar um dos caminhos que fugiam em direção ao horizonte, a locomotiva dava seu grito meio terno, meio queixoso. Duplicado por seu eco, esse sinal parecia o chamado sonoro de um cuco. A "Kukuchka", dizíamos com um piscar de olhos ao perceber aquela composição sobre os trilhos estreitos invadidos por dentes-de-leão e camomilas...

Foi sua voz que me guiou naquele fim de dia. Eu contornei a brenha à orla da Stalinka, vi o último vagonete que deslizava se apagando na penumbra tépida do crepúsculo. Mesmo aquela pequena composição difundia o inimitável cheiro das ferrovias, um tanto picante, que convidava insensivelmente para as longas viagens decididas num repente feliz. De longe, da bruma azulada do anoitecer, ouvi pairar um melancólico "cu-cu-u". Pousei meu pé no trilho que vibrava muito suavemente sob o trem desaparecido. A estepe silenciosa parecia esperar de mim um gesto, um passo.

"Como era bom antes", dizia em mim uma voz sem palavras. "Esta Kukuchka que eu imaginava ir numa direção desconhecida, rumo a países inexistentes no mapa, rumo a montanhas com picos nevados, rumo a um mar noturno em que se confundem os fanais dos barcos e as estrelas. Agora eu sei que este trem vai da olaria de Saranza à estação onde descarregam seus vagonetes. Dois ou três quilômetros no máximo. Linda viagem! Sim, agora eu sei e, por isso, nunca mais vou poder acreditar que estes trilhos são infinitos e esta noite é única, com este aroma forte da estepe, este céu imenso, e com minha presença inexplicável e estranhamente necessária aqui, perto desta linha com seus dormentes rachados, neste instante preciso, com o eco deste 'cu-cu-u' no ar violeta. Antigamente, tudo me parecia tão natural..."

De noite, antes de pegar no sono, eu me lembrei de ter enfim entendido o significado da fórmula enigmática do *menu* do banquete em homenagem ao czar: "*bartavelles et ortolans truffés rôtis*". Sim, agora eu sabia que se tratava de aves silvestres apreciadíssimas pelos *gourmets*. Um prato delicado, saboroso, raro, nada mais que isso porém. Não adiantava eu repetir como outrora "*bartavelles et ortolans*", a magia que enchia meus pulmões do vento salgado de Cherbourg havia caducado. E com um desespero hesitante, murmurei baixinho, para mim mesmo, arregalando os olhos na escuridão:

– Quer dizer que já vivi uma parte da minha vida!

A partir de então, falávamos para não dizer nada. Vimos instalar-se entre nós o biombo dessas palavras lisas, desses reflexos sonoros do cotidiano, desse líquido verbal com que nos sentimos obrigados, sabe lá por que, a preencher o silêncio. Com estupor, eu descobria que falar era, de fato, a melhor forma de calar o essencial. Ao passo que, para dizê-lo, teria sido necessário articular as palavras de uma maneira totalmente diferente, sussurrá-las, tecê-las nos rumores da noite, nos raios do poente. Mais uma vez eu sentia em mim a misteriosa gestação dessa língua tão diferente das palavras embotadas pelo uso, uma língua na qual eu teria podido dizer baixinho encontrando o olhar de Charlotte:

– Por que sinto um aperto no coração quando ouço o chamado distante da Kukuchka? Por que numa manhã de outono em Cherbourg cem anos atrás, sim, naquele instante que eu nunca vivi, numa cidade que nunca visitei, por que sua luz e seu vento me parecem mais vivos que os dias da minha vida real? Por que seu balcão não paira mais no ar lilás do anoitecer, acima da estepe? A transparência de sonho que o envolvia se quebrou, como um matraz de alquimista. E esses cacos de vidro chiam e nos impedem de falar como antes... E suas lembranças que agora conheço de cor não serão uma gaiola que mantém você prisioneira? E nossa vida não será justamente essa transformação cotidiana do presente móvel e caloroso numa coleção de lembranças estáticas como as borboletas esquartejadas em seus alfinetes sob um vidro empoeirado? E por que então sinto que daria sem hesitar toda essa coleção em troca da sensação única de azedume que deixara em meus lábios a imaginária tacinha de prata naquele café ilusório de Neuilly? Por um só hausto do vento salgado de Cherbourg? Por um só grito da Kukuchka vindo da minha infância?

No entanto, continuávamos a preencher aquele silêncio, como um tonel das Danaides, com palavras inúteis, falas vazias: "Está mais quente do que ontem! Gavrilytch está bêbado de novo... A Kukuchka não passou esta noite... A estepe está em fogo lá longe, olhe! Não, é uma nuvem... Vou fazer mais chá... Hoje, na feira, vendiam melancias do Usbequistão..."

O indizível! Era misteriosamente ligado, agora eu entendia, ao essencial. O essencial era indizível. Incomunicável. E tudo o que, neste mundo, me torturava por sua beleza muda, tudo o que prescindia da palavra, me parecia essencial. O indizível era essencial.

Essa equação produziu na minha jovem cabeça uma espécie de curto-circuito intelectual. E foi graças à sua concisão que, naquele verão, dei com esta verdade terrível: "As pessoas falam porque têm medo do silêncio. Falam maquinalmente, em voz alta ou cada um sozinho, inebriam-se com esse mingau vocal que envisca todo objeto e todo ser. Falam de coisa e outra, falam de dinheiro, de amor, de nada. E empregam, mesmo quando falam de seus amores sublimes, palavras mil vezes ditas, frases usadas até a trama. Falam por falar. Querem conjurar o silêncio..."

O matraz do alquimista tinha se quebrado. Conscientes do absurdo de nossas palavras, prosseguíamos nosso diálogo cotidiano: "Pode ser que chova. Veja aquela nuvem. Não, é a estepe em fogo... Ué, a Kukuchka passou mais cedo que de costume... Gavrilytch... O chá... Na feira..."

Sim, uma parte da minha vida ficara para trás. A infância.

Finalmente, nossas conversas sobre coisa e outra não eram, naquele verão, de todo injustificadas. Chovia com freqüência, e minha tristeza coloriu essas férias em minha memória de tons brumosos e mornos.

Às vezes, do fundo daquela lenta monotonia de dias, um reflexo de nossos serões de outrora surgia – alguma foto que eu descobria por acaso na mala siberiana cujo conteúdo havia muito não tinha mais segredo pra mim. Ou de vez em quando um fugidio detalhe do passado familiar que ainda me era desconhecido e que Charlotte me contava com a alegria tímida de uma princesa arruinada que encontra de repente sob o forro gasto da bolsa uma fina moedinha de ouro.

Foi assim que, num dia de forte chuva, remexendo as pilhas de jornais velhos franceses amontoados na mala, dei com aquela página proveniente, sem dúvida, de uma revista ilustrada do começo do século. Era uma reprodução, apenas revestida de uma tintura marrom e cinzenta, de um quadro desse realismo extremo que atrai pela precisão e a abundância dos detalhes. Foi examinando-os durante essa longa noite chuvosa que devo ter gravado o tema. Uma coluna díspar de guerreiros, todos visivelmente provados pela fadiga e a idade, atravessava a rua de uma aldeia pobre, de árvores nuas. Sim, os soldados eram todos idosos – velhotes, pareceu-me, com longos cabelos brancos escapando dos chapéus de abas largas. Eram os últimos homens válidos de um recrutamento popular em massa já devorado pela guerra. Não retive o título do quadro, mas a palavra "últimos" fazia parte dele. Eram os últimos a enfrentar o inimigo, os últimos a poder manejar as armas. Estas, por sinal, eram muito rudimentares: algumas lanças, machados, sabres velhos. Curioso, eu detalhava seus trajes, suas botas grossas com grandes fivelas de cobre, seus chapéus e, às vezes, um elmo desbotado, semelhante ao dos conquistadores, seus dedos nodosos crispados nos cabos das lanças... A França, que sempre se mostrara a meus olhos no fasto de seus palácios, nas horas gloriosas de sua história, manifestou-se de repente sob os traços daquela aldeia do Norte onde as casas se encolhiam atrás de sebes magras, onde árvores estioladas tremiam sob o vento do inverno. Surpreendentemente, eu me senti muito próximo tanto daquela rua lamacenta, como daqueles velhos guerreiros condenados a cair num combate desigual. Não, não havia nada de patético em sua atitude. Não eram heróis expondo sua bravura ou sua abnegação. Eram simples, humanos. Principalmente este, usando o velho elmo de conquistador, um velho de elevada estatura que marchava apoiando-se numa lança, no fim da coluna. Seu rosto me subjugou por uma surpreendente serenidade, ao mesmo tempo amarga e sorridente.

Entregue à minha melancolia de adolescente, fui subitamente arrebatado por uma alegria confusa. Achei ter compreendido a calma daquele velho guerreiro diante da derrota iminente, diante do sofrimento e da morte. Nem estóico nem alma beata, ele marchava, cabeça erguida, através daquele país plano, frio e sem cor, que ele amava apesar de tudo, chamando-o "pátria". Parecia invulnerável. Por uma fração de segundo meu coração pareceu bater no mesmo ritmo do seu, triunfando do medo, da fatalidade, da solidão. Nesse desafio, senti como que uma nova corda da harmonia viva que era para mim a França. Tentei imediatamente encontrar-lhe um nome: orgulho patriótico? galhardia? Ou a famosa *furia francese* que os italianos reconheciam aos guerreiros franceses?

Evocando mentalmente essas etiquetas, vi que o rosto do velho soldado se fechava lentamente, seus olhos se apagaram. Ele voltava a ser um personagem de uma velha reprodução de cores cinza e bistre. Era como se ele tivesse desviado o olhar para esconder de mim seu mistério que eu acabava de entrever.

Outro brilho do passado foi aquela mulher. Aquela, de casaco acolchoado e grossa *chapka*, cuja foto eu havia descoberto num álbum cheio de clichês datando da época francesa de nossa família. Lembrei-me que essa foto tinha desaparecido do álbum logo depois de eu ter me interessado por ela e ter falado dela a Charlotte. Esforcei-me para me lembrar por que, então, eu não tinha podido obter resposta. A cena se apresentou aos meus olhos: eu mostro a foto à minha avó e de repente vejo passar uma sombra rápida que me faz esquecer minha pergunta; na parede, cubro com a palma da mão uma estranha mariposa, uma esfinge com duas cabeças, dois corpos, quatro asas.

Eu me dizia que, agora, quatro anos depois, aquela esfinge dupla não tinha mais nada de misterioso para mim: duas mariposas acasaladas, simplesmente. Pensei nas pessoas acasaladas, tentando imaginar o movimento de seus corpos... E de repente compreendi que fazia meses já, anos talvez, que só pensava naqueles corpos enlaçados, confundidos. Pensava neles sem me dar conta, a cada instante do dia, falando de outra coisa. Como se a carícia febril das esfinges queimasse o tempo todo a palma da minha mão.

Interrogar Charlotte para saber quem era essa mulher de casaco acolchoado parecia-me agora definitivamente impossível. Um obstáculo absoluto surgia entre minha avó e mim: o corpo feminino sonhado, cobiçado, possuído mil vezes em pensamento.

À noite, servindo-me chá, Charlotte falou numa voz distraída:

– Engraçado, a Kukuchka ainda não passou...

Emergindo do meu devaneio, levantei os olhos para ela. Nossos olhares se encontraram... Não nos dissemos mais nada até o fim do jantar.

Aquelas três mulheres mudaram minha visão, minha vida...

Eu as havia descoberto por acaso, no verso de um recorte de jornal enfiado na mala siberiana. Relia, mais uma vez, o artigo sobre o primeiro reide automobilístico "Pequim-Paris via Moscou", como para provar a mim mesmo que não havia mais nada a aprender, que a França de Charlotte estava realmente esgotada. Distraído, eu tinha deixado a página cair no tapete, tinha espiado pela porta aberta do balcão. Era um dia especial, no fim do mês de agosto, fresco e ensolarado, quando o vento frio que transpunha o Ural trazia às nossas estepes o primeiro sopro do outono. Tudo brilhava naquela luz límpida. As árvores da Stalinka se desenhavam com uma nitidez frágil no céu de um azul reavivado. O horizonte traçava uma linha pura, terminante. Com um apaziguamento amargo, eu me dizia que o fim das férias se aproximava. O fim também de um período da minha vida, um fim marcado por esta descoberta extraordinária: todos os meus conhecimentos não me garantiam nem a felicidade nem o contato privilegiado com o essencial... Outra revelação também: todo o tempo eu pensava no corpo feminino, nos corpos das mulheres. Todos os outros pensamentos eram complementares, acidentais, derivados. Sim, eu me rendia à evidência de que ser homem significava pensar constantemente nas mulheres, que o homem não passava desse sonhador de mulheres! E que eu estava me tornando um...

Por um capricho cômico, a página do jornal, deslizando sobre o tapete, tinha se virado. Apanhei-a e foi então que, nas costas, eu as percebi: aquelas três mulheres do princípio do século. Nunca as tinha visto antes, considerando o verso daquele recorte de jornal inexistente. Aquele encontro imprevisto me intrigou. Aproximei a foto da luz que vinha do balcão...

E imediatamente me apaixonei por elas. Por seus corpos e por seus olhos ternos e atentos que deixavam adivinhar demasiadamente bem a presença de um fotógrafo curvado sob um pano preto, atrás de um tripé.

A feminilidade delas era aquela que devia infalivelmente tocar o coração do adolescente solitário e selvagem que eu era. Uma feminilidade de certa forma normativa. Todas as três usavam um longo vestido preto que realçava o amplo arredondado do seio, moldava os quadris, mas sobretudo, antes de envolver as pernas e se derramar em graciosas dobras em torno dos pés, o tecido esboçava o contorno discreto de seu ventre. A sensualidade pudica desse triângulo levemente roliço me fascinou!

Sim, a beleza delas era justamente aquela que um jovem sonhador ainda carnalmente inocente podia imaginar sem cessar em suas teatralizações eróticas. Era a representação de uma mulher "clássica". Idéia de feminilidade encarnada. Visão da amante ideal. Era assim, em todo caso, que eu contemplava aquelas três elegantes com seus grandes olhos sombreados de negro, seus volumosos chapéus de fitas de veludo escuro, seu ar de antigamente que, nos retratos das gerações precedentes, sempre nos aparece como o indício de certa ingenuidade, de um candor espontâneo que falta em nossos contemporâneos e que nos toca inspirando-nos confiança.

Na verdade, eu estava maravilhado sobretudo com a precisão dessa coincidência: minha inexperiência amorosa recorria justamente a essa Mulher em geral, uma mulher ainda privada de todas as particularidades carnais que o desejo maduro saberia detectar em seu corpo.

Eu as contemplava com um mal-estar crescente. Seus corpos eram inacessíveis para mim. Oh, não se tratava de uma impossibilidade real de alcançá-las. Fazia muito que minha imaginação erótica tinha aprendido a superar tal obstáculo. Eu fechava os olhos e via minhas belas passeantes – nuas. Como um químico, graças a uma sábia síntese, eu podia recompor a carne delas a partir dos elementos mais banais: o peso da coxa daquela mulher que roçara um dia em mim num ônibus superlotado, as curvas dos corpos bronzeados nas praias, todos os nus dos quadros. E mesmo meu próprio corpo! Sim, apesar do tabu que, na minha pátria, envolvia a nudez e, com maior razão, a nudez feminina, eu teria sido capaz de reconstituir a elasticidade de um seio sob meus dedos e a maciez de uma anca.

Não, as três elegantes eram-me totalmente inacessíveis... Quando quis recriar o tempo que as rodeava, minha memória pôs-se em ação sem tardar. Eu me lembrava de Blériot, que, por aquela época, atravessava o canal da Mancha em seu monoplano, de Picasso que pintava as *Demoiselles d'Avignon*... A cacofonia dos fatos históricos ressoou em minha cabeça. Mas as três mulheres permaneciam imóveis, inanimadas – três peças de museu sob uma etiqueta: as elegantes da Belle Époque nos jardins dos Champs-Elysées. Tentei então torná-las minhas, fazer delas minhas amantes imaginárias. Por meio da minha síntese erótica, modelava o corpo delas, elas se mexeram mas com a rigidez das letárgicas que alguém tivesse querido transportar, de pé, vestidas, imitando seu despertar. E como para acentuar essa impressão de torpor, a síntese diletante extraiu da minha memória uma imagem que me arrancou uma careta: aquele seio nu, flácido, o seio morto de uma velha bêbada que eu vira, um dia, na estação ferroviária. Sacudi a cabeça para me desfazer dessa visão repugnante.

Era preciso, pois, resignar-se a esse museu povoado de múmias, de figuras de cera com suas etiquetas: "Três elegantes", "Presidente Faure e sua amante", "Velho guerreiro numa aldeia do Norte..." Tornei a fechar a mala.

Debruçado no parapeito do balcão, deixei meu olhar se perder na douradura transparente do anoitecer, acima da estepe.

"Para que, afinal de contas, a beleza delas serviu?", pensei com uma clareza súbita, incisiva como aquela luz do poente. "Sim, para que serviram seus lindos seios, suas ancas, seus vestidos que modelavam tão lindamente seus jovens corpos? Serem tão belas e se encontrarem enfiadas numa velha mala, numa cidade adormecida e poeirenta, perdida no meio de uma planície infinita! Naquela Saranza de que, em vida, elas não tinham a menor idéia... Tudo o que resta delas é, portanto, este clichê, escapado de uma série inimaginável de grandes e pequenos acasos, conservado unicamente como o verso da página que evocava o reide automobilístico Pequim-Paris. Nem mesmo Charlotte guarda mais nenhuma lembrança daquelas três silhuetas femininas. Eu, somente eu em toda a terra, preservo este último fio que as une ao mundo dos vivos! Minha memória é seu derradeiro refúgio, sua última morada antes do esquecimento definitivo, total. Sou de certa forma o deus do universo vacilante delas, daquele pedaço de Champs-Elysées em que a beleza delas ainda brilha..."

Por mais deus que eu fosse, porém, não podia lhes oferecer mais que uma existência de marionetes. Eu dava corda no mecanismo das minhas lembranças, e as três elegantes saíam em seus passinhos ligeiros, o presidente da República enlaçava Marguerite Steinheil, o duque de Orléans caía, trespassado por punhais pérfidos, o velho guerreiro empunhava sua longa lança e estufava o peito...

"Como é possível", eu me interrogava com angústia, "que todas essas paixões, dores, amores, palavras, deixem tão poucos vestígios? Que absurdo as leis deste mundo em que a vida de mulheres tão belas, tão desejáveis, depende do voltejo de uma página: de fato, se aquela folha não se tivesse virado, eu não as teria salvo de seu esquecimento, que haveria sido eterno. Que besteira cósmica o desaparecimento de uma mulher bonita! Desaparecimento sem volta. Apagamento completo. Sem sombra. Sem reflexo. Sem apelação..."

O sol se extinguiu no fundo da estepe. Mas o ar conservou por um bom tempo a luminosidade cristalina das noites frescas de verão. Atrás do bosque ecoou o grito da Kukuchka, mais sonoro naquele ar frio. A folhagem das árvores estava esmaltada de algumas folhas amarelas. As primeiras. O grito da pequena locomotiva soou de novo. Já ao longe, enfraquecido.

Foi então que, voltando à lembrança das três elegantes, tive este pensamento simples, este último eco das reflexões tristes nas quais eu havia me embrulhado pouco antes: "É que havia na vida delas aquela manhã de outono, fresca e límpida, aquela alameda com o chão juncado de folhas mortas, onde elas haviam parado um instante, imobilizando-se diante da objetiva. Imobilizando aquele instante... Sim, havia na vida delas uma manhã clara de outono..."

Este breve monólogo provocou o milagre. Porque, de repente, por todos os meus sentidos, eu me transportei para o instante que o sorriso de três elegantes havia suspendido. Encontrei-me no clima de seus odores outonais, minhas narinas palpitaram, a tal ponto o aroma amargo das folhas era penetrante. Eu piscava os olhos sob o sol que rompia através dos ramos. Ouvi o ruído distante de um faetonte rodando nas pedras da rua. E o fluir ainda confuso de algumas palavras divertidas que as três mulheres trocavam antes de se quedarem imóveis em frente do fotógrafo... Sim, intensamente, plenamente, eu vivia o tempo delas!

O efeito da minha presença naquela manhã de outono, ao lado delas, foi tão grande que eu me arranquei da sua luz, quase assustado. De repente tive muito medo de ficar nela para sempre. Cegado, ensurdecido, voltei para a sala, peguei de novo a página do jornal...

A superfície do clichê pareceu fremir, como a, de cores úmidas e vivas, de uma decalcomania. Sua perspectiva plana pôs-se de repente a se aprofundar, a fugir diante do meu olhar. Era assim, criança, que eu contemplava duas imagens idênticas que navegavam lentamente uma para a outra antes de se confundir numa só, estereoscópica. A foto das três elegantes se abria diante de mim, envolvia-me pouco a pouco, deixava-me entrar sob seu céu. Os galhos de largas folhas amarelas pendiam em cima de mim...

Minhas reflexões de uma hora antes (o esquecimento total, a morte...) não queriam dizer mais nada. Tudo era luminoso, sem palavras. Eu já nem sequer tinha necessidade de olhar para a foto. Fechava os olhos, o instante estava em mim. E eu adivinhava até mesmo aquela alegria que as três mulheres sentiam, a de reencontrar, depois do calor ocioso do verão, o frescor do outono, as roupas da estação, os prazeres da vida citadina e até, dentro em breve, a chuva e o frio que iam aumentar seu encanto.

Seus corpos, inacessíveis havia um momento, viviam em mim, banhando-se no aroma picante das folhas secas, na leve bruma lantejoulada de sol... Sim, eu adivinhava nelas aquele frêmito imperceptível com o qual o corpo feminino recebe o novo outono, aquela mescla de regozijo e angústia, aquela melancolia serena. Não havia mais nenhum obstáculo entre aquelas três mulheres e mim. Nossa fusão, eu sentia, era mais amorosa e mais carnal do que qualquer posse física.

Emergi daquela manhã de outono encontrando-me sob um céu já quase negro. Exausto como se viesse de atravessar um grande rio a nado, olhava à minha volta mal reconhecendo os objetos familiares. Apesar de tudo, tive vontade de voltar atrás para rever as três passeantes da Belle Époque.

Mas a magia que eu acabara de experimentar pareceu escapar-me outra vez. Minha memória, sem que eu soubesse, recriou um reflexo totalmente diferente do passado. Vi um bonito homem vestido de preto, no meio de um gabinete luxuoso. A porta se abria silenciosamente, uma mulher, de rosto encoberto por um véu, penetrava no aposento. E, bem teatralmente, o Presidente enlaçava sua amante. Sim, era a cena, mil vezes surpreendida, do encontro secreto dos amantes do Eliseu. Convocados por minha lembrança, eles acederam a representá-la mais uma vez à maneira de um *vaudeville* apressado. Mas aquilo já não me bastava...

A transfiguração das três elegantes me deixava esperar que a magia pudesse se reproduzir. Eu me lembrava perfeitamente daquela frase tão simples que havia desencadeado tudo: "E, no entanto, havia na vida daquelas três mulheres aquela manhã fresca e ensolarada..." Como um aprendiz de feiticeiro, imaginei novamente o homem de belos bigodes em seu gabinete, em frente da janela negra, e sussurrei a fórmula mágica:

– E, no entanto, houve em sua vida uma noite de outono quando ele se mantinha diante da janela negra atrás da qual se agitavam os galhos nus do jardim do Eliseu...

Não percebi em que momento a fronteira do tempo se dissipara... O Presidente fixava os reflexos movediços das árvores, sem ver. Seus lábios estavam tão próximos do vidro que um círculo embaçado velou-o por um segundo. Ele percebeu e sacudiu levemente a cabeça em resposta a seus pensamentos mudos. Eu adivinhava que ele sentia a rigidez bizarra da roupa sobre seu corpo. Ele se via estranho a si mesmo. Sim, uma existência desconhecida, tensa, que ele era obrigado a dominar por meio de sua imobilidade aparente. Ele pensava, não, não pensava, mas notava em algum lugar naquela escuridão úmida atrás do vidro a presença cada vez mais íntima daquela que logo entraria na sala. "O presidente da República", disse ele baixinho destacando lentamente as sílabas. "O Eliseu..." E, de repente, aquelas palavras tão costumeiras lhe pareceram não ter relação alguma com o que ele era. Intensamente, sentiu-se o homem que, num momento, seria de novo enternecido pela cálida suavidade dos lábios femininos sob o véu cintilante de gotículas geladas...

Conservei por alguns segundos em meu rosto essa sensação contrastante.

A magia desse passado transfigurado tinha-me, ao mesmo tempo, exaltado e derreado. Sentado no balcão, respirava a arquejos, o olhar cego perdido na noite das estepes. Eu sem dúvida estava ficando um maníaco dessa alquimia do tempo. Mal voltei a mim, disse de novo meu "abre-te sésamo": "E, no entanto, houve na vida daquele velho soldado aquele dia de inverno..." E eu via o velho homem usando um elmo à conquistador. Ele marchava apoiando-se numa comprida lança. Seu rosto avermelhado pelo vento estava fechado por pensamentos amargos: sua velhice e aquela guerra que continuaria quando ele não mais existisse. De repente, no ar baço daquele dia glacial, sentiu o cheiro de fogo de lenha. Aquele gosto agradável e um pouco ácido se misturava com o frescor do gelo nos campos nus. O ancião aspirou profundamente um áspero sorvo de ar invernal. Um reflexo de sorriso coloriu seu rosto austero. Franziu levemente as pálpebras. Era ele aquele homem que aspirava com avidez o vento gelado com cheiro de fogo de lenha. Ele. Aqui. Agora. Sob este céu... A batalha de que ia participar, e aquela guerra, e mesmo sua morte, pareceram-lhe então acontecimentos sem importância. Sim, episódios de um destino infinitamente maior, de que ele seria, de que já era, um participante por ora inconsciente. Ele respirava fortemente, sorria, os olhos semicerrados. Adivinhava que o instante que ele vivia era o início desse destino pressentido...

Charlotte voltou com o escurecer. Eu sabia que de tempo em tempo passava o fim da tarde no cemitério. Ela arrancava o mato da pequena platibanda de flores diante do túmulo de Fiodor, regava, limpava a lápide encimada por uma estrela vermelha. Quando o dia começava a declinar, ia embora. Andava devagar, atravessando toda Saranza, sentando-se às vezes num banco. Naquelas noites, não saíamos ao balcão...

Ela entrou. Ouvi com emoção seus passos no corredor, depois na cozinha. Sem me dar tempo de pensar em meu gesto, fui lhe pedir que me contasse a França da sua juventude. Como outrora.

Os instantes que eu acabava de visitar agora se apresentavam a mim como a experimentação de uma estranha loucura, bela e assustadora ao mesmo tempo. Era impossível negá-los, porque todo o meu corpo conservava um eco luminoso deles. Eu os havia realmente vivido! Mas por um fingido espírito de contradição, misto de medo e de bom senso revoltado, eu tinha de renegar minha descoberta, destruir o universo de que havia entrevisto alguns fragmentos. Eu esperava de Charlotte um tranqüilizador conto infantil sobre a França de seus verdes anos. Uma lembrança familiar e lisa como um clichê fotográfico, que me ajudaria a esquecer minha loucura passageira.

Ela não respondeu de imediato à minha pergunta. Sem dúvida tinha compreendido que, se eu ousava perturbar assim nossos hábitos, é que uma razão grave havia me forçado a tanto. Ela deve ter pensado em todas as nossas conversas à-toa de tantas semanas, em nossa tradição dos relatos ao pôr-do-sol, um ritual, nesse verão, traído.

Após um minuto de silêncio, suspirou com um pequeno sorriso no canto dos lábios:

– E o que eu posso lhe contar? Você já sabe tudo agora... Espere, em vez disso vou ler um poema...

E eu ia viver um início de noite, o mais extraordinário da minha vida. Porque Charlotte demorou para achar o livro que procurava. E com aquela maravilhosa liberdade com que a víamos às vezes subverter a ordem das coisas, ela, mulher em tudo o mais ordenada e meticulosa, transformou a noite numa longa vigília. Pilhas de livros se acumulavam no chão. Subíamos na mesa para explorar as prateleiras superiores das estantes. Impossível encontrar o livro.

Foi por volta das duas da manhã que, erguendo-se no meio de uma pitoresca desordem de volumes e de móveis, Charlotte exclamou:

– Mas que boba eu sou! Esse poema, eu tinha começado a ler para você e sua irmã, no verão passado, lembra? E depois... Não sei mais. Enfim, paramos na primeira estrofe. Então ele deve estar aqui.

E Charlotte se inclinou para um pequeno armário perto da porta do balcão, abriu-o e, ao lado de um chapéu de palha, vimos o tal livro.

Sentado no tapete, eu a ouvia ler. Um abajur posto no chão iluminava seu rosto. Na parede, nossas silhuetas se desenhavam com uma precisão alucinante. De tempo em tempo, uma lufada de ar frio vindo da estepe noturna se engolfava pela porta do balcão. A voz de Charlotte tinha a tonalidade das palavras cujo eco se ouve anos depois delas nascerem:

... Or, chaque fois que je viens à l'entendre,
De deux cents ans mon âme rajeunit...
C'est sous Louis treize; et je crois voir s'étendre
Un coteau vert, que le couchant jaunit.

Puis un château de brique à coins de pierre,
Aux vitraux teints de rougeâtres couleurs,
Ceint de grands parcs, avec une rivière
Baignant ses pieds, qui coule entre des fleurs;

Puis une dame, à sa haute fenêtre,
Blonde aux yeux noirs, en ses habits anciens,
Que, dans une autre existence peut-être,
J'ai déjà vue... et dont je me souviens!

[... Ora, cada vez que me sucede ouvi-la,
Duzentos anos minha alma remoça...
É sob Luís treze; e creio ver se estender
Uma colina verde, que o poente amarela.

Depois um castelo de tijolos e cantos de pedra,
Com vitrais tingidos de avermelhadas cores,
Rodeado de grandes parques, com um riacho
Banhando seus pés, que corre entre as flores;

Depois uma dama, em sua alta janela,
Loura de olhos negros, em seus trajes antigos,
Que, em outra existência talvez,
Eu já tinha visto... e de quem me lembro!]

Não nos dissemos mais nada durante aquela noite insólita. Antes de adormecer, pensei naquele homem que, no país da minha avó, um século e meio atrás, tivera a coragem de contar sua "loucura" – aquele instante sonhado, mais verdadeiro do que qualquer realidade de bom senso.

Na manhã seguinte, acordei tarde. No aposento ao lado, a ordem já voltara... O vento tinha mudado de direção e trazia o sopro quente do Cáspio. O dia frio de ontem parecia muito distante.

Por volta do meio-dia, sem combinar nada, saímos para a estepe. Andávamos em silêncio, lado a lado, contornando as brenhas da Stalinka. Depois atravessamos os trilhos estreitos invadidos pelas ervas daninhas. Ao longe a Kukuchka fez ouvir seu chamado sibilante. Vimos aparecer a pequena composição que parecia correr entre os tufos de flores. Aproximou-se, cruzou nosso caminho e sumiu-se no véu de calor. Charlotte acompanhou-a com o olhar, depois murmurou suavemente prosseguindo a caminhada:

– Uma vez, na minha infância, peguei um trem que era um pouco primo desta Kukuchka. Ele transportava passageiros e com seus pequenos vagões sinuava um tempão através da Provença. Íamos passar uns dias em casa de uma tia que morava em... Não me lembro mais do nome da cidade. Só me lembro do sol que inundava as colinas, do canto sonoro e seco das cigarras quando parávamos em pequenas estações sonolentas. E naquelas colinas, a perder de vista, estendiam-se os campos de lavanda... Sim, o sol, as cigarras e aquele azul intenso, e aquele cheiro que entrava com o vento pelas janelas abertas...

Eu caminhava ao lado dela, mudo. Sentia que a "Kukuchka" seria, daquele momento em diante, a primeira palavra de nossa nova língua. Daquela língua que diria o indizível.

Dois dias depois eu ia embora de Saranza. Pela primeira vez na minha vida, o silêncio dos últimos minutos antes da partida do trem não se tornava incômodo. Da janela, eu via Charlotte, na plataforma da estação, no meio de gente que gesticulava como surdos-mudos, com medo de que os que partiam não os ouvissem. Charlotte permanecia calada e, encontrando meu olhar, sorria ligeiramente. Não precisávamos de palavras.

III

III

1

No outono, apenas uns poucos dias separaram o tempo em que, com vergonha de confessá-lo a mim mesmo, eu me alegrava com a ausência de minha mãe, hospitalizada "para um simples exame", ela nos dizia, e aquela tarde em que, ao sair da escola, soube da sua morte.

No dia seguinte em que foi para o hospital, um agradável desleixo se instalou em nosso apartamento. Meu pai permanecia diante da televisão até uma hora da manhã. Eu, saboreando esse prelúdio de liberdade de adulto, tentava atrasar cada dia um pouco mais minha volta a casa: nove horas, nove e meia, dez...

Passava aquela parte da noite num cruzamento que, no crepúsculo de outono e com um leve esforço de imaginação, fazia nascer uma ilusão surpreendente: a de uma noite chuvosa numa metrópole do Ocidente. Era um lugar único no meio das largas avenidas monótonas de nossa cidade. As ruas que se cruzavam aqui fugiam como os raios de um círculo – as fachadas dos prédios eram cortadas em trapézio por elas. Eu já sabia que, em Paris, Napoleão tinha ordenado essa configuração nos cruzamentos de ruas, a fim de evitar as colisões de veículos...

Quanto mais densa a escuridão, mais minha ilusão se tornava completa. Saber que um daqueles prédios abrigava o museu local do ateísmo e que as paredes dos outros dissimulavam apartamentos comunitários superlotados não me incomodava. Eu contemplava a aquarela amarela e azul das janelas sob a chuva, os reflexos da luz da rua no asfalto oleoso, as silhuetas das árvores nuas. Estava só, livre. Estava feliz. Sussurrando, eu me dirigia a mim mesmo em francês. Diante daquelas fachadas em trapézio, a sonoridade dessa língua parecia-me muito natural. A magia que eu havia descoberto naquele verão iria se materializar em algum encontro? Cada mulher que me cruzava parecia querer falar comigo. Cada meia hora ganha da noite dava mais substância à minha miragem francesa. Eu não pertencia mais nem a meu tempo, nem àquele país. Naquela pequena rotunda noturna, eu me sentia maravilhosamente estranho a mim mesmo.

Agora o sol me aborrecia, o dia se tornava uma espera inútil antes da minha verdadeira vida, a noite...

No entanto, foi em pleno dia, piscando os olhos cegos pelo cintilar da primeira geada, que recebi a notícia. À minha passagem, uma voz soou no alegre ajuntamento dos alunos, que continuavam a manifestar a mesma hostilidade desdenhosa comigo.

– Vocês ouviram? A mãe dele morreu...

Eu interceptei alguns olhares curiosos. Reconheci quem havia falado – o filho de nossos vizinhos...

Foi a indiferença da elocução que me deu tempo para imaginar esta situação inconcebível: minha mãe estava morta. Todos os acontecimentos dos últimos dias se reuniram de repente num quadro coerente: as ausências freqüentes de meu pai, seu silêncio, a chegada, dois dias antes, da minha irmã (e não eram as férias universitárias, eu me dizia agora)...

Foi Charlotte que abriu a porta para mim. Tinha chegado de Saranza naquela mesma manhã. Então todos sabiam! E eu continuava sendo "a criança a quem não vamos dizer nada por enquanto". E essa criança, ignorando tudo, continuava a perambular em seu cruzamento "francês", imaginando-se adulto, livre, misterioso. Esse desinebriamento foi a primeira sensação provocada pela morte da minha mãe. Cedeu lugar à vergonha: minha mãe estava à morte e eu, num contentamento egoísta, me regozijava com minha liberdade, recriando o outono parisiense sob as janelas do museu do ateísmo!

Durante aqueles dias tristes e no dia do enterro, Charlotte foi a única que não chorou. Rosto fechado, olhos calmos, ela se encarregava de todas as tarefas domésticas, recebia as visitas, instalava os parentes que vinham de outras cidades. Sua secura desagradava às pessoas...

"Pode vir em casa quando quiser", disse-me quando foi embora. Sacudi a cabeça, revendo Saranza, o balcão, a mala repleta de jornais velhos franceses. Senti novamente vergonha: enquanto nos contávamos histórias, a vida continuava com suas verdadeiras alegrias e suas verdadeiras dores, minha mãe trabalhava, já doente, sofrendo sem revelá-lo a ninguém, sabia-se condenada sem se trair com uma palavra ou um gesto. E nós, dias a fio, falávamos das elegantes da Belle Époque...

Foi com alívio disfarçado que vi Charlotte partir. Eu me sentia furtivamente envolvido na morte da minha mãe. Sim, eu carregava aquela responsabilidade vaga que sente o espectador cujo olhar faz um equilibrista vacilar ou até cair. Charlotte é quem havia me ensinado a distinguir as silhuetas parisienses no meio de uma grande cidade industrial à margem do Volga, ela é quem tinha me encerrado naquele passado sonhado de onde eu lançava olhares distraídos sobre a vida real.

E essa vida real era aquela camada d'água que, com um arrepio, eu vira estagnar-se no fundo do túmulo, no dia do enterro. Sob uma chuva fina de outono, lentamente, depositavam o caixão naquela mistura de água e de lama...

A vida real também se fez sentir com a chegada da minha tia, a irmã mais velha de meu pai. Ela morava numa vila operária cuja população se levantava às cinco da manhã e afluía para as portas das gigantescas fábricas da cidade. Essa mulher trouxe consigo o sopro pesado e forte da vida russa – um estranho amálgama de crueldade, ternura, embriaguez, anarquia, alegria de viver invencível, lágrimas, escravidão consentida, teimosia obtusa, fineza inesperada... Eu descobria, num espanto crescente, um universo outrora eclipsado pela França de Charlotte.

Titia tinha muito medo de que meu pai desse de beber, gesto fatal dos homens que ela conhecera em sua vida. Assim repetia todas as vezes que vinha nos visitar: "E, principalmente, Nikolai, não beba a amarga!" Quer dizer, a vodca. Ele aquiescia maquinalmente, sem ouvi-la, e afirmava balançando energicamente a cabeça:

– Não, não, eu é que deveria ter morrido primeiro. Com certeza. Disto...

E aplicava a palma da mão no crânio calvo. Eu sabia que ele tinha em cima da orelha esquerda um "buraco" – um ponto que era coberto apenas por uma pele fina e lisa, animada por pulsações rítmicas. Minha mãe sempre temera que, metido numa briga, meu pai fosse morto por um simples piparote...

– E, principalmente, Nikolai, não toque na amarga...

– Não, eu é que deveria ter morrido primeiro...

Não deu de beber. No entanto, as advertências da irmã se revelaram estupidamente justificadas. Em fevereiro, no tempo dos últimos frios do inverno, os mais duros, ele caiu numa ruela nevosa, à noitinha, fulminado por uma parada cardíaca. Os milicianos que o encontraram estendido na neve pensaram naturalmente num bêbado e o levaram ao "desembriagador". Somente na manhã seguinte o erro foi percebido...

De novo a vida real, com sua força arrogante, veio desafiar minhas quimeras. Bastou aquele barulho: tinham transportado seu corpo num furgão coberto de lona, em que fazia tanto frio quanto lá fora; e aquele corpo, posto em cima da mesa, fez ouvir a batida de um bloco de gelo contra a madeira...

Não podia mentir a mim mesmo. Naquela profunda mixórdia dos pensamentos sem máscara, das confissões sem rodeios – em minha alma –, o desaparecimento de meus pais não havia deixado contusões incuráveis. Sim, eu confessava, naqueles *tête-à-tête* secretos comigo mesmo, não sofrer desmesuradamente.

E, se chorei, não chorava por tê-los perdido. Eram lágrimas de impotência diante de uma verdade assombrosa: toda uma geração de mortos, de mutilados, de "sem juventude". Dezenas de milhões de seres riscados da vida. Os que tombaram no campo de batalha pelo menos tinham o privilégio de uma morte heróica. Mas os que escaparam e desapareciam dez ou vinte anos depois da guerra pareciam morrer "normalmente", "de velhice". Era preciso chegar bem perto de meu pai para ver, acima da orelha, aquela marca ligeiramente côncava onde o sangue batia. Era preciso conhecer minha mãe para nela distinguir aquela criança petrificada diante da janela negra, sob um céu cheio de estranhas estrelas que zumbiam, naquela primeira manhã da guerra. Para ver nela também aquela adolescente esquelética, pálida, que engasgava devorando cascas de batata...

Eu observava a vida através da névoa das lágrimas. Via meu pai, numa noite quente de junho, voltar, depois da desmobilização, para sua aldeia natal. Ele reconhecia tudo: a floresta, o rio, a curva da estrada. E depois – aquele lugar desconhecido, aquela rua escura, composta de duas fileiras de isbás calcinadas. E nenhum ser vivo. Somente os bem-aventurados e ritmados pios de um cuco sobre as batidas ardentes do sangue em cima da sua orelha.

Eu via minha mãe, estudante que acabava de passar nos exames de ingresso na universidade, aquela moça petrificada em posição de sentido diante de uma muralha de rostos desdenhosos – uma comissão do Partido reunida para julgar seu "crime". Ela sabia que a nacionalidade de Charlotte, sim, sua "francidade", era uma tara terrível, naquela época da luta contra o "cosmopolitismo". No questionário preenchido antes do exame, ela havia escrito com mão trêmula: "Mãe – de nacionalidade russa"...

E eles tinham se encontrado, esses dois seres, tão diferentes e tão próximos em sua juventude mutilada. E tínhamos nascido, minha irmã e eu, e a vida tinha continuado apesar das guerras, das aldeias incendiadas, dos campos.

Sim, se eu chorava, era diante da resignação silenciosa deles. Não tinham raiva de ninguém, não pediam reparações. Viviam e tentavam nos fazer felizes. Meu pai havia passado a vida toda trilhando os espaços infinitos entre o Volga e o Ural, subindo com sua brigada as linhas de alta tensão. Minha mãe, expulsa da universidade depois do seu crime, nunca tivera coragem para renovar a tentativa. Virara tradutora numa das grandes fábricas de nossa cidade. Como se aquele francês técnico e impessoal a desculpasse de sua francidade criminosa.

Eu observava aquelas duas vidas ao mesmo tempo banais e extraordinárias, e sentia subir em mim uma cólera confusa. Não sabia direito contra quem. Sim, sabia: contra Charlotte! Contra a serenidade de seu universo francês. Contra o refinamento inútil desse passado imaginário: que loucura pensar em três criaturas aparecidas num recorte de jornal do começo do século ou tentar recriar os estados de alma de um presidente apaixonado! E esquecer aquele soldado salvo pelo inverno que tinha comprimido seu crânio rebentado numa carapaça de gelo, estancando o sangue. Esquecer que, se eu vivia, era graças àquele trem que se esgueirava às cegas entre os comboios cheios de carne humana triturada, um trem que levava Charlotte e seus filhos para escondê-los nas profundezas protetoras da Rússia... Aquela frase de propaganda que me deixava indiferente outrora: "Vinte milhões de pessoas morreram para que vocês possam viver!", sim, esse refrão patriótico adquiriu de repente para mim um sentido novo e doloroso. E muito pessoal. A Rússia, como um urso após um longo inverno, despertava em mim. Uma Rússia implacável, bela, absurda, única. Uma Rússia oposta ao resto do mundo por seu destino tenebroso.

Sim, se, à morte de meus pais, chorei, foi porque me senti russo. E porque o enxerto francês em meu coração pôs-se, em alguns momentos, a me doer muito.

A irmã de meu pai, minha tia, contribuíra inconscientemente para essa reviravolta...

Ela se instalou em nosso apartamento com seus dois filhos, meus primos mais moços, feliz por sair do apartamento comunitário abarrotado de sua vila operária. Não que ela tenha querido impor algum outro modo de vida, apagando os vestígios de nossa existência anterior. Não, simplesmente ela vivia como podia. E a originalidade de nossa família – sua francidade bem discreta e tão distante da França quanto o francês das traduções técnicas da minha mãe – se apagou por si mesma.

Minha tia era um personagem saído da época stalinista. Stálin morrera fazia vinte anos, mas ela não mudara. Não se tratava de um grande amor pelo generalíssimo. Seu primeiro marido fora morto na balbúrdia mortífera dos primeiros dias da guerra. Titia sabia quem era culpado daquele início catastrófico e contava-o a quem quisesse ouvir. O pai de seus dois filhos, com o qual nunca se casara, passara oito anos num campo de concentração. “Por causa da sua língua comprida demais”, dizia ela.

Não, seu “stalinismo” era sobretudo sua maneira de falar, de se vestir, de olhar nos olhos dos outros, como se se continuasse em plena guerra, como se a rádio ainda pudesse entoar numa voz fúnebre e patética: "Depois de combates heróicos e encarniçados, nossas forças entregaram a cidade de Kiev... entregaram a cidade de Smolensk... entregaram a cidade de..." e todos os rostos se petrificavam seguindo aquela progressão inexorável rumo a Moscou... Ela vivia como nos anos em que os vizinhos trocavam um olhar silencioso indicando com um movimento do cenho uma casa – à noite, toda uma família tinha sido embarcada num veículo preto...

Ela usava um grande xale marrom, um velho manto de pano grosso, no inverno – botas de feltro, no verão – calçados fechados, de sola espessa. Eu não teria ficado nem um pouco surpreso se a tivesse visto envergar uma túnica militar e enfiar coturnos de soldado. E quando ela punha as xícaras na mesa, suas mãos rudes pareciam manejar estojos de obus na linha de montagem de uma fábrica de armamentos, como durante a guerra...

O pai de seus filhos, que eu chamava pelo patronímico, Dmitritch, vinha às vezes em casa, e nossa cozinha ressoava com sua voz rouca que parecia aquecer-se pouco a pouco num inverno longo de vários anos. Nem minha tia nem ele tinham mais nada a perder e não temiam nada. Falavam de tudo com uma crueza agressiva e desesperada. O homem bebia muito, mas seus olhos pareciam límpidos e só suas mandíbulas se apertavam cada vez mais fortemente como para melhor proferir, de tempo em tempo, algum duro impropério dos campos. Foi ele que me fez tomar meu primeiro gole de vodca. E foi graças a ele que pude imaginar essa Rússia invisível – esse continente cercado de arame farpado e de miradouros. Nesse país proibido, as palavras mais simples adquiriam um significado temível, ardiam na garganta como aquela "amarga" que eu bebia num grosso copo facetado.

Um dia, ele falou de um pequeno lago, em plena taiga, gelado onze meses por ano. Pela vontade do chefe de campo, seu fundo tinha se transformado em cemitério: era mais simples do que cavar o permafrost. Os prisioneiros morriam às dezenas...

– No outono, a gente foi lá um dia, pra jogar na água uns dez ou quinze. Tinha um buraco lá. Aí eu vi eles todos, os de antes. Nus. A gente, é claro, pegava a roupa deles. É, pelados, debaixo do gelo, nem estavam podres. Olha, era como um pedaço de *kholodets*!

O *kholodets*, aquela carne gelada da qual havia justamente um prato em nossa mesa, tornou-se então uma palavra terrível – gelo, carne e morte imobilizados numa sonoridade incisiva.

O que mais me fazia sofrer no curso das suas confissões noturnas era o indestrutível amor à Rússia que suas confidências geravam em mim. Minha razão, lutando contra a mordedura da vodca, se revoltava: "Esse país é monstruoso! O mal, a tortura, o sofrimento, a automutilação, são os passatempos favoritos de seus habitantes. E apesar disso eu o amo? Eu o amo por seu absurdo. Por suas monstruosidades. Vejo nisso um sentido superior que nenhum raciocínio lógico pode penetrar..."

Esse amor era um dilaceramento permanente. Quanto mais a Rússia que eu descobria se revelava negra, mais esse apego se tornava violento. Como se, para amá-la, fosse preciso arrancar os olhos, tapar os ouvidos, proibir-se de pensar.

Certa noite, ouvi minha tia e seu concubino falarem de Béria...

Antigamente, nas conversas de nossos convidados, eu tinha aprendido o que esse nome terrível dissimulava. Eles o pronunciavam com desprezo, mas não sem um tom de temor respeitoso. Jovem demais, eu não conseguia compreender a inquietante zona de penumbra na vida desse tirano. Adivinhava apenas que se tratava de alguma fraqueza humana. Eles o evocavam a meia voz e, de costume, era nesse momento que, notando minha presença, me expulsavam da cozinha...

Agora éramos três em nossa cozinha. Três adultos. Em todo caso, minha tia e Dmitritch não tinham nada a me esconder. Eles falavam e, através da névoa azul do tabaco, através da embriaguez, eu imaginava um grande carro preto com janelas de vidro fumê. Apesar de sua dimensão imponente, parecia um táxi à cata de fregueses. Ele avançava com uma lentidão sorrateira, quase parando, depois arrancava rapidamente, como para pegar alguém. Curioso, eu observava suas idas e vindas pelas ruas de Moscou. De repente, adivinhei seu objetivo: o carro preto perseguia as mulheres. Belas, jovens. Ele as examinava de seus vidros opacos, progredia ao ritmo de seus passos. Depois largava-as. Ou, às vezes, decidindo-se por fim, engolfava-se atrás delas numa rua transversal...

Dmitritch não tinha motivos para me poupar. Contava tudo sem evasivas. No banco traseiro do carro estava refestelado um personagem rechonchudo, calvo, com um pincenê submerso num rosto gordo. Béria. Ele escolhia o corpo feminino que lhe dava ganas. Depois do que, seus capangas detinham a passante. Era na época em que nem tinham necessidade de pretexto.

Levada à sua residência, a mulher era estuprada – vencida com ajuda do álcool, das ameaças, das torturas...

Dmitritch não dizia – ele próprio não sabia – que fim as mulheres levavam depois. Ninguém, em todo caso, voltava a vê-las.

Passei várias noites em claro. De pé diante da janela, os olhos cegos, a fronte úmida. Pensava em Béria e naquelas mulheres condenadas a viver uma só noite. Meu cérebro cobria-se de queimaduras. Eu sentia na minha boca um gosto ácido, metálico. Eu me via pai, namorado ou marido daquela moça seguida pelo carro preto. Sim, por alguns segundos, tanto quanto eu podia suportar, encontrava-me na pele desse homem, em sua angústia, em suas lágrimas, em sua cólera inútil, impotente, em sua resignação. Porque todo o mundo sabia como essas mulheres desapareciam! Meu ventre crispava-se num horrível espasmo de dor. Eu abria o postigo, pegava uma camada de neve colada em sua borda, esfregava-a em meu rosto. Isso não acalmava as queimaduras mais que um minuto. Agora eu via aquele homem escondido atrás do vidro fumê do carro. Nas lentes de seu pincenê refletiam-se as silhuetas femininas. Ele as selecionava, as apalpava, avaliava seus atrativos. Depois, escolhia...

E eu, eu me odiava! Porque não podia me impedir de admirar aquele espreitador de mulheres. Sim, havia em mim alguém que – com medo, com repulsão, com vergonha – se extasiava diante do poder do homem de pincenê. Todas as mulheres eram dele! Ele passeava através da Moscou infinita como no meio de um harém. E o que mais me fascinava era sua indiferença. Não tinha necessidade de ser amado, não se incomodava com o que suas eleitas pudessem sentir em relação a ele. Escolhia uma mulher, desejava-a, possuía-a no mesmo dia. Depois esquecia. E todos os gritos, lamentos, lágrimas, estertores, súplicas, injúrias que viesse a ouvir não eram, para ele, nada mais que temperos que aumentavam o sabor do estupro.

Perdi os sentidos no início da minha quarta noite sem sono. Imediatamente antes dessa síncope, pensei ter captado o pensamento febril de uma dessas mulheres violentadas, daquela que adivinhava de repente que em hipótese alguma a deixariam ir embora. Esse pensamento que atravessou sua embriaguez forçada, sua dor, seu nojo, ecoou em minha cabeça e jogou-me no chão.

Ao voltar a mim, senti-me outro. Mais calmo, mais resistente também. Como um doente que, após uma operação, se acostuma de novo a andar, eu avançava lentamente de uma palavra a outra. Precisava repor tudo em ordem. Murmurava no escuro curtas frases que constatavam meu novo estado:

– Com que então há em mim aquele que pode contemplar estes estupros. Posso mandar que se cale, mas ele está sempre presente. Portanto, em princípio, tudo é permitido. Foi Béria que me ensinou isso. E, se a Rússia me subjuga, é porque ela não conhece limites, nem no bem nem no mal. Principalmente no mal. Ela me permite invejar esse caçador de corpos femininos. E me detestar. E me identificar com essa mulher mortificada, esmagada por uma massa de carne em suor. E adivinhar seu último pensamento claro: o pensamento da morte que seguiria esse acoplamento hediondo. E aspirar a morrer ao mesmo tempo que ela. Porque não dá para continuar a viver carregando em si esse duplo que admira Béria...

Sim, eu era russo. Compreendia agora, de forma ainda confusa, o que isso queria dizer. Carregar na alma todos esses seres desfigurados pela dor, essas aldeias carbonizadas, esses lagos gelados entupidos de cadáveres nus. Conhecer a resignação de um rebanho humano violentado por um sátrapa. E o horror de sentir-se partícipe desse crime. E o furioso desejo de reencenar todas essas histórias passadas – para extirpar delas o sofrimento, a injustiça, a morte. Sim, alcançar o carro preto nas ruas de Moscou e aniquilá-lo sob a palma gigante da mão. Depois, contendo a respiração, acompanhar com o olhar a jovem mulher que empurra a porta de casa, sobe a escada... Refazer a História. Purificar o mundo. Acossar o mal. Dar refúgio a toda essa gente em seu coração para poder soltá-las um dia num mundo libertado do mal. Mas, enquanto isso, compartilhar da dor que as atinge. Detestar-se por cada fracasso. Levar esse engajamento até o delírio, até o desfalecimento. Viver muito cotidianamente à beira do abismo. Sim, é isso a Rússia.

Era assim que, em meu desconcerto juvenil, eu me agarrava à minha nova identidade. Ela se tornava para mim a própria vida, aquela que ia, pensava eu, apagar para sempre minha ilusão francesa.

Essa vida manifestou rapidamente sua qualidade principal (que a rotina dos dias nos impede de ver) – sua total inverossimilhança.

Antes, eu vivia nos livros. Progredia de um personagem a outro, segundo a lógica de uma intriga amorosa ou de uma guerra. Mas naquela noite de março, tão quente que minha tia havia aberto a janela de nossa cozinha, compreendi que nesta vida não havia nenhuma lógica, nenhuma coerência. E que talvez somente a morte fosse previsível.

Naquela noite, soube o que meus pais sempre esconderam de mim. Aquele episódio obscuro na Ásia Central: Charlotte, os homens armados, a agressão, os gritos deles. Eu só conservava essa reminiscência vaga e infantil dos relatos de outrora. As palavras dos adultos eram tão obscuras!

Dessa vez a claridade deles me cegou. Com uma voz bem banal, derramando as batatas fumegantes num prato, minha tia disse a nosso convidado, sentado ao lado de Dmitritch:

– Claro que lá eles não vivem como nós. Rezam ao deus deles cinco vezes por dia, já pensou! E até comem sem mesa. É, todos no chão. Quer dizer, num tapete. E sem colheres, com os dedos!

O convidado, mais para avivar a conversa, objetou num tom contraditor:

– É, não são como a gente, isso é exagero. Estive em Tachkent, no verão passado. Sabe, não é tão diferente assim daqui...

– E no deserto deles, você foi? (Ela falou mais alto, feliz por terem achado um bom gancho e com o jantar prometendo ser animado e sociável.) Sim, no deserto? A avó dele, por exemplo (a tia fez um movimento de queixo em minha direção), a Cherl... Churl..., bom, aquela francesa, não foi nada divertido o que aconteceu com ela por lá. Aqueles *basmatchs*, aqueles bandidos que não queriam saber do poder soviético, pegaram ela, ainda era mocinha, numa estrada, e estupraram ela, como bichos do mato! Todos, um depois do outro. Eram seis ou sete, talvez. E você diz que "eles são como a gente"... E depois deram um tiro na cabeça dela. Ainda bem que aquele assassino errou a pontaria. E o camponês que levava ela na carroça, degolaram ele como um carneiro. Então, "como a gente", sabe...

– Não, espere aí, você está falando de antigamente! – interveio Dmitritch.

E continuaram a conversar bebendo vodca, comendo. Atrás da janela aberta, ouviam-se os barulhos tranqüilos de nosso pátio. O ar da noite era azul, ameno. Eles falavam sem notar que, petrificado em minha cadeira, eu não respirava mais, não enxergava nada, não compreendia o sentido de suas falas. Enfim, num passo sonambúlico, saí da cozinha e, indo para a rua, caminhei na neve derretida, mais estranho àquela límpida noite de primavera do que um marciano.

Não, eu não estava aterrorizado com o episódio do deserto. Contado daquela maneira banal, ele nunca poderia, eu pressentia, se libertar daquela ganga de palavras e de gestos cotidianos. Sua acuidade permaneceria atenuada pelos grossos dedos que pegavam um pepino, pelo vaivém do gogó no pescoço de nosso convidado engolindo sua vodca, pela gritaria alegre das crianças no pátio. Era como aquele braço humano que eu tinha visto um dia, numa auto-estrada ao lado de dois carros embutidos um no outro. Um braço arrancado, que alguém, esperando a chegada das ambulâncias, havia enrolado num pedaço de jornal. As letras, as fotos coladas na carne sanguinolenta a tornavam quase neutra...

Não, o que me perturbara de verdade era a inverossimilhança da vida. Uma semana antes, eu ficava sabendo do mistério de Béria, seu harém de mulheres violentadas, assassinadas. Agora, o estupro daquela jovem francesa em que eu nunca poderia, assim me parecia, reconhecer Charlotte.

Era coisa demais ao mesmo tempo. Esse excesso me confundia. A coincidência gratuita, absurdamente evidente, embrulhava meus pensamentos. Eu me dizia que, num romance, depois dessa história atroz das mulheres raptadas em plena Moscou, teriam deixado o leitor se recuperar durante longas páginas. Ele teria podido se preparar para o aparecimento de um herói que arrasaria o tirano. Mas a vida não se preocupava com a coerência do tema. Ela despejava seu conteúdo em desordem, tudo misturado. Por seu desajeitamento, ela estragava a pureza de nossa compaixão e comprometia nossa justa cólera. A vida era, na verdade, um interminável rascunho em que os acontecimentos, mal dispostos, se atropelavam, em que os personagens, numerosos demais, se impediam de falar, de sofrer, de ser amados ou odiados individualmente.

Eu me debatia entre estes dois relatos trágicos: Béria e aquelas jovens cuja vida terminava com o último arquejo de prazer de seu estuprador; Charlotte, jovem, irreconhecível, jogada na areia, espancada, torturada. Eu me sentia invadido por uma estranha insensibilidade. Estava decepcionado, tinha raiva de mim mesmo por essa indiferença obtusa.

Foi naquela noite mesma que todas as minhas reflexões sobre a incoerência apaziguadora da vida me pareceram falsas. Revi, num devaneio semidesperto, o braço enrolado num jornal... Não, ele era mil vezes mais aterrador naquela embalagem banal! A realidade com toda a sua inverossimilhança superava de longe a ficção. Sacudi a cabeça para expulsar a visão das pequenas bolhas do jornal coladas na pele ensangüentada. De repente, sem nenhuma interferência, nítida, cinzelada, no ar translúcido do deserto, outra visão incrustou-se em meus olhos. A de um jovem corpo feminino prostrado na areia. Um corpo já inerte, apesar das convulsões desenfreadas dos homens que selvagemente atiravam-se sobre ele. O teto que eu fixava ficou verde. A dor era tamanha que senti desenhar-se em meu peito os contornos ardentes do meu coração. O travesseiro sob a minha nuca era duro e áspero como a areia...

Meu gesto pegou-me desprevenido. Pus-me a me esbofetear com furor, primeiro contendo os tapas, depois sem piedade. Eu sentia em mim aquele que, nas depressões pantanosas de meus pensamentos, contemplava aquele corpo feminino com gozo...

Bati-me até que meu rosto inchado, molhado de lágrimas, me enojasse por sua superfície gosmenta. Até que aquele outro, oculto em mim, se calasse totalmente... Depois, tropeçando no travesseiro que eu derrubara em minha agitação, aproximei-me da janela. Um crescente de lua finíssimo incisava o céu. As estrelas frágeis, friorentas, soavam como o chiado do gelo sob os passos de um noctâmbulo que atravessava o pátio. O ar frio acalmava meu rosto intumescido.

– Sou russo – disse de repente a meia voz.

2

Graças àquele corpo, jovem e de uma sensualidade ainda ingênua, é que fui curado. Sim, naquele dia de abril, acreditei-me finalmente livre do inverno mais penoso da minha juventude, de seus infortúnios, de suas mortes e do peso das revelações que ele tinha trazido.

Mas o essencial é que meu enxerto francês parecia não mais existir. Como se eu tivesse conseguido sufocar esse segundo coração em meu peito. O último dia de sua agonia coincidiu com aquela tarde de abril que devia assinalar para mim o início de uma vida sem quimeras...

Eu a vi de costas, de pé diante de uma mesa de grossas tábuas de pinho não aplainadas, sob as árvores. Um instrutor acompanhava seus gestos e, de tempo em tempo, dava uma olhada no cronômetro que cerrava na palma da mão.

Devia ter a mesma idade que eu, quinze anos, aquela garota cujo corpo impregnado de sol me deslumbrara. Ela estava desmontando uma metralhadora para, em seguida, montá-la de novo tentando demorar o menos possível. Eram as competições paramilitares de que várias escolas da cidade participavam. Um de cada vez, nós nos púnhamos diante da mesa, esperávamos o sinal do instrutor e nos precipitávamos sobre a kalachnikov desmembrando seu agregado pesado. As peças retiradas se estendiam sobre as tábuas e, um instante depois, numa divertida marcha à ré de gestos, repunham-se no lugar. Alguns de nós deixavam cair no chão a mola preta, outros confundiam a ordem de montagem... Quanto a ela, achei de início que dançava diante da mesa. Vestindo uma jaqueta e uma saia cáqui, com um boné sobre seus cachos ruivos, fazia seu corpo ondular ao ritmo do exercício. Devia ter treinado muito para manejar a massa deslizante da arma com tamanha habilidade.

Eu a contemplava, assombrado. Tudo nela era tão simples e tão vivo! Seus quadris, respondendo aos movimentos dos braços, ondulavam ligeiramente. Suas pernas cheias e douradas tremiam. Ela desfrutava de sua agilidade que lhe permitia até gestos inúteis – como aquele arqueamento cadenciado de sua anca bonita e musculosa. Sim, ela dançava. E mesmo sem ver seu rosto, eu adivinhava seu sorriso.

Fiquei apaixonado por aquela jovem e ruiva desconhecida. Claro, foi antes de tudo um desejo bem físico, um maravilhamento carnal ante sua cintura de uma fragilidade ainda infantil que contrastava tanto com seu torso já feminino... Executei meu número de desmontagem-montagem num entorpecimento de todos os meus membros e levei mais de três minutos, colocando-me entre os menos hábeis... No entanto, mais que o desejo de enlaçar aquele corpo, de sentir em meus dedos o verniz do bronzeado, eu experimentava uma felicidade nova e sem nome.

Havia aquela mesa de tábuas grossas instalada na orla de um bosque. O sol e o cheiro das últimas neves refugiadas na escuridão dos matagais. Tudo era divinamente simples. E luminoso. Como aquele corpo com sua feminilidade ainda distraída. Como meu desejo. Como os comandos do instrutor. Nenhuma sombra do passado perturbava a limpidez daquele momento. Eu respirava, desejava, executava maquinalmente as ordens. E com um prazer indizível, sentia que o coágulo de minhas reflexões de inverno, penosas e embrulhadas, se desfazia na minha cabeça... A jovem ruiva bamboleava tranqüilamente diante da metralhadora. O sol iluminava os contornos de seu corpo através do fino tecido da sua jaqueta. Seus cachos de fogo saltitavam sob o boné. E era como no fundo de um poço, num eco surdo e lúgubre, que ressoavam estes nomes grotescos: Marguerite Steinheil, Isabel da Baviera... Eu não conseguia acreditar que minha vida tinha se composto, outrora, dessas relíquias empoeiradas. Tinha vivido sem sol, sem desejo – no crepúsculo dos livros. Em busca de um país fantasma, de uma miragem daquela França de antanho povoada de almas penadas...

O instrutor deu um grito de alegria mostrando a todo o mundo seu cronômetro: “Um minuto e quinze segundos!” Era o melhor tempo. A ruivinha virou-se, radiosa. E, tirando o boné, sacudiu a cabeça. Seus cabelos se inflamaram ao sol, suas sardas faiscaram como centelhas. Fechei os olhos.

No dia seguinte, pela primeira vez na vida, eu descobria aquela volúpia muito singular de apertar uma arma de fogo, uma kalachnikov, e de sentir seus frêmitos nervosos contra meu ombro. E de ver, ao longe, uma silhueta de compensado cobrir-se de buracos. Sim, suas trepidações insistentes, sua força máscula, eram para mim de natureza profundamente sensual.

Aliás, desde a primeira rajada, minha cabeça se encheu de um silêncio zoante. Meu vizinho da esquerda tinha atirado antes e me ensurdecera. Aquele carrilhão incessante em meus ouvidos, as girândolas irisadas do sol em meus cílios, o cheiro forte, bravio, da terra sob meu corpo – eu estava no auge da felicidade.

Porque enfim voltava à vida. Encontrava um sentido para ela. Viver na bem-aventurada simplicidade desses gestos ordenados: atirar, marchar perfilados, comer em marmitas de alumínio a *kacha* de sorgo. Deixar-se arrastar num movimento coletivo dirigido pelos outros. Pelos que conheciam o objetivo supremo. Os que, generosamente, tiravam todo o peso da nossa responsabilidade, tornando-nos leves, transparentes, limpos. Também esse objetivo era simples e unívoco: defender a pátria. Eu me apressei a fundir-me nessa finalidade monumental, a me dissolver na massa maravilhosamente irresponsável de meus colegas. Arremessava granadas de exercício, atirava, armava uma barraca. Feliz. Beato. Sadio. E com estupor lembrava-me às vezes daquele adolescente que, numa velha casa à beira da estepe, passava dias inteiros a meditar sobre a vida e a morte de três mulheres percebidas num amontoado de jornais velhos. Se tivessem me apresentado esse sonhador, eu sem dúvida não o teria reconhecido. Eu não teria me reconhecido...

No dia seguinte, o instrutor nos levou para assistir à chegada de uma coluna de tanques. Avistamos primeiro uma nuvem cinzenta que avultava no horizonte. Depois, uma vibração poderosa propagou-se na sola de nossos calçados. A terra tremia. E a nuvem, tornando-se amarela, elevou-se até o sol e eclipsou-o. Todos os ruídos desapareceram, encobertos pela barulheira metálica das lagartas. O primeiro canhão atravessou o muro de poeira, o tanque do comandante surgiu, depois o segundo, o terceiro... E antes de parar, os tanques descreviam uma curva fechada para se alinharem ao lado do precedente. Suas lagartas estalavam então ainda mais raivosamente, rasgando o capim em longas lamelas.

Hipnotizado por aquela potência do império, imaginei de repente o globo terrestre que aqueles tanques – nossos tanques! – podiam esfolar por inteiro. Um breve comando bastaria. Senti um orgulho nunca antes sentido...

E os soldados que saíam das torretas me fascinaram por sua virilidade serena. Todos se pareciam, talhados na mesma matéria firme e sadia. Eu os adivinhava invulneráveis àqueles pensamentos cavernosos que me torturavam durante o inverno. Não, toda aquela vasa mental não teria permanecido um só segundo na corrente límpida do raciocínio deles, simples e direto como as ordens que executavam. Eu sentia uma terrível inveja da vida deles. Ela se expunha ali, ao sol, sem uma mancha de sombra. A força deles, o cheiro másculo de seu corpo, suas jaquetas cobertas de poeira. E a presença, em algum lugar, da jovem ruiva, daquela adolescente-mulher, daquela promessa amorosa. Eu só tinha uma vontade: poder, um dia, extrair-me da torreta apertada de um tanque, pular nas lagartas, depois na terra mole e caminhar num passo agradavelmente cansado até a mulher-promessa.

Essa vida, uma vida de fato deveras soviética na qual eu sempre vivera como um marginal, me exaltou. Fundir-me em sua rotina bonachã e coletivista apresentou-se de repente para mim como uma solução luminosa. Viver a vida de todo o mundo! Conduzir um tanque, depois, desmobilizado, fazer correr o aço no meio das máquinas de uma grande usina à beira do Volga, ir, todo sábado, ao estádio para assistir a uma partida de futebol. Mas, principalmente, saber que aquela seqüência de dias, tranqüila e previsível, era coroada por um grande projeto messiânico – aquele comunismo que, um dia, tornaria nós todos constantemente felizes, cristalinos em nossos pensamentos, estritamente iguais...

Foi lá que, quase rasando as copas da floresta, os aviões de caça surgiram acima das nossas cabeças. Voando em grupos de três, fizeram desabar sobre nós o céu explodido. Onda após onda, vinham desventrando o ar, incisando meu cérebro com seus decibéis.

Mais tarde, no silêncio da noite, eu observava longamente a planície deserta com as riscas sombrias do capim arrancado aqui e ali. Eu me dizia que era uma vez uma criança que havia imaginado uma cidade fabulosa erguendo-se acima daquele horizonte brumoso... E essa criança não existia mais. Eu estava curado.

A partir desse dia memorável de abril, a mini-sociedade escolar me aceitou. Eles me acolheram com aquela generosidade condescendente que se tem pelos neófitos, pelos reconvertidos zelosos ou pelos arrependidos entusiastas. Eu o era. A todo instante, fazia questão de lhes mostrar que minha singularidade havia sido definitivamente superada. Que eu era como eles. E, além do mais, disposto a tudo para expiar minha marginalidade.

De resto, a própria mini-sociedade havia mudado, entrementes. Copiando cada vez melhor o mundo dos adultos, ela tinha se dividido em alguns clãs. Sim, quase em classes sociais! Eu distinguia três. Elas já prefiguravam o futuro desses adolescentes, ainda ontem unidos numa pequena malta homogênea. Agora havia um grupo de "proletários". Mais numerosos, eram oriundos, em sua maioria, de famílias operárias que forneciam a mão-de-obra para as oficinas do enorme porto fluvial. Além desses havia um núcleo de cobras em matemática, futuros "*tekhnars*", que outrora misturados aos proletários e dominados por eles, deles se destacavam cada vez mais ocupando a frente da cena proletária. Enfim, a mais fechada e mais elitista, a mais restrita também, aquela corriola na qual se reconhecia a intelectualidade em embrião.

Eu me tornava um deles em cada uma dessas classes. Minha presença intermediária era apreciada por todo o mundo. A certa altura, cheguei a me acreditar insubstituível. Graças... à França!

Porque, curado dela, eu a contava. Estava feliz por poder confiar aos que tinham me aceitado entre eles todo aquele estoque de anedotas acumuladas fazia anos. Meus relatos agradavam. Batalhas nas catacumbas, coxas de rã pagas a preço de ouro, ruas inteiras entregues ao amor venal em Paris – esses temas me valeram a reputação de um contador patenteado.

Eu falava e sentia que minha cura era completa. Os acessos de loucura que me haviam mergulhado outrora na vertiginosa sensação do passado não se repetiam mais. A França se tornava uma simples matéria a contar. Divertida, exótica aos olhos de meus colegas, excitante quando eu descrevia o "amor à francesa", mas no fim das contas pouco diferente das histórias engraçadas, muitas vezes indecentes, que nos contávamos durante o recreio tragando nossos cigarros apressados.

Notei rapidamente que era necessário temperar meus relatos franceses de acordo com o gosto dos meus interlocutores. A mesma história mudava de tom conforme eu a contasse aos "proletários", aos "*tekhnars*" ou aos "intelectuais". Orgulhoso do meu talento de conferencista, variava os gêneros, adaptava os níveis de estilo, selecionava as palavras. Assim, para agradar aos primeiros, eu me detinha longamente sobre os folguedos tórridos do Presidente e de Marguerite. Um homem, ainda por cima um presidente da República, que morria por ter feito amor em excesso – esse quadro, por si só, os levava ao êxtase. Já os *tekhnars* eram mais sensíveis às peripécias da intriga psicológica. Eles queriam saber o que tinha acontecido com Marguerite depois daquela façanha amorosa. Eu falava então do misterioso assassinato duplo no Impasse Ronsin, daquela terrível manhã de maio em que descobriram o marido de Marguerite estrangulado com um cordão de cortina, sua sogra, também morta, mas sufocada com sua dentadura... Eu não me esquecia de precisar que o marido, um pintor, estava cheio de encomendas oficiais, enquanto sua esposa nunca havia renunciado a suas amizades nas altas esferas. E que, segundo uma versão, foi um dos sucessores do falecido Félix Faure, visivelmente um ministro, que tinha sido surpreendido pelo marido...

Quanto aos "intelectuais", o tema não parecia tocá-los. Alguns deles, para mostrar seu desinteresse, de vez em quando davam até um bocejo. Só se desfizeram dessa fleuma simulada quando encontraram um pretexto para fazer um trocadilho. O nome "Faure"* foi vítima de um calembur: "dar a Faure" significava em russo "dar pontos a seu rival". Os risos, sabiamente *blasés*, rebentaram. Alguém, sempre com essa mesma risadinha insolente, lançou: "Que *forward*, o Faure!", subentendendo um atacante de futebol. Outro, fazendo cara de pateta, falou da *fortotchka*, postigo... Eu me dei conta de que a língua praticada naquele círculo estreito compunha-se quase exclusivamente daquelas palavras torcidas, trocadilhos, frases amaneiradas, modos de dizer conhecidos apenas de seus membros. Com um misto de admiração e angústia, constatei que a língua deles não necessitava do mundo que nos rodeava – daquele sol, daquele vento! Eu logo conseguia imitar facilmente esses malabaristas de palavras...

A única pessoa que não apreciou minha mudança foi Pachka, aquele mau aluno a cujas pescarias eu às vezes me associava. De tempo em tempo ele se aproximava do nosso grupo, nos escutava e, quando eu começava a contar minhas histórias francesas, fitava-me com um ar desconfiado.

Um dia, o ajuntamento em torno de mim foi mais numeroso que de costume. Meu relato devia interessá-los particularmente. Eu falava (resumindo o romance daquele pobre Spivalski, acusado de todos os pecados mortais e morto em Paris) dos dois amantes que tinham passado uma longa noite num trem quase vazio, fugindo através do império moribundo dos czares. No dia seguinte, eles se separaram para sempre...

* Pronuncia-se *for*. (N. do T.)

Meus ouvintes pertenciam, desta vez, às três castas – filhos de proletários, futuros engenheiros, intelectualidade. Eu evocava os abraços fogosos no fundo de um compartimento noturno, naquele trem que sobrevoava as aldeias mortas e as pontes incendiadas. Eles me escutavam avidamente. Era-lhes certamente mais fácil imaginar esse casal de amantes num trem do que um presidente da República com sua amada num palácio... E, para satisfazer os apreciadores dos jogos de palavras, evoquei a parada do trem numa cidade da província: o herói abaixava a janela e perguntava aos raros indivíduos que andavam ao longo da via férrea o nome do lugar. Mas ninguém podia informá-lo. Era uma cidade sem nome! Uma cidade povoada de estrangeiros. Um suspiro de satisfação emanou do grupo dos estetas. E eu, por meio de um hábil *flash-back*, voltava ao compartimento para falar de novo dos amores vagabundos de meus passageiros extravagantes... Foi nesse momento que, por cima da multidão, vi surgir a cabeça desgrenhada de Pachka. Ele escutou uns minutos, depois esbravejou cobrindo facilmente minha voz com seu baixo rugoso:

– Então, está contente agora? É só o que esses sonsos todos querem. Já estão babando com as suas mentiras.

Ninguém teria ousado contrariar Pachka num confronto singular. Mas a multidão tem uma coragem própria. Um murmúrio indignado respondeu a ele. Para acalmar os espíritos, expliquei num tom conciliador:

– Não é mentira, Pachka! É um romance autobiográfico. Esse sujeito, depois da revolução, fugiu mesmo da Rússia com a amante e, depois, em Paris, foi assassinado...

– E por que então você não conta para eles o que aconteceu na estação, hem?

Fiquei boquiaberto. Agora eu me lembrava de já ter contado aquela história a meu amigo, o mau aluno. De manhã, os amantes se encontravam à beira do mar Negro, numa cervejaria deserta, numa cidade coberta pela neve. Tomavam um chá fervendo diante de uma janela atapetada de gelo... Vários anos depois, voltariam a se ver em Paris e se confessariam que aquelas poucas horas matinais eram, para eles, mais caras do que todos os sublimes amores de suas vidas. Sim, aquela manhã cinzenta, fosca, os chamados abafados das buzinas de bruma e sua presença cúmplice no meio da tempestade mortífera da História...

Era então daquela cervejaria da estação que Pachka falava... A campainha me safou do apuro. Meus ouvintes apagaram seus cigarros e se engolfaram na sala. E eu, confuso, me dizia que nenhum dos meus estilos – nem o que adotava falando com os "proletas", nem o dos "*tekhnars*", nem mesmo as acrobacias verbais que os "intelectuais" adoravam – não, nenhuma dessas linguagens era capaz de recriar o encanto misterioso daquela manhã nevosa à beira do abismo dos tempos. Sua luz, seu silêncio... De resto, nenhum dos meus colegas ter-se-ia interessado por esse instante! Era simples demais: sem atrativos eróticos, sem intriga, sem jogos de palavras.

Ao voltar da escola, lembrei-me que, ao contar a meus colegas a história do Presidente apaixonado, ainda não tinha falado de sua espreita muda perto da janela escura do Eliseu. Ele, sozinho, em face da noite de outono, e em algum lugar daquele mundo obscuro e chuvoso – uma mulher de rosto dissimulado sob um véu cintilante de bruma. Mas quem teria me escutado se eu tivesse me aventurado a falar daquele véu úmido na noite de outono?

Pachka ainda tentou duas ou três vezes, sempre desastradamente, me sacar da minha nova roda. Um dia, ele me convidou para ir pescar no Volga. Recusei diante de todo o mundo, com uma cara vagamente desdenhosa. Ele ficou uns segundos em frente de nosso grupo – sozinho, hesitante, estranhamente frágil apesar do seu tamanho... Outra vez ele me alcançou no caminho de volta e me pediu para levar-lhe o livro de Spivalski. Prometi. No dia seguinte, eu não me lembrava mais...

Estava demasiado absorvido por um novo prazer coletivo: a Montanha de Alegria.

Era assim que em nossa cidade chamavam aquele enorme *dancing* a céu aberto, situado no topo de uma colina que dominava o Volga. Mal sabíamos dançar. Mas nossos requebros rítmicos não tinham, na realidade, mais que um objetivo: ter em nossos braços um corpo feminino, tocá-lo, domá-lo. Para não ter medo depois. De noite, em nossas idas à Montanha, as castas e as corriolas não mais existiam. Éramos todos iguais na febrilidade de nosso desejo. Somente os jovens soldados de licença formavam um grupo à parte. Eu os observava com inveja.

Uma noite, ouvi alguém me chamar. A voz parecia vir da folhagem do arvoredo. Levantei a cabeça, avistei Pachka! A pista do *dancing* era rodeada por uma alta cerca de madeira. Atrás dela, erguia-se uma vegetação selvagem, um matagal intermediário entre um parque deixado ao abandono e a floresta. Foi num galho grosso de um bordo, acima da cerca, que eu o vi...

Eu tinha acabado de sair do *dancing* depois de ter acertado, em meu desajeitamento, os seios do meu par... Era a primeira vez que eu dançava com uma moça tão madura. As palmas das minhas mãos contra as costas dela estavam todas úmidas. Enganado por um floreio inesperado da orquestra, fiz um movimento em falso e meu peito se comprimiu contra o dela. O efeito foi mais forte do que um choque elétrico! A elasticidade macia de um seio feminino me deixou perturbado. Eu continuava a mexer os pés sem ouvir a música, vendo, no lugar do belo rosto da moça, uma oval luminescente. Quando a orquestra se calou, ela me deixou sem dizer nada, visivelmente despeitada. Atravessei a pista, deslizando entre os casais como se andasse no gelo, e saí.

Precisava ficar sozinho, recobrar os sentidos, respirar. Caminhava na alameda que corria ao longo do *dancing*. O vento vindo do Volga refrescava minha cabeça em fogo. "E se foi ela mesma que quis trombar de propósito?", eu pensava. Sim, será que ela não quis me fazer sentir a maciez do seu peito, lançando-me assim um apelo que, em minha ingenuidade e em minha timidez, eu não soube decodificar? Quem sabe eu tinha perdido a chance da minha vida!

Como uma criança que acaba de quebrar uma xícara e que fecha os olhos esperando que aquela escuridão momentânea vá pôr tudo em ordem de novo, franzi as pálpebras: por que a orquestra não podia tocar de novo a mesma música e eu – reencontrar meu par para repetir todos os gestos até o aperto combinado? Eu nunca tinha sentido, nem voltaria a sentir, tão intensamente a proximidade tão íntima e, ao mesmo tempo, o distanciamento mais irremediável de um corpo feminino...

Foi no meio desse desconcerto sentimental que ouvi a voz de Pachka escondido nas ramagens. Ergui os olhos. Ele sorria para mim, meio deitado num galho grosso:

– Ande, trepe aqui! Eu faço lugar para você – disse ele dobrando as pernas.

Desajeitado e pesadão na cidade, Pachka se transfigurava quando se encontrava na natureza. Naquele galho, parecia um grande felino descansando antes da caçada noturna...

Em qualquer outra circunstância, eu teria ignorado seu convite. Mas sua posição era demasiado insólita e, além do mais, eu me sentia pego em flagrante delito. Era como se, de seu galho, ele houvesse interceptado meus pensamentos febris! Ele me estendeu a mão, icei-me a seu lado. Aquela árvore era um verdadeiro posto de observação.

Vista de cima, a ondulação das centenas de corpos enlaçados tinha um aspecto bem diferente. Parecia ao mesmo tempo absurdo (todos aqueles seres arrastando os pés sem sair do lugar!) e dotado de certa lógica. Os corpos circulavam, aglutinavam-se, no espaço de uma dança, separavam-se, às vezes permaneciam colados um ao outro durante várias canções. De nossa árvore, num só olhar, eu podia englobar todos os pequenos jogos afetivos que se teciam na pista. Rivalidades, desafios, traições, apaixonamentos, rupturas, explicações, brigas nascentes logo dominadas por um serviço de segurança vigilante. Mas, sobretudo, o desejo que transparecia através do véu da música e do ritual da dança. Voltei a ver naquela vaga humana a moça cujos seios eu acabava de roçar. Segui, um momento, sua trajetória de um par a outro...

Eu sentia que, em resumo, aquele rodopio me lembrava insidiosamente alguma coisa. "A vida!", sugeriu-me de repente uma voz muda, e meus lábios repetiram silenciosamente: "A vida..." A mesma mistura de corpos movidos pelo desejo mas que o dissimulam sob inúmeros disfarces. A vida... "E eu, onde estou neste instante?", perguntei-me adivinhando que a resposta a essa pergunta daria nascimento a uma verdade extraordinária que explicaria tudo, definitivamente.

Ressoaram gritos do lado da alameda. Reconheci meus colegas de classe que voltavam para a cidade. Agarrei o galho, pronto para pular. A voz de Pachka, tingida de uma resignação amarga, ecoou com pouca segurança:

– Espere! Eles vão apagar os projetores, você vai ver, vai ficar cheio de estrelas! Se treparmos mais alto, vai dar para ver Sagitário...

Não o escutei. Pulei no chão. O solo trançado de grossas raízes percutiu violentamente a sola de meus pés. Corri para alcançar meus colegas que se afastavam gesticulando. Tinha vontade de lhes falar o mais depressa possível do meu par de belos seios, de ouvir as observações deles, de ensurdecer-me com suas palavras. Tinha pressa de voltar à vida. E com uma alegria malsã, parodiei a estranha pergunta que tinha se formado na minha cabeça, um instante antes: "Onde estou? Onde estava? Num galho, ao lado daquele bronco do Pachka. À margem da vida verdadeira!"

Por um acaso esquisito (eu já sabia que o real é feito de repetições inverossímeis que os autores de romances perseguem como um grave defeito), nós nos encontramos de novo no dia seguinte. Com aquele incômodo que experimentam dois companheiros que, à noite, trocaram confidências graves, exaltadas ou sentimentais, abriram-se até aquele fundo muito íntimo da alma, e que voltam a se encontrar de manhã, na claridade cotidiana e cética.

Eu errava em torno do *dancing* ainda fechado, eram apenas seis da tarde. Queria a qualquer preço ser o primeiro par da moça da véspera. Supersticioso, esperava que o tempo desse marcha à ré e que eu pudesse colar minha xícara quebrada.

Pachka surgiu do mato do parque, percebeu-me, hesitou um segundo, depois veio me cumprimentar. Estava carregando seu equipamento de pesca. Debaixo do braço, levava um grande pão preto, de que arrancava pedaços que comia mastigando com apetite. Senti-me mais uma vez pego em flagrante delito. Mediu-me, examinando minha camisa clara de colarinho aberto, minha calça da moda, bem larga na boca. Depois, sacudindo a cabeça em sinal de adeus, foi-se embora. Dei um suspiro de alívio. Mas, de repente, Pachka virou-se e lançou-me com uma voz um tanto ríspida:

– Venha, vou lhe mostrar uma coisa! Venha, não vai se arrepender...

Se tivesse parado para esperar minha resposta, eu teria gaguejado uma recusa. Mas ele continuou seu caminho sem mais me olhar. Segui-o num passo indeciso.

Descemos na direção do Volga, passamos ao longo do porto com seus enormes guindastes, suas oficinas, seus armazéns de chapa ondulada. Mais abaixo, enveredamos num grande terreno baldio entulhado de barcos velhos, de construções metálicas enferrujadas, de pirâmides de toros compridos apodrecendo. Pachka escondeu suas varas e seu puçá debaixo de um desses troncos bichados e pôs-se a pular de um barco ao outro. Havia também um desembarcadouro abandonado, algumas passarelas de pontões que fugiam suavemente sob nossos passos. Aliás, seguindo Pachka, não notei em que momento tínhamos deixado a terra firme para nos encontrar naquela ilha flutuante de embarcações decrépitas. Agarrei-me a um pranchão quebrado, pulei numa espécie de junco, passei por sobre sua amurada, deslizei para a madeira úmida de uma jangada...

Nós nos encontramos enfim num canal de margens escarpadas cobertas de sabugueiros em flor. Sua superfície de uma margem à outra se perdia debaixo dos cascos dos velhos barcos apertados, bordo contra bordo, numa desordem fantástica.

Instalamo-nos no banco de uma canoa. Acima dela elevava-se o flanco de uma barcaça com os vestígios de um incêndio. Espichando o pescoço, notei lá em cima, no tombadilho, uma corda esticada perto da cabine: alguns pedaços de pano desbotado ondulavam suavemente – a roupa que secava fazia anos...

A noite era quente, brumosa. O cheiro da água se misturava com os eflúvios desenxabidos do sabugueiro. De tempo em tempo, um barco que víamos passar ao longe, no meio do Volga, enviava a nosso canal uma série de ondas preguiçosas. Nosso barco punha-se a balançar, esfregando-se contra o costado preto da barcaça. Todo aquele cemitério meio submerso se animava. Ouvia-se o rangido de um cabo, o murmulho sonoro da água sob um pontão, o chiado dos caniços.

– Que formidáveis essas querenas todas! – exclamei empregando essa palavra que só sabia vagamente pertencer ao vocabulário marítimo.

Pachka lançou-me um olhar um tanto confuso, quis falar, mas mudou de idéia. Levantei-me, apressado para voltar à Montanha da Alegria... De repente, meu amigo me puxou com força pela manga para me fazer sentar e num sussurro nervoso anunciou:

– Espere! Estão chegando!

Percebi então o barulho dos passos. Primeiro, o estalo dos calcanhares na areia úmida da margem, depois o tamborilar na madeira de uma passarela. Enfim, um martelamento metálico acima de nós, no tombadilho da barcaça... E já era de suas entranhas que as vozes abafadas chegaram até nós.

Pachka ergueu-se em toda a sua estatura e apertou-se contra a borda da barcaça. Foi somente então que percebi aquelas três vigias. Seus vidros estavam quebrados e tapados de dentro com pedaços de compensado. Estes tinham a superfície coberta pelos talhos finos de uma lâmina. Sem se afastar da sua vigia, meu amigo agitou a mão convidando-me a imitá-lo. Agarrando-me a uma saliência de aço que corria ao longo do costado, colei-me à vigia da esquerda. A do meio ficava desocupada.

O que vi através da fresta era ao mesmo tempo banal e extraordinário. Uma mulher, de quem só via a cabeça, de perfil, e a parte superior do corpo, parecia apoiar-se numa mesa, os braços paralelos, as mãos imóveis. Seu rosto parecia calmo e até sonolento. Só sua presença ali, naquela barcaça, podia surpreender. Mas, pensando bem... Ela sacudia ligeiramente a cabeça de cabelos claros e frisados, como se, sem parar, aprovasse um interlocutor invisível.

Afastei-me de minha vigia, lancei um olhar na direção de Pachka. Eu estava perplexo: "Afinal, o que há para ver?" Mas ele, com as palmas das mãos coladas na superfície descascada da barcaça, tinha a testa pregada no compensado.

Desloquei-me então até a vigia vizinha, abismando-me numa das rachaduras que perfuravam a madeira que a tapava...

Pareceu-me que nossa canoa ia a pique, descia para o fundo daquele canal atopetado e que o costado da barcaça, ao contrário, erguia-se para o céu. Febrilmente, eu me deixava imantar por seu metal áspero, tentando reter em meu olhar a visão que acabava de me cegar.

Era uma anca feminina de uma nudez branca, maciça. Sim, as ancas de uma mulher ajoelhada, vista sempre de lado, suas pernas, suas coxas cuja largura me assustou, e o início de suas costas cortadas pelo campo de visão da janela. Atrás dessa enorme anca estava um soldado, também de joelhos, com a calça desabotoada, a jaqueta em desordem. Ele agarrava a anca da mulher e puxava-a para si como se quisesse enterrar-se naquele monte de carne que empurrava ao mesmo tempo com sacudidas violentas de todo o seu corpo.

Nosso barco começou a fugir sob meus pés. Um barco que subia o Volga havia mandado suas ondas em nosso canal.

Uma delas conseguiu me desequilibrar. Evitando o tombo, dei um passo à esquerda, encontrando-me perto da primeira vigia. Apertei a testa contra sua moldura de aço. Na fenda apareceu a mulher de cabelos frisados, cara indiferente e sonolenta, a que eu vira a princípio. Apoiada no que parecia uma toalha, vestindo uma blusa branca, continuava a aquiescer com pequenos meneios da cabeça e, distraidamente, examinava os dedos...

Aquela primeira vigia. E a segunda. Aquela mulher com pálpebras pesadas de sono, de roupa e penteado assaz ordinários. E aquela outra. Aquela anca nua erguida, aquela carne branca na qual se atolava um homem que parecia franzino ao lado dela, aquelas coxas espessas, aquele movimento pesado das ancas. Na minha jovem cabeça atarantada, nenhum vínculo era capaz de associar as duas imagens. Impossível unir aquela parte de cima de um corpo feminino com aquela parte de baixo!

Tamanha era minha excitação que o costado da barcaça pareceu-me de repente estender-se na horizontal. Grudado na sua superfície como uma lagartixa, desloquei-me para a vigia da mulher nua. Ela continuava ali, mas o poderoso arredondado das suas carnes estava imóvel. O soldado, visto de frente, se abotoava com gestos moles, desajeitados. E outro, mais baixo que o primeiro, punha-se de joelhos atrás da anca branca. Os movimentos deste, em compensação, eram de uma rapidez nervosa, amedrontada. Mal começou a se debater empurrando com o ventre os pesados hemisférios brancos, ficou idêntico ao primeiro. Não havia diferença alguma entre as maneiras deles procederem.

Meus olhos já se enchiam de agulhas pretas. Minhas pernas dobravam-se. E meu coração apertado contra o metal enferrujado fazia vibrar toda a embarcação com seus ecos profundos, resfolegantes. O costado da barcaça ficava novamente vertical e, privado da minha agilidade de lagartixa, eu deslizava para a primeira vigia. A mulher de blusa branca sacudia maquinalmente a cabeça, examinando as mãos. Eu a vi arranhar uma unha com outra para descascar a camada de esmalte...

Os passos deles ecoaram na ordem inversa, desta vez: o martelamento dos calcanhares nas tábuas do tombadilho, o estalo da argila mole. Sem olhar para mim, Pachka passou por cima do bordo do nosso barco e pulou num pontão quase submerso, depois num desembarcadouro. Segui-o, executando os saltos moles de uma marionete de pano.

Ao chegar à margem, ele se sentou, tirou os sapatos e, arregaçando a calça até os joelhos, entrou na água afastando os longos caules dos caniços. Afastou as lentilhas-d'água e se lavou demoradamente, dando rosnados de prazer que, de longe, podiam ser tomados por gritos de desespero.

Era um grande dia em sua vida. Naquela noite de junho, ela ia, pela primeira vez, entregar-se a um de seus jovens amigos, a um daqueles dançarinos que arrastavam os pés na pista da Montanha da Alegria.

Ela era um tanto magricela. Seu rosto tinha aqueles traços neutros que, no desfile humano, passam despercebidos. Aqueles cabelos de um ruivo pálido deixavam adivinhar sua cor apenas à luz do dia. Sob os projetores da Montanha ou no halo azulado dos postes de luz, ela parecia simplesmente loura.

Eu tinha descoberto aquela prática amorosa fazia apenas alguns dias. No formigamento humano do *dancing*, via grupos se formarem – um turbilhão de adolescentes nascia, agitando-se, excitando-se, e enxameava partindo para se iniciar no que me parecia ora estupidamente simples, ora fabulosamente misterioso e profundo: o amor.

Ela deve ter se visto sobrando numa dessas turmas. Bebera como os outros, escondida, no meio dos arbustos que cobriam as encostas da Montanha. Depois, quando o pequeno círculo agitado tinha se cindido em casais, ela tinha ficado sozinha, o acaso aritmético não lhe oferecera um par. Os casais tinham se eclipsado. A embriaguez já a ganhava. Ela não estava acostumada ao álcool e tinha bebido demais, por zelo, por medo de não estar à altura das outras, querendo também dominar a angústia daquele grande dia... Ela tinha voltado à pista, não sabendo mais o que fazer de seu corpo, cada parcela do qual estava impregnada de uma exaltação impaciente. Mas já começavam a apagar os projetores.

Isso tudo, eu adivinharia mais tarde... Naquela noite, eu vi simplesmente uma adolescente andando de um lado para o outro num canto do parque noturno, rodopiando no círculo esbranquiçado de um poste de iluminação. Como uma mariposa tragada por um raio de luz. Sua atitude me espantou: ela avançava como numa corda, com passos a uma vez aéreos e tensos. Compreendi que, por cada um dos seus gestos, lutava contra a embriaguez. Seu rosto tinha uma expressão petrificada. Todo o seu ser se mobilizava naquele esforço único – não cair, não deixar suspeitarem de nada, continuar a girar naquele círculo luminoso até que as árvores escuras parassem de balançar, de pular à sua aproximação agitando seus galhos sonoros.

Fui em sua direção. Entrei no círculo azul do poste. Seu corpo (sua saia preta, sua blusa clara) concentrou de repente todo o meu desejo. Sim, ela se tornou imediatamente a mulher que eu sempre desejara. Apesar da sua fraqueza ofegante, apesar dos seus traços esfumados pela embriaguez, apesar de tudo o que, em seu corpo e em seu rosto, teria podido me desagradar e que eu agora achava tão bonito.

Em sua ronda, ela se chocou contra mim, ergueu os olhos. Vi sucederem-se em seu rosto várias máscaras – medo, raiva, sorriso. Foi o sorriso que prevaleceu, um sorriso vago que não parecia dirigir-se a mim mas a outra pessoa. Segurou meu braço. Descemos da Montanha.

Primeiro, falou sem parar. Sua jovem voz avinhada, não conseguia permanecer igual. Ela cochichava, depois quase gritava. Agarrando-se a meu braço, de tempo em tempo tropeçava, e soltava então um impropério, aplicando com uma prontidão divertida a palma da mão nos lábios. Ou então, de repente, ela se soltava de mim, ar ofendido, para se apertar contra meu ombro um instante depois. Eu adivinhava que minha companheira estava representando uma comédia amorosa ensaiada de longa data – uma representação que devia demonstrar ao parceiro que ela não era uma qualquer. Mas em sua embriaguez ela confundia a seqüência daqueles pequenos intermédios. E eu, mau ator, ficava mudo, subjugado por aquela presença feminina subitamente tão acessível e, sobretudo, pela alucinante facilidade com que aquele corpo ia se oferecer a mim. Eu sempre tinha imaginado que aquela oferta seria precedida por um longo encaminhamento sentimental, por mil palavras, por um engenhoso flerte. Calava-me sentindo comprimir-se contra meu braço um pequeno seio feminino. E minha companheira noturna, numa algaravia animada, rejeitava as investidas de um fantasma ousado, enchia as bochechas por alguns segundos mostrando que estava zangada, em seguida envolvia seu amante imaginário com um olhar que ela acreditava langoroso mas que era simplesmente turvado pelo vinho e pela excitação.

Levei-a ao único lugar capaz de acolher nosso amor – aquela ilha flutuante em que, no começo do verão, eu tinha espionado com Pachka a prostituta e os soldados.

No escuro, devo ter me enganado de direção. Após uma demorada vagabundeação no meio das barcas adormecidas, paramos numa espécie de velha balsa cujo pranchão de suportes quebrados se enfiava na água.

Ela se calou bruscamente. A embriaguez devia abandoná-la pouco a pouco. Eu permanecia imóvel em face da sua espera tensa no escuro. Não sabia o que devia fazer. Pondo-me de joelhos, tateei as pranchas jogando na água ora um rolo de cordas gastas, ora um magote de algas secas. Foi por acaso que, absorto em minha arrumação, rocei sua perna. Meus dedos que deslizavam pela sua pele a deixavam arrepiada...

Ela ficou muda até o fim. De olhos fechados, ela parecia ausente, entregando-me seu corpo cheio de pequenos tremores... Devo tê-la machucado muito com meus gestos atropelados. Aquele ato tão sonhado atolou-se numa quantidade de manipulações desajeitadas, estorvadas. O amor, ter-se-ia dito, era como uma escavação precipitada, nervosa. Os joelhos, os cotovelos apontavam numa estranha fixidez anatômica.

O prazer foi como a chama de um fósforo no vento gelado – um fogo que apenas tem tempo de queimar os dedos antes de se apagar deixando um ponto cegante nos olhos.

Eu tentava beijá-la (achava que era nesse momento que se devia fazer isso); sob minha boca senti seu lábio fortemente mordido...

E o que mais me assustou foi que, um segundo depois, eu não tinha mais necessidade nem dos seus lábios, nem dos seus seios pontudos em sua blusa largamente aberta, nem de suas coxas finas sobre as quais ela tinha puxado a saia num gesto rápido. Seu corpo se tornava indiferente, inútil, para mim. Mergulhado em meu obtuso contentamento carnal, eu me bastava. "Por que ela fica deitada assim, seminua?", perguntei-me mal-humorado. Senti debaixo das minhas costas as asperezas das tábuas, na palma da minha mão – o ardor de algumas farpas. O vento tinha o gosto pesado de uma água estagnada.

Houve talvez naquele intervalo noturno um esquecimento passageiro, um fulgurante sono de alguns minutos. Porque não vi o barco se aproximar. Abrimos os olhos quando toda a sua enormidade branca, fulgurante de luzes, já pairava acima de nós. Eu tinha acreditado que nosso refúgio se encontrava no fundo de uma das inúmeras baías entulhadas de destroços enferrujados. Mas foi o contrário que se deu. Havíamos chegado, na escuridão, à ponta de um cabo que quase se projetava no meio do rio... O paquete iluminado descendo lentamente o Volga ergueu-se bruscamente acima de nossa velha balsa com seus três conveses. As silhuetas humanas se recortaram sobre o fundo do céu escuro. Dançavam no convés superior, na fulguração das luzes de bordo. O magma quente de um tango derramou-se sobre nós, nos envolveu. As janelas das cabines, a iluminação mais discreta, pareceram se inclinar, deixando-nos penetrar em sua intimidade... O fluxo gerado pela passagem do navio foi tão poderoso que nossa jangada descreveu uma meia-volta, uma rápida escorregadela que nos deu vertigem. O navio com sua luz e sua música pareceu nos contornar... Foi nesse instante que ela apertou minha mão e se encolheu contra mim. A densidade calorosa do seu corpo parecia poder se concentrar inteira nas palmas das minhas mãos, como o corpo palpitante de um passarinho. Seus braços, sua cintura, tinham a maciez daquela braçada de nenúfares que eu havia colhido, um dia, enlaçando na água vários caules escorregadios...

Mas o navio já desaparecia na escuridão. O eco do tango se apagou. Em sua navegação rumo a Astrakhan, levava a noite consigo. O ar em torno de nossa balsa se encheu de uma palidez hesitante. Foi estranho nos ver no meio de um grande rio, naquele tímido nascer do dia, nas tábuas molhadas de uma jangada. E na margem se precisavam lentamente os contornos do porto.

Ela não me esperou. Sem olhar para mim, pôs-se a pular de um barco para o outro. Ela escapulia – com a pressa feroz de uma jovem bailarina depois de uma saída falsa de cena. Eu acompanhava aquela fuga saltitante, com o coração parado. A qualquer momento ela podia escorregar na madeira molhada, ser traída por uma passarela desagregada, mergulhar entre dois barcos cujos bordos se fechariam acima da sua cabeça. A intensidade do meu olhar a retinha em sua acrobacia através da bruma matinal.

No instante seguinte, eu a vi caminhar na margem. No silêncio, a areia úmida chiava suavemente sob seus passos... Era uma mulher de quem eu estava tão próximo quinze minutos antes que se afastava. Senti aquela dor nova para mim: uma mulher se afastava rompendo aqueles laços invisíveis que ainda nos uniam. Ela se tornava, ali, naquela margem deserta, um ser extraordinário – uma mulher que eu amo e que volta a ficar independente de mim, estranha a mim, e que em breve vai falar com os outros, sorrir... Viver!

Virou-se quando me ouviu correr atrás dela. Vi seu rosto pálido, seus cabelos que, agora me dava conta, eram de uma cor ruiva bem clara. Ela não sorria e me fitava em silêncio. Eu não me lembrava mais do que queria lhe dizer ao escutar, um minuto antes, a areia úmida chiar sob seus calcanhares. "Eu te amo" teria sido uma mentira impronunciável. Somente sua saia preta amarrotada, somente seus braços de uma finura infantil superavam para mim todos os "eu te amo" do mundo. Propor-lhe nos vermos de novo hoje ou amanhã era impensável. Nossa noite tinha necessariamente de ser única. Como a passagem do paquete, como nosso sono fulminante, como seu corpo no frescor do grande rio entorpecido.

Procurei dizer-lhe isso. Falei, sem continuidade, do chiado da areia sob seus passos, da sua solidão naquela margem, da sua fragilidade, naquela noite, que tinha me feito pensar nos caules dos nenúfares. Senti de repente, e com uma felicidade aguda, que era preciso falar também do balcão de Charlotte, de nossos serões de estepes, das três elegantes numa manhã de outono nos Champs-Elysées...

Seu rosto se crispou numa inquietação ao mesmo tempo desdenhosa e inquieta. Seus lábios fremiram.

– Está doente, é? – disse ela cortando-me a palavra com aquele tom um pouco nasalado com que as garotas da Montanha tratavam os importunos.

Fiquei imóvel. Ela ia embora subindo na direção das primeiras construções do porto e logo mergulhou em sua sombra maciça. Os operários começavam a aparecer nas portas de suas oficinas.

Alguns dias mais tarde, no tumulto noturno da Montanha, ouvi a conversa de meus colegas de escola que não tinham notado minha presença próxima. Uma das dançarinas do pequeno círculo deles tinha se queixado, diziam eles, de seu parceiro que não sabia fazer amor (eles exprimiram a idéia de modo muito mais cru) e ela tinha confiado, ao que tudo indicava, detalhes cômicos ("hilariantes", afirmou um deles) de seu comportamento. Eu os ouvia esperando algumas revelações eróticas. De repente o nome do parceiro de que debochavam foi citado: Frantsuz... Era meu apelido, de que na verdade me orgulhava. "Frantsuz" – o francês, em russo. Através das risadas deles, percebi um diálogo à parte, entre dois amigos, à maneira de conciliábulo: "Vamos cuidar dela, esta noite, depois da dança. A dois, topa?"

Adivinhei que se tratava sempre dela. Deixei meu canto e dirigi-me para a saída. Eles me avistaram. "Frantsuz! Frantsuz...", aquele cochicho me acompanhou por um momento, depois se extinguiu na primeira onda da música.

No dia seguinte, sem avisar ninguém, eu partia para Saranza.

3

Eu ia àquela cidadezinha sonolenta, perdida no meio das estepes, para destruir a França. Era preciso liquidar aquela França de Charlotte que fizera de mim um estranho mutante, incapaz de viver no mundo real.

Em meu espírito, essa destruição devia se assemelhar a um longo grito, a um rugido de cólera que exprimiria do melhor modo toda a minha revolta. Esse urro ainda brotava sem palavras. Elas iam vir, tinha certeza, assim que os olhos calmos de Charlotte pousassem em mim. Por enquanto, eu gritava silenciosamente. Apenas as imagens se abatiam num fluxo caótico e multicor.

Eu via o cintilar de um pincenê na penumbra calafetada de um grande automóvel negro. Béria escolhia um corpo feminino para a sua noite. E nosso vizinho da frente, um pacato e sorridente aposentado, regava as flores no seu balcão, ouvindo o chilreio de um transistor. E em nossa cozinha, um homem de braços cobertos de tatuagens falava de um lago gelado cheio de cadáveres nus. E toda aquela gente no vagão de terceira classe que me levava para Saranza parecia não notar aqueles paradoxos dilacerantes. Eles continuavam a viver. Tranqüilamente.

Em meu grito, eu queria derramar sobre Charlotte essas imagens. Esperava dela uma resposta. Queria que ela se explicasse, que se justificasse. Porque ela é que tinha me transmitido essa sensibilidade francesa – a dela –, condenando-me a viver num penoso entre-dois-mundos.

Eu lhe falaria de meu pai com seu "buraco" no crânio, aquela pequena cratera onde batia sua vida. E de minha mãe, de que havíamos herdado o medo da campainha inesperada à porta, nas noites de festa. Ambos mortos. Inconscientemente, tinha raiva de Charlotte por ter sobrevivido a meus pais. Tinha raiva da sua calma durante o enterro de minha mãe. E daquela vida européia, em seu bom senso e em sua limpeza, que ela levava a Saranza. Eu encontrava nela o Ocidente personificado, esse Ocidente racional e frio contra o qual os russos guardam um rancor incurável. Essa Europa que, da fortaleza da sua civilização, observa com condescendência nossas misérias de bárbaros – as guerras em que morríamos aos milhões, as revoluções cujo enredo ela escreveu para nós... Em minha revolta juvenil, havia uma grande parte dessa desconfiança inata.

O enxerto francês que eu pensava atrofiado continuava em mim e me impedia de ver. Ele cindia a realidade em dois. Como havia feito com o corpo daquela mulher que eu espionava através de duas vigias diferentes: havia uma mulher de blusa branca, calma e ordinária, e outra – aquela imensa anca que, por sua eficácia carnal, tornava quase inútil o resto do corpo.

No entanto, eu sabia que as duas mulheres eram uma só. Assim como a realidade dilacerada. Era minha ilusão francesa que me turvava a vista, como uma embriaguez, duplicando o mundo com uma miragem enganadoramente viva...

Meu grito amadurecia. As imagens que iam se pôr em palavras viravolteavam em meus olhos cada vez mais rápido: Béria que murmurava ao motorista: "Acelere! Alcance aquela! Quero ver...", e um homem vestido de Papai Noel, meu avô Fiodor preso na noite do *réveillon*, e a aldeia calcinada de meu pai, e os braços finos da minha jovem amada – braços infantis com veias azuladas –, e aquela anca erguida em sua força bestial, e aquela mulher que descasca o esmalte vermelho da unhas enquanto possuem a parte de baixo de seu corpo, e a bolsinha da Pont-Neuf, e a "Verdun", e toda essa mixórdia francesa que estraga minha juventude!

Na estação de Saranza, permaneci um momento na plataforma. Por hábito, procurava a silhueta de Charlotte. Depois, com uma cólera galhofeira, tratei-me de bobo. Ninguém me esperava desta vez. Minha avó nem imaginava a minha visita! Aliás, o trem que me trazia não tinha nada a ver com o que eu tomava cada verão para ir àquela cidade. Não cheguei a Saranza de manhã, mas à noite. E o trem, incrivelmente comprido, comprido e maciço demais para aquela pequena gare de província, abalou-se pesadamente e partiu com destino a Tachkent – rumo aos confins asiáticos do império. Urgentch, Bukhara, Samarkand, o eco de seu trajeto ressoou em minha cabeça, despertando uma tentação oriental, dolorosa e profunda para cada russo.

Tudo era diferente, desta vez.

A porta estava aberta. Ainda era um tempo em que só se fechava o apartamento à noite. Empurrei-a como num sonho. Havia imaginado tão claramente esse instante, que acreditava saber com precisão quase absurda o que ia dizer a Charlotte e de que ia acusá-la...

No entanto, ao ouvir o imperceptível clique da porta, tão familiar quanto a voz de um próximo, ao respirar o odor agradável e leve que sempre pairava no apartamento de Charlotte, senti minha cabeça esvaziar-se de palavras. Somente algumas frases avulsas de meu urro preparado ainda soavam em meus ouvidos:

– Béria! E aquele velho que rega tranqüilamente seus gladíolos. E aquela mulher cortada em dois! E a guerra esquecida! E seu estupro! E aquela mala siberiana cheia de papelório velho francês que eu arrasto, como um prisioneiro – seus ferros! E nossa Rússia que você, a francesa, não compreende e nunca compreenderá! E minha amada de que aqueles dois jovens patifes vão "cuidar"!

Ela não me ouviu entrar. Eu a vi sentada diante da porta do balcão. Seu rosto estava inclinado acima de uma roupa clara estendida no colo, sua agulha cintilava (não sei por que, mas em minha memória, Charlotte estava o tempo todo cerzindo uma gola de renda...)

Percebi sua voz. Não era um canto, antes uma lenta recitação, um murmúrio melodioso, entrecortado de pausas, ritmado pelo fluxo dos pensamentos mudos. Sim, uma canção meio trauteada, meio dita. No torpor quente da noite, suas notas davam uma impressão de frescor, como a tênue sonoridade de um cravo. Escutei as palavras e durante alguns segundos tive a sensação de ouvir uma língua estrangeira, desconhecida – uma língua que não significava nada para mim. Ao cabo de um minuto, reconheci o francês... Charlotte cantarolava muito lentamente, suspirando de tempo em tempo, deixando penetrar entre duas estrofes de sua recitação o insondável silêncio da estepe.

Era a canção cujo charme eu havia descoberto criancinha ainda e que, agora, concentrava nela todo o meu rancor.

Aux quatre coins du lit,
Un bouquet de pervenches...

[Nos quatro cantos da cama,
Um buquê de pervincas...]

"Sim, precisamente, esse sentimentalismo francês que me impede de viver!", pensei com raiva.

Et là, nous dormirions
Jusqu'à la fin du monde...

[E ali dormiríamos
Até o fim do mundo...]

Não, eu não podia mais ouvir aquelas palavras!

Entrei no cômodo e anunciei com uma rispidez desejada e em russo:

– Cheguei! Aposto que não estava me esperando!

Para minha surpresa, para minha decepção também, o olhar que Charlotte ergueu para mim permaneceu calmo. Adivinhei em seus olhos aquele infalível controle de si que se adquire domando cotidianamente a dor, a angústia, o perigo.

Ao saber, por algumas perguntas discretas e de aparência banal, que eu não vinha como mensageiro de nenhuma notícia trágica, ela foi para a entrada e telefonou para minha tia a fim de pô-la a par da minha chegada. E de novo fui surpreendido pelo desembaraço com que Charlotte falou com aquela mulher que era tão diferente dela. Sua voz, aquela voz que pouco antes cantarolava uma velha melodia francesa, coloriu-se de um leve sotaque popular e em algumas palavras ela soube tudo explicar, tudo arranjar, reduzindo minha fuga a nossos habituais reencontros de verão. "Ela tenta nos imitar", pensei ouvindo-a falar. "Ela nos parodia!" A calma de Charlotte e aquela voz tão russa apenas exacerbaram meu azedume.

Pus-me a espreitar cada uma das suas palavras. Uma delas devia desencadear minha explosão. Charlotte ia me propor as "bolas de neve", nossa sobremesa favorita, e eu poderia então atacar todas aquelas frioleiras francesas. Ou então, tentando recriar a atmosfera de nossos serões de outrora, ela se poria a falar da sua infância, sim, de algum tosquiador, de cachorros à beira do Sena...

Mas Charlotte se calava. E prestava pouquíssima atenção em mim. Como se minha presença não houvesse perturbado em nada o clima daquela noite ordinária da sua vida. De vez em quando, ela encontrava meu olhar, sorria para mim e seu rosto se velava de novo.

O jantar me espantou por sua simplicidade. Não houve "bolas de neve" e nenhuma outra guloseima da nossa infância. Com estupor, eu me dava conta de que aquelas fatias de pão preto, aquele chá claro, eram a alimentação habitual de Charlotte.

Depois das refeições, eu a esperava no balcão. As mesmas guirlandas de flores, o mesmo infinito da estepe sob a bruma de calor. E entre duas roseiras – o rosto da bacante de pedra. De repente senti vontade de jogar aquela cabeça por cima do parapeito, de arrancar as flores, de quebrar a imobilidade da planície com meu grito. Sim, Charlotte viria sentar-se em sua cadeirinha, dispor em seus joelhos um pedaço de pano...

Ela apareceu, mas em vez de se instalar em sua cadeira baixa, veio apoiar-se no parapeito, a meu lado. Era assim que ficávamos, antigamente, minha irmã e eu, um perto do outro, vendo a estepe mergulhar lentamente na noite, escutando os relatos de nossa avó.

Sim, ela apoiou os cotovelos na madeira gretada, contemplou a extensão sem limites tingida de uma transparência violeta. E, súbito, sem olhar para mim, pôs-se a falar com uma voz distante e pensativa que parecia dirigir-se a mim e a alguém além de mim:

– Sabe, como é estranho... Faz uma semana, encontrei uma mulher. No cemitério. O filho dela está enterrado na mesma alameda que seu avô. Falamos deles, da morte deles, da guerra. De que mais se pode falar diante dos túmulos? O filho dela foi ferido um mês antes do fim da guerra. Nossos soldados já marchavam sobre Berlim. Ela rezava todos os dias (era crente, ou se tornava durante essa espera) para que mantivessem o filho no hospital mais uma semana, mais três dias... Ele foi morto em Berlim, no curso dos últimos combates. Já nas ruas de Berlim... Ela me contava isso de maneira muito simples. Até as lágrimas dela eram simples quando falava de suas preces... E você sabe do que seu relato me lembrou? De um soldado ferido em nosso hospital. Ele tinha medo de voltar ao *front*, e todas as noites abria seu ferimento com uma esponja. Eu o surpreendi, falei com o médico-chefe. Pusemos um gesso nesse ferido e pouco tempo depois, curado, ele voltava para o *front*... Sabe, na época isso tudo me parecia tão claro, tão justo. Mas agora eu me sinto um pouco perdida. Sim, a vida ficou atrás de mim, e de repente tudo precisa ser repensado. Você vai achar bobagem, mas às vezes eu me pergunto: "E se eu mandei aquele jovem soldado para a morte?" Eu me digo que, provavelmente, em algum lugar nas profundas da Rússia, havia uma mulher que, todos os dias, rezava para que o mantivessem no hospital o máximo possível. Sim, como essa mulher, no cemitério. Não sei... Não posso esquecer o rosto dessa mãe. Entende, não é verdade, mas agora acredito que havia em sua voz como que um pequeno tom de censura. Não sei como explicar tudo isso a mim mesma...

Ela se calou, permaneceu um longo momento sem se mexer, olhos largamente abertos cuja íris parecia guardar a luz do poente extinto. Petrificado, eu a via de esguelha sem poder desviar a cabeça, mudar a posição de meus braços, soltar meus dedos cruzados...

– Vou preparar sua cama – disse-me enfim, saindo do balcão.

Eu me endireitei, lancei um olhar espantado à minha volta. A cadeirinha de Charlotte, aquele abajur de cúpula turquesa, a bacante de pedra com seu sorriso melancólico, aquele balcão estreito suspenso acima da estepe noturna – tudo me pareceu tão frágil de repente! Com assombro, eu me lembrava de meu desejo de destruir aquele quadro efêmero... O balcão tornava-se minúsculo – como se eu o observasse de uma distância enorme –, sim, minúsculo e indefeso.

No dia seguinte, um vento abrasador e seco invadiu Saranza. Na esquina das ruas danadas pelo sol surgiam pequenos tufões de poeira. E sua aparição era seguida de uma detonação sonora – uma banda militar soava na praça central e o sopro ardente trazia até a casa de Charlotte trechos de cacofonia de bravura. Depois o silêncio voltava bruscamente e ouvia-se o chiado da areia contra as vidraças, o zumbido febril de uma mosca. Era o primeiro dia das manobras que se desenrolavam a alguns quilômetros de Saranza.

Caminhamos um bom tempo. Primeiro, atravessando a cidade, depois, na estepe. Charlotte falava com a mesma voz calma e neutra da noite anterior, no balcão. Seu relato se fundia no alegre alarido da banda, depois, quando o vento caía de repente, suas palavras soavam com uma estranha nitidez no vazio do sol e do silêncio.

Ela narrava sua breve estada em Moscou, dois anos depois da guerra... Numa clara tarde de maio, andava pelo emaranhado de ruelas da Presnia que desciam para o Moscova e sentia-se convalescente, recuperando-se da guerra, e até, sem ousar confessá-lo a si mesma, da morte de Fiodor ou, antes, de sua ausência cotidiana, obcecante... Na esquina de uma rua, ela ouviu, na conversa de duas mulheres que passavam perto dela, um pedaço de diálogo. "Samovares...", disse uma delas. "O bom chá de antigamente...", pensou, em eco, Charlotte. Quando chegou à praça, diante do mercado com suas barracas de madeira, seus quiosques e seu recinto de tábuas espessas, compreendeu que tinha se enganado. Um homem, sem pernas, instalado numa espécie de caixa rolante, avançou em sua direção estendendo seu único braço:

– Vamos, minha flor, um rublozinho para o aleijado!

Instintivamente, Charlotte evitou-o, a tal ponto aquele desconhecido se assemelhava a um homem saindo da guerra. Foi então que ela percebeu que as cercanias do mercado formigavam de soldados mutilados – daqueles "samovares". Rolando numa caixa, dotada ora de rodinhas com pneus de borracha, ora de simples rolimãs, abordavam as pessoas na saída, pedindo-lhes dinheiro ou tabaco. Alguns davam, outros aceleravam o passo, outros ainda soltavam um palavrão, acrescentando num tom moralizador: "O Estado já alimenta vocês... Que vergonha!" Os samovares eram quase todos jovens, alguns visivelmente bêbados. Todos tinham olhos penetrantes, um tanto loucos... Três ou quatro caixas arremeteram na direção de Charlotte. Os soldados cravavam seu bastão no solo pisoteado da praça, contorcendo-se, ajudando-se com violentas sacudidas de todo o corpo. Apesar da dificuldade, a coisa parecia um jogo.

Charlotte deteve-se, tirou com pressa uma nota da sua sacola e deu-a ao que primeiro se aproximou. Ele não pôde apanhá-la – sua mão única, a esquerda, não tinha mais dedos. Apertou a nota no fundo da sua caixa, depois, de repente, oscilou em seu assento e estendendo o coto para Charlotte aflorou-lhe o tornozelo. E ergueu para ela o olhar cheio de uma demência amarga...

Ela não pôde compreender o que aconteceu em seguida. Viu outro mutilado, este com dois braços válidos, surgir ao lado do primeiro e, brutalmente, arrancar a nota amassada da caixa do maneta. Charlotte soltou um "Ah!", depois abriu de novo a bolsa. Mas o soldado que acabava de lhe acariciar o pé parecia resignado – dando as costas ao agressor, já subia de volta a ruela em forte aclive cujo topo se abria para o céu... Charlotte permaneceu um momento indecisa – alcançá-lo? Dar-lhe de novo dinheiro? Viu mais alguns samovares empurrando suas caixas em sua direção. Sentiu um mal-estar terrível. Medo, vergonha também. Um breve grito rouco rasgou o rumor monótono que pairava acima da praça.

Charlotte virou-se bruscamente. A visão foi mais rápida que um relâmpago. O maneta, em sua caixa rolante, despencou ladeira abaixo numa crepitação ensurdecedora dos rolimãs. Seu coto impelia repetidamente o chão, dirigindo aquela descida louca. E em sua boca torturada por um horrível ricto, uma faca dardejava, segura entre seus dentes. O mutilado que acabava de lhe roubar o dinheiro mal teve tempo de empunhar o bastão. A caixa do maneta percutiu a dele. O sangue jorrou. Charlotte viu outros dois samovares se precipitarem na direção do maneta que sacudia a cabeça lacerando o corpo do inimigo. Outras facas brilharam entre dentes. Uivos elevavam-se de todos os lados. As caixas se entrechocavam. Os passantes, estarrecidos com aquela batalha que se generalizava, não ousavam intervir. Outro soldado descia a toda a ruela e, com a lâmina entre as mandíbulas, se metia no aterrorizante emaranhamento dos corpos mutilados... Charlotte tentou se aproximar, mas o combate era travado quase ao rés do chão – ela precisaria rastejar para se interpor. Os milicianos já acudiam, dando seus apitos estridentes. Os espectadores despertaram. Alguns se apressaram a partir. Outros se retiraram para a sombra dos álamos para assistir ao fim da refrega. Charlotte percebeu uma mulher que, curvando-se, retirava um samovar do amontoado de corpos e repetia com uma voz lacrimosa: “Liocha! Você me prometeu que não vinha mais aqui! Você me prometeu!" E ia embora carregando o mutilado como se fosse uma criança. Charlotte tentou ver se seu maneta continuava ali. Um dos milicianos a empurrou para trás...

Seguíamos em frente, afastando-nos de Saranza. O alarido da banda militar tinha se extinguido no silêncio da estepe. Não ouvíamos mais que o farfalhar do mato ao vento. E foi naquele infinito de luz e de calor que soou novamente a voz de Charlotte.

– Não, eles não brigavam por causa daquele dinheiro roubado, não! Isso, todo o mundo entendia. Brigavam por... para se vingar da vida. Da sua crueldade, da sua idiotice. E daquele céu de maio acima da cabeça deles... Brigavam como se quisessem zombar de alguém. Sim, daquele que misturou numa só vida aquele céu primaveril e seus corpos estropiados...

"Stálin? Deus?", quase perguntei, mas o ar da estepe tornava as palavras ásperas, difíceis de articular.

Nunca tínhamos ido tão longe. Saranza havia ficado imersa fazia tempo na flutuação brumosa do horizonte. Aquela excursão sem objetivo nos era indispensável. Atrás de mim, eu sentia quase fisicamente a sombra de uma pracinha moscovita...

Chegamos enfim perto de um leito de estrada de ferro. Sua linha assinalava uma fronteira surrealista naquele infinito sem nenhuma outra referência além do sol e do céu. Curiosamente, do outro lado dos trilhos, a paisagem mudou. Tivemos de contornar alguns barrancos, gigantescas falhas de interior arenoso, em seguida descer num vale. Bruscamente, entre as brenhas de salgueiros, a água brilhou. Trocamos um sorriso, exclamando-nos a uma só voz:

– O Sumra!

Era um distante afluente do Volga, um desses rios discretos, perdidos na imensidão da estepe, cuja existência só se conhece porque eles se lançam no grande rio.

Permanecemos à sombra dos salgueiros até a noite... Foi no caminho de volta que Charlotte terminou seu relato.

– As autoridades finalmente se encheram de todos aqueles mutilados na praça, de seus gritos, de suas brigas. Mas, acima de tudo, eles ofereciam uma imagem ruim da grande Vitória. O soldado, sabe, as pessoas o preferem ou corajoso e sorridente, ou... morto no campo de honra. E aqueles... Bem, um dia, vários caminhões chegam e os milicianos começam a arrancar os samovares de suas caixas e a jogá-los nas caçambas. Como se jogam achas numa telega. Uma moscovita me contou que foram levados para uma ilha, nos lagos do Norte. Adaptaram para eles um antigo leprosário... No outono, tentei me informar sobre esse lugar. Pensava poder ir trabalhar lá. Mas quando, na primavera, cheguei àquela região, disseram-me que na ilha não havia mais um só mutilado e que o leprosário tinha sido definitivamente fechado... Era um lugar muito bonito, por sinal. Pinheiros a perder de vista, grandes lagos e, principalmente, um ar puríssimo...

Depois de uma hora de caminhada, Charlotte dirigiu-me um pequeno sorriso sem alegria:

– Espere, vou me sentar um instante...

Sentou-se na relva seca, esticando as pernas. Dei maquinalmente mais uns passos e virei-me. Mais uma vez, como num estranho distanciamento ou de uma grande altura, vi uma mulher de cabelos brancos, com um vestido simplíssimo de cetim claro, uma mulher sentada no chão no meio daquela coisa incomensurável que se estende do mar Negro até a Mongólia e que se chama "estepe". Minha avó... Eu a via com aquele inexplicável recuo que eu tomara na véspera por uma espécie de ilusão de óptica devida à minha tensão nervosa. Acreditei perceber aquele desambientamento que Charlotte devia sentir com tanta freqüência: um desambientamento quase cósmico. Ela estava ali, sob aquele céu violeta e parecia perfeitamente sozinha neste planeta, na relva lilás, sob as primeiras estrelas. E sua França, sua juventude estavam mais distantes dela do que aquela lua pálida – deixadas em outra galáxia, sob outro céu...

Ela ergueu o rosto. Seus olhos me pareceram maiores que de costume. Falou em francês. A sonoridade dessa língua vibrava como a última mensagem proveniente da galáxia distante.

– Sabe, Aliocha, às vezes me parece que não entendo nada da vida neste país. Sim, que continuo sendo uma estrangeira. Depois de quase meio século que vivo aqui. Esses "samovares"... Não entendo. Havia pessoas que riam assistindo à batalha deles!

Fez um movimento para se levantar. Precipitei-me para ela estendendo-lhe a mão. Ela sorriu para mim, agarrando meu braço. E enquanto eu estava inclinado, murmurou algumas breves palavras cujo tom firme e grave me surpreendeu. É provável que, mentalmente, eu as tenha traduzido em russo e as gravado assim. Deu uma frase comprida, ao passo que o francês de Charlotte resumiu tudo numa só imagem: o "samovar" maneta está sentado, as costas contra o tronco de um imenso pinheiro, e fita, silenciosamente, o reflexo das ondas extinguindo-se atrás das árvores...

Na tradução russa que minha memória guardou, a voz de Charlotte acrescentava num tom de justificação: "E às vezes eu me digo que compreendo este país melhor do que os próprios russos o compreendem. Porque trago em mim o rosto desse soldado faz tantos anos... Porque adivinhei sua solidão à beira do lago..."

Ela se levantou e caminhou lentamente apoiando-se em meu braço. Eu sentia dissipar-se em meu corpo, em minha respiração, aquele adolescente agressivo e nervoso que chegara na véspera a Saranza.

Assim começou nosso verão, meu último verão passado na casa de Charlotte. Na manhã seguinte, acordei com o sentimento de ser enfim eu mesmo. Uma grande calma, a uma vez amarga e serena, se propagava em mim. Não tinha mais de me debater entre minhas identidades russa e francesa. Eu me aceitei.

Passávamos agora quase todos os nossos dias às margens do Sumra. Saíamos de manhã bem cedo, levando um garrafão d'água, pão, queijo. De noite, aproveitando o primeiro sopro de frescor, voltávamos.

Agora que conhecíamos o caminho, ele já não nos parecia tão longo. Na monotonia ensolarada da estepe, descobríamos mil pontos de referência, sinais que logo se tornaram familiares. Um bloco de granito cuja mica cintilava de longe ao sol. Um banco de areia que parecia um minúsculo deserto. Um lugar coberto de espinheiros que convinha evitar. Quando Saranza desaparecia da nossa vista, sabíamos que logo a linha do leito da ferrovia ia se destacar do horizonte, que os trilhos brilhariam. E uma vez atravessada essa fronteira, tínhamos quase chegado – atrás dos barrancos que incisavam a estepe com suas trincheiras abruptas, já pressentíamos a presença do rio. Parecia nos esperar...

Charlotte se instalava com um livro à sombra dos salgueiros, a um passo da corrente. Eu, até me esgotar, nadava, mergulhava, atravessando várias vezes o rio estreito e pouco profundo. Ao longo de suas margens alinhava-se um rosário de ilhotas cobertas de capinzais espessos nas quais a gente mal tinha lugar para se deitar e se imaginar numa ilha deserta no meio do oceano...

Depois, estendido na areia, eu escutava o insondável silêncio da estepe... Nossas conversas nasciam sem pretexto e pareciam decorrer do fluxo ensolarado do Sumra, do farfalhar das compridas folhas dos salgueiros. Charlotte, de mãos postas sobre o livro aberto, olhava além do rio, para aquela planície queimada pelo sol, e punha-se a falar, ora respondendo às minhas perguntas, ora precedendo-as intuitivamente em seu relato.

Foi durante aquelas longas tardes de verão, no meio da estepe em que cada erva soava de sequidão e de calor, que fiquei sabendo do que outrora me escondiam na vida de Charlotte. E também o que minha inteligência infantil não era capaz de conceber.

Fiquei sabendo quem foi realmente seu primeiro namorado, o primeiro homem da sua vida, aquele soldado da Grande Guerra que tinha insinuado em sua mão a pedrinha chamada "Verdun". Só que eles não tinham se conhecido no dia do desfile solene, 14 de julho de 1919, mas dois anos depois, poucos meses antes da partida de Charlotte para a Rússia. Também fiquei sabendo que aquele soldado estava muito longe do herói bigodudo, coruscante de medalhas que nossa imaginação ingênua havia criado. Ele se revelava, ao contrário, magro, de rosto pálido, olhos tristes. Tossicava com freqüência. Seus pulmões tinham sido queimados no curso de um dos primeiros ataques a gás. E não foi saindo da formação no grande desfile que ele se dirigiu a Charlotte entregando-lhe a "Verdun". Ele lhe transmitira aquele talismã na estação, no dia em que ela partiu para Moscou. Tinha certeza de voltar a vê-la em breve.

Um dia ela me falou do estupro... Sua voz calma tinha aquele tom que parecia dizer: "Claro: você já sabe do que se trata... Não é mais um segredo para você." Eu confirmava essa entonação com uma série de pequenos "sim, sim", de um alheamento jovial. Eu tinha muito medo, depois desse relato, ao me levantar, de ver outra Charlotte, outro rosto trazendo a expressão indelével de uma mulher violentada. Mas antes de tudo foi aquele brilho luminoso que se incrustou em meu cérebro.

Um homem de turbante com uma espécie de manto comprido, muito grosso e quente, principalmente no meio das areias do deserto que o rodeavam. Olhos puxados iguais a duas navalhas, o bronzeado de seu rosto redondo luzindo de suor. É jovem. Com gestos febris, tenta pegar a adaga curva que está presa à sua cintura, do lado oposto ao fuzil. Aqueles segundos parecem intermináveis. Porque o deserto e o homem de gestos apressados são vistos por uma minúscula parcela do olhar – aquele interstício entre os cílios. Uma mulher prostrada no chão, vestido rasgado, cabelos desgrenhados meio enterrados na areia, parece inserir-se para sempre naquela paisagem vazia. Um filete vermelho atravessa sua têmpora esquerda. Mas ela está viva. A bala rasgou a pele sob seus cabelos e enterrou-se na areia. O homem se contorce para agarrar a arma. Ele queria que a morte fosse mais física – a garganta cortada, o jorro de sangue embebendo a areia. A adaga que ele procura escorregou para o outro lado, quando, pouco antes, as abas de seu longo traje largamente abertas, ele se debatia sobre o corpo comprimido... Puxa o cinto com raiva, lançando olhares carregados de ódio para o rosto petrificado da mulher. Súbito ouve um relincho. Vira-se. Seus companheiros já vão longe a galope, suas silhuetas, no alto de uma elevação, se recortam nitidamente contra o fundo do céu. Sente-se de repente estranhamente só: ele, o deserto na luz da noite, aquela mulher agonizante. Escarra de despeito, chuta com sua bota pontuda o corpo inerte e com a agilidade de um lince, pula na sela. Quando o barulho dos cascos se extingue, a mulher, lentamente, abre os olhos. E começa a respirar, com hesitação, como se tivesse perdido o costume. O ar tem gosto de pedra e de sangue...

A voz de Charlotte se confundiu com o leve assobio dos salgueiros. Calou-se. Pensei na cólera daquele jovem usbeque: "Ele precisava custasse o que custasse degolá-la, reduzi-la a uma carne sem vida!" E com penetração já viril eu compreendia que não se tratava de uma simples crueldade. Lembrava-me agora dos primeiros minutos que seguiam o ato de amor em que o corpo, desejado um instante atrás, tornava-se subitamente inútil, desagradável de ver, de tocar, quase hostil. Lembrei-me da minha jovem companheira em nossa jangada noturna: é verdade, eu tive raiva dela por não mais a desejar, por estar decepcionado, por senti-la ali, colada ao meu ombro... Levando até o fim meu pensamento, desnudando esse egoísmo masculino que me amedrontava e, ao mesmo tempo, me tentava, eu disse comigo: "De fato, depois do amor, a mulher deve desaparecer!" E imaginei de novo aquela mão febril que procura o punhal.

Levantei-me bruscamente volvendo-me para Charlotte. Ia lhe fazer a pergunta que me torturava fazia meses e que, mentalmente, eu havia formulado e reformulado mil vezes: "Diga-me, numa palavra só, numa frase só, o amor o que é?"

Mas Charlotte, sem dúvida acreditando antecipar-se a uma pergunta muito mais lógica, falou primeiro.

– E sabe o que me salvou? Ou, antes, quem me salvou... Não lhe contaram?

Eu olhava para ela. Não, o relato do estupro não tinha deixado nenhuma marca em sua fisionomia. Havia simplesmente aquela palpitação de sombra e de sol na folhagem dos salgueiros que aflorava seu rosto.

Tinha sido salva por um "saiga", aquele antílope do deserto de narinas enormes, semelhante a uma tromba de elefante cortada rente, e – num contraste surpreendente – de grandes olhos medrosos e ternos. Charlotte vira muitas vezes manadas deles correndo através do deserto... Quando pôde enfim levantar-se, viu um saiga que galgava lentamente uma duna de areia. Charlotte seguiu-o, sem refletir, instintivamente – o animal era a única baliza no meio das ondulações infinitas das areias, como num sonho (o ar lilás tinha aquela vacuidade enganadora dos sonhos), ela conseguiu aproximar-se dele. O saiga não fugiu. Charlotte, na luz vaga do crepúsculo, viu manchas negras na areia – sangue. O bicho foi abaixo, depois, sacudindo violentamente a cabeça, arrancou-se do chão, balançou sobre as patas compridas que tremiam, deu alguns saltos desordenados. Caiu de novo. Tinha sido mortalmente ferido. Pelos homens que quase a mataram? Talvez. Era primavera. A noite foi glacial. Charlotte se encolheu, colando seu corpo contra o lombo do animal. O saiga não se mexia mais. Sua pele era percorrida por arrepios. Sua respiração sibilante assemelhava-se a suspiros humanos, palavras sussurradas. Charlotte, no entorpecimento do frio e da dor, acordava com freqüência percebendo aquele murmúrio que obstinadamente se esforçava em dizer alguma coisa. Num desses despertares, em plena noite, percebeu com estupor uma centelha, bem pertinho, brilhando na areia. Uma estrela caída do céu... Charlotte inclinou-se para aquele ponto luminoso. Era o grande olho aberto do saiga – e uma constelação magnífica e frágil que se refletia naquele globo cheio de lágrimas... Ela não notou o instante em que as batidas do coração daquele ser que lhe dava sua vida pararam... De manhã, o deserto cintilava com a geada. Charlotte ficou uns minutos de pé diante do corpo imóvel salpicado de cristais. Depois, lentamente, escalou a duna que o bicho não tinha conseguido vencer na véspera. Alcançando o topo, soltou um "ah" que ecoou no ar matinal. Um lago, róseo dos primeiros raios, estendia-se a seus pés. Era aquela água que o saiga tentava alcançar... Encontraram Charlotte, sentada em sua margem, naquele mesmo entardecer.

Foi nas ruas de Saranza, ao cair da noite, que ela acrescentou este epílogo comovido a seu relato:

– Seu avô – disse ela baixinho – nunca evocou essa história. Nunca... Ele amava Serge, seu tio, como se fosse seu filho. Mais até, talvez. É duro, para um homem, aceitar que seu primeiro filho nasceu de um estupro. Ainda mais que Serge, você sabe, não se parece com ninguém da família. Não, nunca falou disso...

Senti sua voz tremer levemente. "Ela amava Fiodor", pensei simplesmente. "Foi ele que fez que este país em que ela sofreu tanto possa ser o dela. E ela o ama ainda. Depois de todos estes anos sem ele. Ela o ama nesta estepe noturna, nesta imensidão russa. Ela o ama..."

O amor apareceu-me de novo em toda a sua dolorosa simplicidade. Inexplicável. Inexprimível. Como aquela constelação refletindo-se no olho de um bicho ferido, no meio de um deserto coberto de gelo.

Foi o acaso de um lapso que me revelou esta realidade desconcertante: o francês que eu falava não era mais o mesmo...

Naquele dia, ao fazer uma pergunta a Charlotte, disse alhos por bugalhos. Devo ter me deparado com um desses pares de palavras, um par traiçoeiro, como há muitos em francês. Sim, eram gêmeos do gênero "*percepteur-précepteur*" ou "*décerner-discerner*". Tais duos pérfidos, tão arriscados quanto o "*luxe-luxure*", provocavam outrora, por meus tropeços verbais, zombarias de minha irmã e correções discretas de Charlotte...

Desta vez, não se tratava de soprar-me a palavra justa. Após um segundo de hesitação, eu mesmo me corrigi. Porém muito mais forte do que essa hesitação momentânea foi esta revelação fulminante: eu estava falando uma língua estrangeira!

Os meses da minha revolta não ficaram sem conseqüência, portanto. Não que eu tivesse agora menos facilidade para me expressar em francês. Mas a ruptura estava consumada. Criança, eu me confundia com a matéria sonora da língua de Charlotte. Nadava nela sem me perguntar por que aquele reflexo na relva, aquele brilho colorido, perfumado, vivo, existia ora no masculino e tinha uma identidade chiante, frágil, cristalina, imposta, assim parecia, por seu nome, *tsvetok*, ora se envolvia de uma aura aveludada, macia e feminina – tornando-se "uma flor".

Mais tarde, pensaria na história da centopéia que, interrogada sobre a técnica da sua dança, atrapalhou-se instantaneamente nos movimentos, outrora instintivos, de seus numerosos membros.

Meu caso não foi tão desesperador. Mas, desde o dia do lapso, a questão da "técnica" se fez incontornável. Agora o francês se tornava uma ferramenta cujo alcance, ao falar, eu media. Sim, um instrumento independente de mim e que eu manejava percebendo de quando em quando a estranheza desse ato.

Minha descoberta, por mais desconcertante que fosse, proporcionou-me uma intuição penetrante do estilo. Essa língua-ferramenta manejada, afiada, aperfeiçoada, eu me dizia, não era outra que a escrita literária. Nas anedotas francesas, com que durante todo aquele ano eu divertira meus colegas, eu já havia sentido o primeiro esboço dessa língua romanesca: não a tinha manipulado para agradar seja aos "proletários", seja aos "estetas"? A literatura se revelava um espanto permanente diante daquela lava verbal em que o mundo se fundia. O francês, minha "língua-avó", era, agora percebia, por excelência essa língua do espanto.

... Sim, desde aquele dia distante passado à beira de um riacho perdido no meio da estepe, ocorre-me lembrar-me, em plena conversação francesa, de minha surpresa de outrora: uma mulher de cabelos grisalhos, de grandes olhos calmos e seu neto estão sentados no coração da planície deserta, queimada pelo sol e muito russa no infinito de seu isolamento, e falam em francês, da forma mais natural do mundo... Revejo essa cena, espanta-me falar francês, gaguejo, daria meu francês aos gatos. Estranhamente ou, antes, muito logicamente, é nesses momentos, ao me encontrar entre duas línguas, que creio ver e sentir mais intensamente do que nunca.

Talvez naquele mesmo dia, em que, pronunciando "*précepteur*" em vez de "*percepteur*", eu penetrava assim num silencioso entre-duas-línguas, também tenha notado a beleza de Charlotte...

A idéia dessa beleza pareceu-me a princípio inverossímil. Na Rússia daquele tempo, toda mulher que passasse dos cinqüenta se transformava em "*babuchka*" – um ser de que teria sido absurdo supor a feminilidade e, com maior razão, a beleza. Quanto a afirmar: "Minha avó é bonita"...

No entanto, Charlotte, que na época devia ter sessenta e quatro ou sessenta e cinco anos, era bonita. Instalando-se embaixo da ribeira escarpada e arenosa do Sumra, lia sob os galhos dos salgueiros, que cobriam seu vestido com uma rede de sombra e sol. Seus cabelos prateados eram apanhados na nuca. Seus olhos me fitavam, de vez em quando, com um leve sorriso. Eu tentava compreender o que, naquele rosto, naquele vestido tão simples, irradiava a beleza cuja existência quase me perturbava reconhecer.

Não, Charlotte não era "uma mulher que não parece ter a idade que tem". Seus traços tampouco tinham aquela boniteza alucinada que possuem os rostos "bem cuidados" das mulheres que vivem no combate permanente contra as rugas. Ela não procurava camuflar sua idade. Mas o envelhecimento não provocava nela aquele encolhimento que emacia os traços e resseca o corpo. Eu envolvia com o olhar o reflexo prateado de seus cabelos, as linhas de seu rosto, seus braços levemente bronzeados, seus pés nus que quase tocavam as águas preguiçosas do Sumra... E com uma alegria insólita, constatei que não havia fronteira estrita entre o tecido florido de seu vestido e a sombra mosqueada de sol. Os contornos do seu corpo se perdiam imperceptivelmente na luminosidade do ar, seus olhos, à maneira de uma aquarela, se confundiam com o brilho quente do céu, o gesto dos seus dedos que viravam as páginas se tecia na ondulação dos longos galhos dos salgueiros... Era essa fusão, portanto, que escondia o mistério da sua beleza!

Sim, seu rosto, seu corpo, não se crispavam, temerosos da chegada da velhice, mas se impregnavam do vento ensolarado, dos aromas amargos da estepe, do frescor dos salgueirais. E sua presença conferia uma surpreendente harmonia àquela extensão deserta. Charlotte estava ali e, na monotonia da planície queimada pelo calor, uma inefável consonância se formava: o murmulho melodioso da corrente, o cheiro acre da argila úmida e o aroma picante das ervas secas, o jogo da sombra e da luz sob os galhos. Um instante único, inimitável na seqüência indistinta dos dias, dos anos, dos tempos...

Um instante que não passava.

Eu descobria a beleza de Charlotte. E quase no mesmo momento – sua solidão.

Naquele dia, deitado na margem do rio, eu a ouvia falar do livro que ela levava em nossos passeios. Desde meu lapso, eu não podia me impedir de observar, enquanto acompanhava a conversa, a maneira como minha avó manejava o francês. Eu comparava sua língua à dos autores que lia, também à dos raros jornais franceses que penetravam em nosso país. Conhecia todas as particularidades do seu francês, seus torneios favoritos, sua sintaxe pessoal, seu vocabulário e até a pátina do tempo que suas frases traziam – a coloração "Belle Époque"...

Daquela vez, mais que todas essas observações lingüísticas, um pensamento surpreendente veio-me ao espírito: "Faz meio século que essa língua vive no mais completo isolamento, muito raramente falada, referindo-se a uma realidade estranha à sua natureza, como uma planta que teima em crescer num penhasco nu..." No entanto, o francês de Charlotte havia conservado um vigor extraordinário, denso e puro, aquela transparência de âmbar que o vinho adquire ao envelhecer. Essa língua tinha sobrevivido a tempestades de neve siberianas, ao fogo das areias do deserto da Ásia Central. E continua ressoando à beira deste rio no meio da estepe infinita...

Foi então que a solidão dessa mulher se revelou a meus olhos em toda a sua comovente e cotidiana simplicidade. "Ela não tem ninguém com quem falar", eu me disse com estupefação. "Ninguém com quem falar francês..." Compreendi de repente o que podiam significar para Charlotte aquelas poucas semanas que passávamos juntos todos os verões. Compreendi que esse francês, essa urdidura de frases que me parecia tão natural, se petrificaria após minha partida por todo um ano, substituída pelo russo, pelo roçar das páginas, pelo silêncio. Imaginei Charlotte sozinha, andando pelas ruas escuras de Saranza sepultadas sob a neve...

No dia seguinte, vi minha avó falar com Gavrilytch, o bêbado e escandalista de nosso pátio. O banco das *babuchkas* estava vazio – a aparição daquele homem deve tê-las corrido dali. As crianças se escondiam atrás dos álamos. Os habitantes, à janela, acompanhavam com interesse a cena: aquela estranha francesa que ousava se aproximar do monstro. Pensei de novo na solidão de minha avó. Minhas pálpebras encheram-se de pequenos formigamentos: "A vida é assim. Este pátio, este bêbado do Gavrilytch, esta enorme isbá negra em frente, com todas estas famílias empilhadas umas sobre as outras..." Charlotte entrou, um pouco esbaforida, mas sorridente, os olhos velados de lágrimas de alegria.

– Sabe – disse-me em russo, como se não tivesse tido tempo de passar de uma língua à outra. – Gavrilytch me falou da guerra, ele defendia Stalingrado, no mesmo *front* do seu pai. Fala-me muito disso. Contava um combate, à beira do Volga. Lutavam para retomar uma colina dos alemães. Ele dizia que nunca tinha visto antes tal mistura de tanques em chamas, cadáveres esfacelados, terra em sangue. À noite, no alto dessa colina, ele foi um dos doze sobreviventes. Desceu para o Volga, morria de sede. E ali, na margem, viu a água calma, a areia branca, os caniços e os alevinos que correram quando se aproximou. Como no tempo da sua infância, em sua aldeia...

Eu ouvia e a Rússia, o país da solidão, não me parecia mais hostil à sua "francidade". Comovido, dizia-me que aquele homenzarrão bêbado, de olhar amargo, aquele Gavrilytch não teria ousado falar com ninguém de seus sentimentos. Ter-lhe-iam rido na cara: Stalingrado, a guerra e de repente aqueles caniços, aqueles alevinos! Ninguém naquele pátio teria sequer se dado ao trabalho de ouvi-lo – o que um bêbado pode evocar de interessante? Tinha falado com Charlotte. Com confiança, com a certeza de ser compreendido. Aquela francesa era mais próxima dele naquele instante do que todas aquelas pessoas que o observavam contando com um espetáculo grátis. Ele os tinha observado com seu olhar sombrio vociferando interiormente: "Estão todos aí, como num circo..." De repente, vira Charlotte atravessar o pátio com uma sacola de compras.

Levantara-se e cumprimentara-a. Um minuto depois, com a fisionomia como que iluminada, contava: "A senhora sabe, Charlota Norbertovna, sob nossos pés não era mais terra, era carne moída. Eu nunca tinha visto uma coisa assim, desde o começo da guerra. E, à noite, depois de termos acabado com os alemães, desci para o Volga. E ali, como dizer..."

De manhã, ao sair, passamos ao lado da grande isbá negra. Ela já estava animada por um zunzum denso. Ouvia-se o chiado colérico do óleo numa frigideira, o duo feminino e masculino de uma discussão, a mistura das vozes e da música de vários rádios... Lancei um olhar para Charlotte, erguendo as sobrancelhas numa careta zombeteira. Ela adivinhou sem dificuldade o que meu sorriso queria dizer. Mas o grande formigueiro desperto pareceu não a interessar.

Foi só quando enveredamos pela estepe que ela falou:

– Este inverno – dizia-me em francês –, levei uns remédios para a boa Frossia, aquela *babuchka*, você sabe, que é sempre a primeira a sair correndo assim que se vê Gavrilytch... Fazia muito frio, naquele dia. Foi difícil abrir a porta da isbá...

Charlotte continuou seu relato, e eu, com uma surpresa crescente, sentia que sua palavras simples se impregnavam de sons, de cheiros, de luzes veladas pela névoa dos grandes frios... Ela sacudia a maçaneta, e a porta, quebrando uma moldura de gelo, se abria a contragosto, com um rangido agudo. Ela se via dentro da grande casa de madeira, diante de uma escada enegrecida pelo tempo. Os degraus davam gemidos queixosos sob seus passos. Os corredores estavam entulhados de velhos armários, de caixas de papelão empilhadas ao longo das paredes, de bicicletas, de espelhos apagados que varavam aquele espaço cavernoso de uma perspectiva inesperada. O cheiro de madeira queimada pairava entre as paredes escuras e se misturava com o frio que Charlotte levava nas dobras de seu casacão... Foi no fim do corredor, no andar de cima, que minha avó a viu. Uma mulher jovem, com um bebê nos braços, mantinha-se ao lado da janela coberta de volutas de gelo. Sem se mexer, com a cabeça levemente inclinada, ela contemplava a dança das chamas na porta aberta de uma grande estufa que ocupava o canto do corredor. Atrás da janela gelada extinguia-se lentamente o crepúsculo de inverno, azul e límpido...

Charlotte ficou um segundo calada, depois prosseguiu com uma voz um pouco hesitante:

– Sabe, era uma ilusão, claro... Mas seu rosto era tão pálido, tão fino... Parecia as mesmas flores de gelo que cobriam a vidraça. Sim, como se seus traços tivessem se destacado daqueles ornamentos de geada. Eu nunca tinha visto uma beleza tão frágil. Sim, como um ícone desenhado no gelo...

Andamos um bom tempo em silêncio. A estepe se desenrolava lentamente diante de nós no estrídulo sonoro das cigarras. Mas aquele barulho seco, aquele calor não me impediam de guardar em meus pulmões o ar gelado da grande isbá negra. Eu via a janela coberta de geada, a cintilação azul dos cristais, a jovem com seu filho. Charlotte havia falado em francês. O francês havia penetrado naquela isbá que sempre me metera medo por sua vida tenebrosa, pesada e bem russa. E em suas profundezas, uma janela tinha se iluminado. Sim, ela havia falado em francês. Teria podido falar em russo. Isso não teria prejudicado em nada o instante recriado. Logo, existia uma espécie de língua intermediária. Uma língua universal! Pensei de novo naquele "entre-duas-línguas" que eu havia descoberto graças a meu lapso, na "língua de espanto"...

E foi naquele dia que, pela primeira vez, este pensamento exaltante me atravessou o espírito: "E se pudéssemos exprimir essa língua por escrito?"

Uma tarde em que passávamos pela beira do Sumra, surpreendi-me pensando na morte de Charlotte. Ou, ao contrário, pensei na impossibilidade da sua morte...

O calor tinha sido particularmente rude naquele dia. Charlotte havia tirado suas alpercatas e, levantando a saia até os joelhos, passeava na água. Içado numa das ilhotas, eu a via caminhar ao longo da margem. Novamente, acreditei observá-las – ela, aquela margem de areia branca, a estepe – como se de uma enorme distância. Sim, como se eu estivesse na cesta de um balão. Assim é que são observados (mais tarde aprenderia isso) os lugares e os rostos que já situamos inconscientemente no passado. Sim, eu olhava para ela daquela altura ilusória, daquele futuro para o qual tendiam todas as minhas jovens forças. Ela andava na água com o descaso sonhador de uma adolescente. Seu livro, aberto, tinha ficado na relva, sob os salgueiros. Revi de repente, num só reflexo luminoso, a vida de Charlotte inteira. Era como que uma palpitante seqüência de relâmpagos: a França do começo do século, a Sibéria, o deserto, e de novo as neves infinitas, a guerra, Saranza... E ainda nunca havia tido a oportunidade de examinar a vida de alguém vivo assim – de uma ponta à outra – e de dizer: esta vida está encerrada. Não haveria nada mais na vida de Charlotte além daquela Saranza, daquela estepe. E a morte.

Ergui-me em minha ilhota, fixei aquela mulher que andava lentamente na corrente do Sumra. E com uma alegria desconhecida que de repente encheu meus pulmões, sussurrei: "Não, ela não vai morrer." Quis logo compreender de onde vinha essa certeza serena, essa confiança tão estranha, principalmente naquele ano marcado pela morte de meus pais.

Mas em vez de uma explicação lógica, vi uma torrente de instantes fluir numa ofuscante desordem: uma manhã cheia de bruma ensolarada numa Paris imaginária, o vento com cheiro de lavanda que se engolfava num vagão, o grito da Kukuchka no ar quente da noite, o longínquo instante da primeira neve que Charlotte espiava rodopiar naquela terrível noite de guerra, e também este instante presente – aquela mulher delgada, de lenço branco nos cabelos grisalhos, uma mulher que passeia distraidamente na água clara de um rio que corre no meio da estepe sem limites...

Esses reflexos me pareciam ao mesmo tempo efêmeros e dotados de uma espécie de eternidade. Eu sentia uma certeza embriagadora: de forma misteriosa, eles tornavam a morte de Charlotte impossível. Eu adivinhava que o encontro na isbá negra com a jovem mãe perto da janela coberta pela geada – o ícone no gelo! – e mesmo a história de Gavrilytch, aqueles caniços, aqueles alevinos, numa noite de guerra, sim, mesmo esses dois breves lampejos contribuíam para essa impossibilidade da morte. E o mais maravilhoso era que não havia a menor necessidade de demonstrá-lo, de explicá-lo, de argumentar. Eu olhava para Charlotte que subia para a ribeira a fim de sentar-se em seu lugar preferido sob os salgueiros e repetia em mim mesmo como uma evidência luminosa: "Não, todos esses instantes não desaparecerão nunca..."

Quando cheguei perto dela, minha avó ergueu os olhos e me disse:

– Sabe, esta manhã copiei para você duas traduções diferentes de um soneto de Baudelaire. Escute, vou ler. Você vai achar graça...

Pensando que ia se tratar de uma dessas curiosidades estilísticas que Charlotte gostava de encontrar para mim em suas leituras, muitas vezes na forma de uma adivinha, eu me concentrei, desejando mostrar minhas letras francesas. Não podia nem sequer supor que aquele soneto de Baudelaire seria para mim uma verdadeira libertação.

É verdade, a mulher, durante aqueles meses de verão, se impunha a todos os meus sentidos como uma opressão incessante. Sem saber, eu estava vivendo essa dolorosa transição que separa o primeiro amor carnal, não raro apenas esboçado, dos que vão seguir. Às vezes essa passagem é mais delicada do que a da inocência ao primeiro corpo feminino.

Mesmo nesse lugar em perdição que era Saranza, essa mulher múltipla, fugidia, inominada, estava estranhamente presente. Mais insinuante, mais discreta do que nas grandes cidades, mas tanto mais provocadora. Como, por exemplo, aquela moça com quem cruzei um dia numa rua vazia, poeirenta, queimada pelo sol. Ela era grande, bem feita, daquela robustez carnal sadia que encontramos na província. Sua blusa apertava um peito forte, redondo. Sua mini-saia moldava a parte superior das suas coxas cheias. Os saltos pontudos de seus sapatos brancos de verniz tornavam seu andar meio tenso. Sua roupa da moda, sua maquiagem e aquela maneira compassada de andar davam à sua aparição na rua deserta um ar surrealista. Mas sobretudo aquela superabundância carnal quase animalesca de seu corpo, de seus movimentos! Naquela tarde de calor mudo. Naquela cidadezinha adormecida. Por quê? Com que finalidade? Não pude me impedir de lançar um olhar furtivo para trás: sim, suas pernas fortes, polidas pelo bronzeamento, suas coxas, os dois hemisférios de sua anca remexendo suavemente a cada passo. Pasmo, eu me disse que devia existir então naquela Saranza morta um quarto, uma cama, em que aquele corpo ia se deitar e, abrindo as pernas, acolher outro corpo em sua virilha. Aquele pensamento óbvio mergulhou-me num assombro ilimitado. Como tudo aquilo era ao mesmo tempo natural e inverossímil!

Ou ainda, uma noite, aquele braço feminino nu, carnudo, apareceu numa janela. Uma ruazinha curva, sobrecarregada de folhagens pesadas, imóveis – e aquele braço muito branco, muito redondo, descoberto até o ombro, que havia ondulado alguns segundos, o tempo de correr uma cortina de musselina sobre a sombra do aposento. E não sei por que adivinhação eu tinha reconhecido a impaciência um pouco excitada daquele gesto, tinha compreendido sobre que interior aquele braço feminino nu puxava a cortina... Eu tinha sentido o mesmo frescor liso daquele braço em meus lábios.

A cada um desses encontros, um chamado insistente ecoava na minha cabeça: tinha de seduzir já aquelas desconhecidas, torná-las minhas, encher com a carne delas aquele rosário de corpos sonhados. Porque cada oportunidade perdida era uma derrota, uma perda irremediável, um vazio que outros corpos só parcialmente poderiam substituir. Nesses momentos, minha febre se tornava insuportável!

Nunca havia ousado abordar esse tema com Charlotte. Menos ainda falar-lhe da mulher cortada em dois da barcaça, ou de minha noite com a jovem dançarina embriagada. Será que ela própria adivinhava minha perturbação? Com certeza. Sem poder imaginar aquela prostituta vista através das vigias, nem a jovem ruiva no velho batel, ela identificava, parece-me, com muita precisão, aquele "em que ponto eu estava" da minha experiência amorosa. Inconscientemente, com minhas perguntas, minhas esquivas, minha simulada indiferença quanto a certos temas delicados, meus silêncios mesmos, eu pincelava meu retrato de aprendiz de amante. Mas não me dava conta disso, como quem esquece que sua sombra transporta para uma parede os gestos que queria ocultar.

Assim, ouvindo Charlotte falar de Baudelaire, acreditei que se tratasse de uma simples coincidência quando, na primeira estrofe do soneto, esboçou-se essa presença feminina:

Quand, les deux yeux fermés, en un soir chaud
[d'automne,
Je respire l'odeur de ton sein chalereux,
Je vois se dérouler des rivages heureux
Qu'éblouissent les feux d'un soleil monotone...

[Quando, com os dois olhos fechados, num quente
[entardecer de outono,
Aspiro o cheiro de teu seio caloroso,
Vejo desenrolarem-se praias felizes
Que as luzes de um sol monótono ofuscam...]

– Está vendo – prosseguia minha avó numa mistura de russo e francês, porque precisava citar os textos das traduções –, em Brussov o primeiro verso dá o seguinte: *Num entardecer de outono, de olhos fechados...* etc. Em Balmont: *Quando, fechando os olhos, num entardecer sufocante de verão...* Na minha opinião, um como outro simplificam Baudelaire. Porque, você entende, em seu soneto, esse "quente entardecer de outono" é um momento muito particular, sim, em pleno outono, de repente, como uma graça, esse entardecer quente, único, um parêntese de luz no meio das chuvas e das misérias da vida. Em suas traduções, traíram a idéia de Baudelaire: "um entardecer de outono", "um entardecer de verão", é banal, sem alma. Enquanto, nele, esse instante torna possível a magia, sabe, um pouco como os dias amenos de fim de outono...

Charlotte desenvolvia seu comentário sempre com aquele diletantismo ligeiramente simulado que disfarçava nela conhecimentos muitas vezes vastíssimos de que ela tinha medo de parecer se orgulhar. Mas eu não ouvia mais que a melodia, ora russa, ora francesa, da sua voz.

Em vez daquela obsessão pela carne feminina, daquela mulher onipresente que me atormentava com sua multiplicidade inesgotável, eu sentia uma grande acalmia. Havia a transparência daquele "quente entardecer de outono". E a serenidade de uma lenta contemplação quase melancólica de um belo corpo de mulher deitado na bem-aventurada lassidão do amor. Esse corpo, cujo reflexo carnal se estende numa enfiada de reminiscências, cheiros, luzes...

O rio encheu antes que a tempestade chegasse até onde estávamos. Mexemo-nos ao ouvir a corrente já murmurejar nas raízes dos salgueiros. O céu ia ficando roxo, preto. A estepe, eriçada, petrificava-se em cegantes paisagens lívidas. Um aroma picante, ácido, trespassou-nos com o frescor das primeiras pancadas de chuva. E Charlotte, dobrando a toalha sobre a qual tínhamos almoçado, terminava sua exposição:

– Mas, no fim, no último verso, há um verdadeiro paradoxo de tradução. Brussov supera Baudelaire! Sim, Baudelaire fala dos "cantos dos marinheiros" naquela ilha nascida do "cheiro de teu seio caloroso". E Brussov, traduzindo-o, ouve "as vozes dos navegantes gritando em várias línguas". O que é maravilhoso é que o russo pode exprimir isso com um só adjetivo. Esses gritos em diferentes línguas são muito mais vivos do que os "cantos dos marinheiros", de um romantismo meio piegas, há que reconhecer. Está vendo, é o que dizíamos outro dia: o tradutor de prosa é escravo do autor, e o tradutor de poesia é seu rival. Por sinal, neste soneto...

Ela não teve tempo de acabar a frase. A água correu sob nossos pés arrastando minhas roupas, algumas folhas de papel, uma das alpercatas de Charlotte. O céu regurgitando de chuva abateu-se sobre a estepe. Precipitamo-nos para salvar o que ainda podia ser salvo. Peguei minha calça, minha camisa que, flutuando, por sorte tinham ficado presas nos galhos dos salgueiros, e pesquei a tempo a alpercata de Charlotte. Depois as folhas – eram as traduções copiadas. O aguaceiro não demorou a transformá-las em bolinhas manchadas de tinta...

Não notamos nosso medo – o estrondo ensurdecedor da trovoada expulsou qualquer pensamento por sua violência. As trombas d'água nos isolaram nas fronteiras trêmulas de nossos corpos. Sentíamos com uma acuidade impressionante nossos corações nus afogados naquele dilúvio que misturava céu e terra.

Alguns minutos depois o sol brilhou. Do alto da ribeira, contemplávamos a estepe. Luzidia, palpitante de mil centelhas irisadas, parecia respirar. Trocamos um olhar sorridente. Charlotte tinha perdido seu lenço branco, seus cabelos molhados escorriam em tranças bistres sobre seus ombros. Seus cílios cintilavam com as gotas de chuva. Seu vestido ensopado colava-se a seu corpo. "Ela é jovem. E muito bonita. Apesar de tudo", ressoou em mim aquela voz involuntária que não nos obedece e que nos incomoda por sua franqueza sem nuanças, mas que revela o que a palavra refletida censura.

Paramos diante do leito da ferrovia. Ao longe, víamos aproximar-se um comprido trem de mercadorias. Com freqüência, um comboio arquejante se imobilizava naquele lugar, obstruindo por um breve momento nossa trilha. Esse obstáculo, comandado sem dúvida por uma agulhagem ou um semáforo, nos divertia. Os vagões se erguiam numa muralha gigantesca, coberta de poeira. Uma espessa vaga de calor vinha de suas paredes expostas ao sol. E, de longe, o cicio da locomotiva quebrava o silêncio da estepe. Cada vez, eu me sentia tentado a não esperar a partida e atravessar a via esgueirando-me sob o vagão. Charlotte me retinha dizendo ter ouvido o apito. Às vezes, quando nossa espera se tornava de fato demorada demais, grimpávamos na plataforma aberta que os vagões de mercadorias tinham na época e saíamos do outro lado da via. Esses poucos segundos eram dominados por uma agitação alegre: e se o trem partisse e nos levasse numa direção desconhecida, fabulosa?

Desta vez, não podíamos esperar. Molhados como estávamos, precisávamos voltar para casa antes de cair a noite. Grimpei primeiro e estendi a mão a Charlotte, que subiu no estribo. Foi nesse momento que o trem pôs-se em marcha. Atravessamos a plataforma correndo. Eu ainda teria podido pular. Mas Charlotte não... Ficamos diante da moldura que se enchia de um sopro cada vez mais vivo. O traçado da nossa trilha se perdeu na imensidão da estepe.

Não, não estávamos preocupados. Sabíamos que uma estação ou outra ia deter a marcha de nosso trem. Parecia-me até que Charlotte estava, de certo modo, contente com nossa aventura imprevista. Ela olhava para a planície reavivada pela tempestade. Seus cabelos, ondulando ao vento, se espalhavam sobre seu rosto. Ela os repelia de tempo em tempo com um gesto rápido. Apesar do sol, uma chuvinha fina punha-se às vezes a cair. Charlotte sorria para mim através desse véu cintilante.

O que se produziu de repente naquela plataforma que balançava no meio da estepe foi como o maravilhamento de uma criança que, depois de uma longa e vã observação, descobre nas linhas engenhosamente embaralhadas de um desenho o personagem ou o objeto camuflados. Ele o vê, os arabescos do desenho adquirem um sentido novo, uma vida nova...

Assim se dava com meu olhar interior. Súbito, eu vi! Ou, antes, senti por todo meu ser o vínculo luminoso que unia aquele instante cheio de cintilações irisadas a outros instantes em que eu habitara outrora: aquela noite distante, com Charlotte, o grito melancólico da Kukuchka, depois aquela manhã parisiense envolta, em minha imaginação, numa bruma ensolarada, aquele momento noturno na jangada com minha primeira namorada, quando o grande paquete havia pairado sobre nossos corpos enlaçados, e os serões da minha infância vividos, parecia, já em outra vida...

Assim ligados, esses instantes formavam um universo singular, com seu ritmo próprio, seu ar e seu sol particulares. Quase outro planeta. Um planeta em que a morte daquela mulher de olhos cinzentos se tornava inconcebível. Em que o corpo feminino se abria para uma enfiada de instantes sonhados. Em que minha "língua de espanto" seria compreensível para os outros.

Esse planeta era o mesmo mundo que se desenrolava na corrida de nosso vagão. Sim, aquela mesma estação em que o trem por fim se imobilizou. Aquela mesma plataforma deserta, lavada pelo aguaceiro. Aqueles mesmos raros passantes com suas preocupações cotidianas. Aquele mesmo mundo, mas visto de outro modo.

Ajudando Charlotte a descer, tentei determinar esse "de outro modo". Sim, para ver essa outra plataforma, era necessário se comportar de uma forma singular. Mas como?

– Venha, vamos comer alguma coisa – disse minha avó, arrancando-me de minhas reflexões, e dirigiu-se para o restaurante situado numa das alas da estação.

A sala estava vazia, as mesas – sem talheres. Instalamo-nos perto da janela aberta que deixava ver uma praça margeada de árvores. Nas fachadas dos prédios viam-se longas faixas vermelhas com seus *slogans* costumeiros à glória do Partido, da Pátria, da Paz... Um servente veio até nós e, com uma voz desagradável, nos anunciou que a tempestade os havia deixado sem eletricidade e que, por conseguinte, o restaurante ia fechar. Quis me levantar logo, mas Charlotte insistiu com uma delicadeza acentuada que, por suas fórmulas fora de moda que eu sabia tomadas de empréstimo do francês, sempre impressionava os russos. O homem hesitou um segundo, depois se afastou, com uma cara visivelmente desconcertada.

Trouxe-nos um prato surpreendente por sua simplicidade: uma dúzia de rodelas de salaminho, um grande pepino em salmoura cortado em lamelas bem finas. Mas, sobretudo, colocou diante de nós uma garrafa de vinho. Eu nunca tinha jantado daquele jeito. O próprio servente deve ter entendido o lado insólito do par que formávamos e a estranheza daquela refeição fria. Sorriu e balbuciou algumas observações sobre o tempo como para se desculpar da acolhida que acabara de nos reservar.

Estávamos sozinhos na sala. O vento que entrava pela janela tinha cheiro de vegetação molhada. O céu se escalonava em nuvens cinzentas e roxas iluminadas pelo sol poente. De tempo em tempo as rodas de um veículo rangiam no asfalto úmido. Cada gole de vinho dava a esses sons e a essas cores uma nova densidade: o pesadume fresco das árvores, os vidros brilhantes lavados pela chuva, o vermelho dos *slogans* nas fachadas, o rangido úmido das rodas, o céu ainda tumultuoso. Eu sentia que, pouco a pouco, o que vivíamos naquela sala vazia se destacava do momento presente, daquela estação, daquela cidade desconhecida, de sua vida cotidiana...

Folhagens pesadas, longas manchas vermelhas nas fachadas, asfalto úmido, rangido de pneus, céu cinza-arroxeado. Virei-me para Charlotte. Ela não estava mais ali...

E não é mais aquele restaurante de uma estação perdida no meio da estepe. Mas um café parisiense – e atrás da vidraça, uma noite de primavera. O céu cinza e roxo ainda tempestuoso, o rangido dos veículos no asfalto úmido, a exuberância fresca dos castanheiros, o vermelho dos toldos do restaurante do outro lado da praça. E eu, vinte anos depois, eu, que acabo de reconhecer essa gama de cores e de reviver a vertigem do instante reencontrado. Uma mulher jovem, diante de mim, mantém, com uma graça bem francesa, uma conversa sobre nada. Fito seu rosto sorridente e de quando em quando cadencio suas palavras com um meneio da cabeça. Essa mulher me é muito próxima. Gosto da sua voz, da sua maneira de pensar. Conheço a harmonia do seu corpo... "E se eu pudesse lhe falar daquele instante de vinte anos atrás, no meio da estepe, naquela estação vazia?", eu me pergunto sabendo que não o farei.

Naquela noite distante de há vinte anos, Charlotte já se levanta, ajusta os cabelos mirando-se no reflexo da janela aberta, e nós saímos. E nos meus lábios, com o agradável agror do vinho, se apaga esta palavra nunca ousada: "Se ela ainda é bonita, apesar dos seus cabelos brancos e tantos anos vividos, é porque através de seus olhos, de seu rosto, de seu corpo, transparecem todos esses instantes de luz e beleza..."

Charlotte sai da estação. Eu a sigo, embriagado com minha revelação inenarrável. E a noite se difunde sobre a estepe. A noite que já dura vinte anos na Saranza da minha infância.

Revi Charlotte dez anos depois, durante algumas horas, partindo para o exterior. Cheguei tarde da noite e tinha de voltar de manhã cedinho para Moscou. Era uma noite glacial do fim do outono. Ela reuniu para Charlotte as lembranças inquietas de todas as partidas da sua vida, de todas as noites de adeus... Não dormimos. Ela foi preparar o chá e eu passeava através do seu apartamento que me parecia estranhamente pequeno e muito comovente pela fidelidade dos objetos familiares.

Estava com vinte e cinco anos. Minha viagem me exaltava. Eu já sabia que ia embora por muito tempo. Ou, antes, que aquela estada na Europa se prolongaria muito além das duas semanas previstas. Parecia-me que minha partida ia abalar a calma de nosso império entorpecido, que todos os seus habitantes só falariam da minha fuga, que uma nova época se abriria desde meu primeiro gesto, desde minha primeira palavra pronunciada do outro lado da fronteira. Eu já vivia daquele desfile de rostos novos que ia encontrar, do esplendor das paisagens sonhadas, da excitação do perigo.

Foi com esse egoísmo enfatuado da juventude que lhe perguntei num tom um tanto hílare:

– E você? Você também poderia ir para o exterior! Para a França, por exemplo... Isso a tentaria, hem?

A expressão de seus olhos não se alterou. Ela simplesmente baixou os olhos. Ouvi a melodia assobiante da chaleira, o tinido dos cristais de neve contra o vidro escuro.

– Sabe – disse por fim com um sorriso cansado –, quando em 1922 fui para a Sibéria, a metade, ou talvez a terça parte da viagem eu fiz a pé. Era como daqui a Paris. Está vendo, eu nem precisaria dos aviões de vocês...

Ela sorriu de novo, olhando-me nos olhos. Mas, apesar daquela entonação divertida, eu adivinhava em sua voz um profundo toque de amargor. Confuso, peguei um cigarro, saí ao balcão...

Foi ali, acima da escuridão gelada da estepe, que acreditei finalmente entender o que a França era para ela.

IV

1

Foi na França que quase esqueci definitivamente a França de Charlotte...

Naquele outono, vinte anos me separavam do tempo de Saranza. Eu me dei conta dessa distância – daquele sacramental "vinte anos depois" – no dia em que nossa rádio difundiu sua última emissão em russo. À noite, saindo da sala de redação, imaginei uma extensão infinita, escancarada entre aquela cidade alemã e a Rússia adormecida sob as neves. Todo aquele espaço noturno que, na véspera ainda, ressoava com nossas vozes se extinguia agora, ao que parece, no chiado surdo das ondas vazias... A finalidade de nossas emissões dissidentes e subversivas havia sido alcançada. O império nevoso despertava, abrindo-se para o resto do mundo. Aquele país em breve ia mudar de nome, de regime, de história, de fronteiras. Outro país ia nascer. Não precisavam mais de nós. A rádio estava sendo fechada. Meus colegas trocaram adeuses artificialmente barulhentos e calorosos e foram embora, cada qual para seu lado. Alguns queriam refazer a vida ali mesmo, outros arrumar as malas e ir para a América. Outros ainda, os menos realistas, sonhavam com a volta que deveria levá-los sob a tempestade de neve de vinte anos antes... Ninguém nutria ilusões. Sabíamos que não era apenas uma estação de rádio que desaparecia, mas nossa época mesma. Tudo o que havíamos dito, escrito, pensado, combatido, defendido, tudo o que havíamos amado, detestado, temido – tudo isso pertencia a essa época. Permanecíamos diante desse vazio, como personagens de cera de um gabinete de curiosidades, relíquias de um império defunto.

No trem que me levava a Paris, tentei dar um nome a todos aqueles anos passados longe de Saranza. Exílio como modo de existência? Obtusa necessidade de viver? Uma vida vivida pela metade e, afinal de contas, desperdiçada? O sentido desses anos me parecia obscuro. Tentei então convertê-los no que o homem considera valores seguros de sua vida: as lembranças dos desambientamentos intensos ("Desde então, vi o mundo inteiro!", eu me dizia com um orgulho pueril), os corpos das mulheres amadas...

Mas as lembranças permaneciam baças, os corpos estranhamente inertes. Ou, às vezes, atravessavam a penumbra da memória com a insistência esgazeada dos olhos de um manequim.

Não, aqueles anos não passavam de uma longa viagem para a qual eu conseguia, de tempo em tempo, encontrar um objetivo. Inventava-o no ponto da partida, ou já a caminho, ou mesmo na chegada, quando era necessário explicar minha presença naquele dia, naquela cidade, naquele país, em vez de num outro.

Sim, uma viagem de parte alguma para alguma outra parte. Assim que o lugar em que eu me detinha começava a grudar em mim, a me reter na agradável rotina de seus dias, eu já tinha de ir embora. Essa viagem tinha apenas dois tempos: a chegada numa cidade desconhecida e a partida de uma cidade cujas fachadas mal se punham a estremecer ante o olhar... Seis meses antes, eu chegava a Munique e, ao sair da estação ferroviária, eu me dizia com muito senso prático que precisava achar um hotel e, depois, um apartamento o mais perto possível de meu novo trabalho na rádio...

Em Paris, de manhã, tive a fugidia ilusão de um verdadeiro regresso: numa rua, não longe da estação, uma rua ainda mal desperta naquela manhã de bruma, vi uma janela aberta e o interior de um aposento que exalava uma calma simples e cotidiana mas, para mim, misteriosa, com um abajur aceso na mesa, uma velha cômoda de madeira escura, um quadro levemente descolado da parede. Eu me arrepiei, a tal ponto a tepidez daquela intimidade entrevista me pareceu de repente antiga e familiar. Subir a escada, bater na porta, reconhecer um rosto, fazer-se reconhecer... Apressei-me a afastar essa sensação de reencontro na qual eu não via, então, nada mais que a fraqueza sentimental de um vagabundo.

A vida se esgotou rapidamente. O tempo se estagnou, perceptível a partir de então unicamente pelo desgaste da sola do sapato no asfalto úmido, pela sucessão de barulhos, logo conhecidos de cor, que o ar encanado levava de manhã à noite pelos corredores do hotel. A janela do meu quarto dava para um prédio em demolição. Uma parede forrada de papel se erguia no meio dos escombros. Fixado naquele pedaço colorido, um espelho, sem moldura, refletia a profundidade leve e fugidia do céu. Toda manhã eu me perguntava se ia encontrar aquele reflexo ao abrir a cortina. Esse suspense matinal também ritmava o tempo imóvel ao qual eu me acostumava cada vez mais. E até a idéia de que, um dia, teria de acabar com aquela vida, de que teria de romper aquele pouco que ainda me ligava àqueles dias de outono, àquela cidade, me matar talvez – até mesmo tal pensamento logo se tornou um hábito... E quando, uma manhã, ouvi o barulho seco de um desabamento e que atrás da cortina, no lugar da parede, vi um vazio fumegante de poeira – esse pensamento se apresentou como uma maravilhosa saída de cena.

Lembrei-me alguns dias depois... Estava sentado num banco, no meio de um bulevar empapado de chuvisco. Através do entorpecimento da febre, eu sentia em mim como que um diálogo mudo entre uma criança amedrontada e um homem: o adulto, ele mesmo inquieto, tentava tranqüilizar a criança falando num tom falsamente divertido. Aquela voz encorajadora me dizia que eu podia me levantar e voltar ao café para tomar outra taça de vinho e ficar uma hora num local aquecido. Ou descer até a umidade morna do metrô. Ou até tentar passar outra noite no hotel sem ter mais como pagar. Ou, em último caso, entrar naquela farmácia na esquina do bulevar e sentar-me numa cadeira de couro, não me mexer, calar-me e, quando as pessoas vierem se juntar em torno de mim, sussurrar baixinho: "Deixem-me em paz um minuto, nesta luz e neste calor. Irei embora, prometo..."

O ar acre acima do bulevar se condensou, esfarelou-se numa chuva fina, paciente. Levantei-me. A voz tranqüilizadora tinha se calado. Parecia-me que minha cabeça estava envolta numa nuvem de algodão ardente. Evitei um transeunte que passava com uma menina pela mão. Eu tinha medo de assustar a criança com meu rosto inflamado, com os tremores de frio que me sacudiam... E, ao querer atravessar a rua, tropecei no meio-fio e agitei os braços como um equilibrista. Um carro freou, evitando-me por um triz. Senti um breve roço da porta contra minha mão. O motorista se deu ao trabalho de abaixar o vidro e dirigir-me um palavrão. Eu via seu esgar, mas as palavras chegavam a mim com uma estranha e macia lentidão. No mesmo instante, este pensamento me deslumbrou por sua simplicidade: "Aí está de que preciso. De um choque, de um encontro com o metal, só que muito mais violento. De um choque que me arrebentasse a cabeça, a garganta, o peito. De um choque e do silêncio imediato, definitivo." Alguns apitos vararam a névoa febril que me queimava o rosto. Absurdamente, pensei num policial que teria se lançado à minha perseguição. Acelerei o passo, patinhando numa grama ensopada. Sufocava. Minha vista fragmentou-se numa multidão de facetas cortantes. Tive vontade de me entocar como um bicho.

Aquele portão escancarado me aspirou pelo vazio brumoso de uma larga alameda que se abria além dele. Pareceu-me nadar entre dois renques de árvores, no ar fosco do fim do dia. Quase no mesmo instante a alameda encheu-se de apitos estridentes. Virei numa passagem mais estreita, derrapei numa laje lisa, engolfei-me entre estranhos cubos cinzentos. Enfim, sem força, agachei-me atrás de um deles. Os apitos ressoaram um momento, depois se calaram. De longe, ouvi o rangido do portão de ferro. Na parede porosa do cubo, li estas palavras sem entender logo o sentido: *Concessão perpétua. Nº... Ano 18...*

Em algum ponto atrás das árvores, um apito soou, seguido de uma conversa. Dois homens, dois guardas, subiam a alameda.

Levantei-me lentamente. E através da fadiga e do torpor do início da doença, senti um reflexo de sorriso em meus lábios: "A derrisão deve entrar na natureza das coisas deste mundo. Ao mesmo título que a lei da gravitação..."

Todos os portões do cemitério estavam fechados agora. Contornei o jazigo atrás do qual eu me deixara cair. Sua porta envidraçada cedeu facilmente. O interior me pareceu quase espaçoso. As lajotas do piso, à parte a poeira e algumas folhas mortas, estavam limpas e secas. Eu não me agüentava mais nas pernas. Sentei-me, em seguida deitei-me esticando-me todo. Na escuridão, minha cabeça roçou um objeto de madeira. Toquei-o. Era um genuflexório. Pousei minha nuca em seu veludo gasto. Estranhamente, sua superfície me pareceu morna, como se alguém tivesse acabado de se ajoelhar ali...

Nos dois primeiros dias, só abandonei meu refúgio para ir buscar pão e me lavar. Voltava logo, deitava-me, mergulhava num torpor febril que apenas os apitos na hora do fechamento interrompiam por alguns minutos. O grande portão rangia no nevoeiro, e o mundo se reduzia àquelas paredes de pedra porosa que eu podia tocar abrindo meus braços em cruz, no reflexo dos vidros foscos da porta, no silêncio sonoro que eu acreditava ouvir sob as lajotas, sob meu corpo...

Eu me confundi rapidamente na seqüência das datas e dos dias. Lembro-me apenas que, naquela tarde, senti-me enfim um pouco melhor. A passos lentos, franzindo as pálpebras sob o sol que ressurgia, eu voltava... para casa. Para casa! Sim, foi o que pensei, surpreendi-me por pensá-lo, pus-me a rir estrangulando-me num acesso de tosse que fez os passantes se virarem. Aquele jazigo, com mais de um século, na parte menos visitada do cemitério, porque não havia túmulo célebres a honrar – minha casa. Com estupor, disse-me que não havia empregado essa palavra desde a minha infância...

Foi durante aquela tarde, à luz do sol de outono que iluminava o interior do meu jazigo, que li as inscrições em plaquetas de mármore fixadas em suas paredes. Era, na verdade, uma pequena capela pertencente às famílias Belval e Castelot. E os lacônicos epitáfios nas plaquetas reconstituíam, em pontilhado, sua história.

Eu ainda estava fraco demais. Lia uma ou duas inscrições e me sentava nas lajotas, respirando como após um grande esforço, a cabeça zumbindo de vertigem. *Nascido em 27 de setembro de 1837 em Bordeaux. Falecido em 4 de junho de 1888 em Paris.* Talvez essas datas é que me davam vertigem. Eu percebia seu tempo com a sensibilidade de um alucinado. *Nascido em 6 de março de 1849. Chamado a Deus em 12 de dezembro de 1901.* Esses intervalos se enchiam de rumores, de silhuetas, de movimentos que mesclavam história e literatura. Era um fluxo de imagens cuja acuidade viva e bastante concreta quase me fazia mal. Eu acreditava ouvir o frufru do vestido longo daquela dama que subia num fiacre. Ela reunia naquele gesto simples os dias distantes de todas aquelas mulheres anônimas que tinham vivido, amado, sofrido, que tinham olhado este céu, respirado este ar... Eu sentia fisicamente a imobilidade engomada daquele notável de costume preto: o sol, a grande praça de uma cidade de província, os discursos, os emblemas republicanos novinhos em folha... As guerras, as revoluções, o descontentamento popular, as festas se congelavam, por um segundo, num personagem, num brilho, numa voz, numa canção, numa salva, num poema, numa sensação – e o fluxo do tempo retomava seu curso entre a data do nascimento e a da morte. *Nascida em 26 de agosto de 1861 em Biarritz. Falecida em 11 de fevereiro de 1922 em Vincennes...*

Eu progredia lentamente de um epitáfio a outro: *Capitão dos dragões da Imperatriz. General de divisão. Pintor de História, agregado ao exército francês: África, Itália, Síria, México. Intendente-geral. Presidente de seção do Conselho de Estado. Mulher de letras. Ex-referendário-mor do Senado. Tenente do 224 de Infantaria. Cruz de Guerra com Palmas. Morto pela França...* Eram as sombras de um império que resplandecera outrora nos quatro cantos do mundo... A inscrição mais recente era também a mais breve: *Françoise, 2 de novembro de 1952 – 10 de maio de 1969.* Dezesseis anos, qualquer outra palavra teria sido excessiva.

Sentei-me nas lajotas, fechando os olhos. Sentia em mim a densidade vibrante de todas aquelas vidas. E sem tentar formular meu pensamento, murmurava:

– Adivinho o clima de seus dias e de sua morte. E o mistério desse nascimento em Biarritz, no dia 26 de agosto de 1861. A inconcebível individualidade desse nascimento, precisamente em Biarritz, naquele dia, há mais de um século. E sinto a fragilidade desse rosto desaparecido no dia 10 de maio de 1969, sinto-a como uma emoção intensamente vivida por mim mesmo... Essas vidas desconhecidas são próximas de mim.

Fui embora no meio da noite. O muro de pedra não era alto naquele lugar. Mas a fralda do meu capote foi presa por uma das pontas de ferro fixadas no alto do muro. Quase virei de cabeça. No escuro, o olho azul de um poste de luz descreveu um ponto de interrogação. Caí numa espessa camada de folhas mortas. Aquela queda me pareceu demoradíssima, tive a impressão de aterrissar numa cidade desconhecida. Suas casas, naquela hora noturna, eram como os monumentos de uma cidade abandonada. Seu ar tinha um cheiro de floresta úmida.

Pus-me a descer uma avenida deserta. Aliás, todas as ruas que eu seguia desciam – como para me empurrar cada vez mais para o fundo daquela megalópole opaca. Os raros carros que me cruzavam faziam menção de fugir a toda, sempre em frente. Um mendigo, à minha passagem, mexeu-se em sua carapaça de papelão. Pôs a cabeça para fora, a vitrine em face dele iluminou-o. Era um africano, com olhos pesados de uma espécie de loucura aceita, calma. Falou, inclinei-me para ele, mas não entendi nada. Era sem dúvida a língua de seu país... As caixas de papelão do seu abrigo estavam cobertas de hieróglifos.

Quando atravessei o Sena, o céu começou a empalidecer. Fazia um momento que eu andava com passos de sonâmbulo. A gaia febre da convalescência havia desaparecido. Eu tinha a sensação de patinhar na sombra ainda densa das casas. A vertigem curvava as perspectivas, enrolava-as em torno de mim. O amontoado de prédios ao longo das margens do rio e na ilha tinha o aspecto de um gigantesco cenário de cinema na escuridão dos projetores apagados. Eu não podia mais me lembrar por que tinha ido embora do cemitério.

Na passarela de madeira, virei-me várias vezes. Imaginei ouvir passos ressoarem atrás de mim. Ou as palpitações do sangue em minhas têmporas. Seu eco fez-se mais sonoro numa rua em curva que me levou como um tobogã. Virei-me. Pareceu-me perceber uma silhueta feminina, de mantô longo, que se esgueirou sob uma arcada. Permaneci de pé, sem forças, encostado numa parede. O mundo se desagregava, a parede cedia sob a minha mão, as janelas gotejavam sobre as fachadas descoradas dos edifícios...

Surgiram como por encanto estas poucas palavras traçadas numa placa de metal escurecida. Agarrei-me à sua mensagem: um homem a ponto de soçobrar na embriaguez ou na loucura se agarra assim a uma máxima cuja lógica banal, mas infalível, o retém do lado de cá das coisas... A plaqueta estava fixada a um metro do chão. Li três ou quatro vezes sua inscrição:

ENCHENTE. JANEIRO DE 1910.

... Não era uma lembrança, mas a própria vida. Não, eu não revivia, eu vivia. Sensações humílimas em aparência. O calor do peitoril de madeira de um balcão suspenso no ar de uma noite de verão. Os aromas secos, picantes, das ervas. O grito distante e melancólico de uma locomotiva. O leve roçar das páginas no colo de uma mulher sentada no meio das flores. Seus cabelos grisalhos. Sua voz... E aquele roçar e aquela voz que se misturavam agora com o farfalhar dos longos galhos dos salgueiros – eu já vivia na beira dessa corrente perdida na imensidão ensolarada da estepe. Eu via aquela mulher de cabelos grisalhos que, imersa num devaneio límpido, caminhava lentamente na água e que parecia tão jovem. E aquela impressão de juventude me transportava para a plataforma de um vagão voando através da planície cintilante de chuva e de luz. A mulher, diante de mim, sorria-me afastando as mechas molhadas da testa. Seus cílios se irisavam sob os raios do ocaso...

Enchente. Janeiro de 1910. Eu ouvia o silêncio brumoso, o murmurinho da água à passagem de uma embarcação. Uma menina, a testa grudada na vidraça, espiava o espelho pálido de uma avenida inundada. Eu vivia tão intensamente aquela manhã silenciosa num grande apartamento parisiense do início do século... E essa manhã se abria, em seqüência, para outra, com o chiado do cascalho numa alameda dourada pelas folhas do outono. Três mulheres, de vestidos longos de seda preta, largos chapéus carregados de véus e de plumas, se afastavam como se levassem consigo aquele instante, seu sol e o ar de uma época fugidia... Outra manhã ainda: Charlotte (eu a reconhecia agora) acompanhada de um homem, nas ruas sonoras da Neuilly de sua infância. Charlotte, com uma alegria um tanto confusa, brinca de guia. Eu acreditava distinguir a transparência da luz matinal em cada pedra do calçamento, ver a palpitação de cada folha, adivinhar aquela cidade desconhecida no olhar do homem e a perspectiva das ruas, tão familiar aos olhos de Charlotte.

Compreendi naquele momento que a Atlântida de Charlotte tinha me deixado entrever, desde a minha infância, aquela misteriosa consonância dos instantes eternos. Sem eu saber, eles traçavam, desde então, como que outra vida, invisível, inconfessável, ao lado da minha. Assim, um marceneiro, modelando dias após dia pés de cadeiras ou aplainando tábuas, não percebe que os rendilhados dos cavacos formam no chão um belo ornamento cintilante de resina, o qual atrai por sua transparência clara, hoje, o raio do sol que penetra através de uma estreita janela atravancada de ferramentas, amanhã – o reflexo azulado da neve.

Essa vida é que agora se revelava essencial. Era preciso, eu ainda não sabia como, fazê-la expandir-se em mim. Era preciso, por um trabalho silencioso da memória, aprender as gamas desses instantes. Aprender a preservar sua eternidade na rotina dos gestos cotidianos, no torpor das palavras banais. Viver, consciente dessa eternidade...

Voltei ao cemitério pouco antes do fechamento do portão. O fim de tarde estava claro. Sentei-me na soleira da porta e pus-me a escrever em meu caderno de endereços, inútil fazia muito tempo:

Minha situação além-túmulo é ideal, não apenas para descobrir esta vida essencial, mas também para recriá-la, registrando-a num estilo que falta ser inventado. Ou, antes, esse estilo será doravante meu modo de viver. Não terei outra vida que não esses instantes renascendo numa folha...

Na falta de papel, meu manifesto em breve ia se interromper. Escrevê-lo foi um gesto importantíssimo para meu projeto. Nesse credo grandiloqüente, eu afirmava que somente as obras criadas à beira do túmulo ou além-túmulo resistiriam à prova do Tempo. Eu citava a epilepsia de uns, a asma e o quarto de cortiça dos outros, o exílio, mais profundo que as covas, de outros mais... O tom bombástico dessa profissão de fé desapareceria rapidamente. Seria substituído por aquele bloco de "rascunho" que eu compraria no dia seguinte com meu último dinheiro e em cuja primeira página inscreveria simplesmente:

Charlotte Lemonnier. Notas biográficas.

Aliás, naquela mesma manhã, parti para sempre do jazigo dos Belval e Castelot... Acordei no meio da noite. Um pensamento impossível, insensato, vinha de me atravessar o espírito, como uma bala traçante. Tive de pronunciá-lo em voz alta para medir sua realidade extraordinária:

– E se Charlotte ainda estivesse viva?...

Pasmo, imaginei-a indo para seu pequeno balcão coberto de flores, debruçando-se sobre um livro. Fazia anos que eu não tinha nenhuma notícia proveniente de Saranza. Charlotte podia, portanto, continuar vivendo mais ou menos como antes, como no tempo da minha infância. Teria mais de oitenta anos agora, mas essa idade não a atingia em minha memória. Ela permanecia, para mim, sempre a mesma.

Foi então que esse sonho se esboçou. Era provavelmente seu halo que acabava de me despertar. Reencontrar Charlotte, trazê-la para a França...

A irrealidade desse projeto formulado por um vagabundo deitado nas lajotas de um jazigo era suficientemente evidente para que eu não procurasse demonstrá-la a mim mesmo. Decidi, por enquanto, não refletir sobre os detalhes, viver preservando no fundo de cada dia essa esperança insensata. Viver dessa esperança.

Naquela noite, não consegui mais dormir. Enrolando-me no meu capote, saí. A tepidez do fim do outono cedera lugar ao vento norte. Fiquei em pé espiando as nuvens baixas que se embebiam pouco a pouco da palidez cinzenta. Eu me lembrava de que, certa vez, num gracejo sem alegria, Charlotte tinha me dito que depois de todas as suas viagens através da imensa

Rússia, vir a pé até a França não teria sido coisa impossível para ela...

No começo, durante longos meses de miséria e erranças, meu sonho louco se assemelharia muito a essa triste bravata. Eu imaginaria uma mulher vestida de preto que, nas primeiras horas de uma manhã de inverno sombrio, entraria numa cidadezinha da fronteira. A barra de seu mantô estaria salpicada de lama, seu grosso xale – carregado de névoa fria. Ela empurraria a porta de um café na esquina de uma estreita praça adormecida, se instalaria perto da janela, ao lado de um calorífero. A dona do café traria uma xícara de chá para ela. E contemplando através das vidraças a fachada tranqüila das casas de madeiramento à vista, a mulher murmuraria baixinho: "É a França... Voltei à França. Depois... depois de uma vida inteira."

2

Ao sair da livraria, atravessei a cidade e tomei a ponte estática sobre a extensão ensolarada do Garona. Eu me dizia que havia nos filmes antigos um velho e excelente artifício para sobrevoar em alguns segundos a vida dos heróis. A ação se interrompia e sobre o fundo negro aparecia esta legenda cuja franqueza sem rodeios sempre me agradara: "Dois anos depois", ou "Passaram-se três anos". Mas quem ousaria empregar em nossos dias esse procedimento fora de moda?

E, no entanto, ao entrar naquela livraria deserta, no meio de uma cidade provinciana prostrada pelo calor, e encontrar nas prateleiras meu último livro, tive justamente esta impressão: "Passaram-se três anos". O cemitério, o jazigo dos Belval e Castelot e – aquele livro na marchetaria colorida das capas, sob o pequeno cartaz: "Novidades do romance francês"...

À noitinha cheguei à floresta de Landes. Agora caminharia dois dias, eu pensava, talvez mais, pressentindo atrás daquelas colinas ondulantes cobertas de pinheiros a eterna espera do oceano. Dois dias, duas noites... Graças às "Notas", o tempo havia adquirido para mim uma densidade surpreendente. Vivendo no passado de Charlotte, parecia-me entretanto nunca ter sentido o presente de maneira tão intensa! Eram aquelas paisagens de outrora que davam um relevo todo singular àquele pedaço de céu entre as agulhas dos pinheiros, àquela clareira iluminada pelo poente como um magma de âmbar...

De manhã, ganhei de novo a estrada (um tronco de pinheiro entalhado, que eu não havia percebido na véspera, chorava sua resina – sua "gema", como se dizia naquela região), eu me lembrei, não sem razão, daquela estante no fundo da livraria: "A literatura da Europa Oriental". Meus primeiros livros lá estavam, apertados, a ponto de me dar uma vertigem megalômana, entre os de Lermontov e de Nabokov. Tratava-se, de minha parte, de uma mistificação literária pura e simples. Porque aqueles livros tinham sido escritos diretamente em francês e recusados pelos editores: eu era "um russo esquisito que se metia a escrever em francês". Num gesto de desespero, eu tinha inventado então um tradutor e enviado o manuscrito apresentando-o como traduzido do russo. Fora aceito, publicado e saudado pela qualidade da tradução. Eu me dizia, primeiro com amargor, mais tarde com um sorriso, que minha maldição franco-russa continuava a existir. Salvo que, se, criança, eu era obrigado a dissimular o enxerto francês, agora era minha russidade que se tornava repreensível.

Instalado para a noite, relia as últimas folhas das "Notas". No fragmento apontado na véspera, eu escrevia: "Um menino de dois anos morreu na grande isbá em face do prédio em que mora Charlotte. Vejo o pai da criança apoiar, no parapeito do alpendre, uma caixa oblonga forrada de tecido vermelho – um pequeno esquife! Suas dimensões de boneca me deixam aterrorizado. Preciso encontrar imediatamente um lugar, sob este céu, sobre esta terra, em que se possa imaginar essa criança ainda viva. A morte de um ser muito mais moço do que eu questiona todo o universo. Precipito-me para Charlotte. Ela percebe minha angústia e me diz uma coisa surpreendente em sua simplicidade: 'Você se lembra? Vimos no outono um vôo de aves migratórias. – Lembro-me, elas sobrevoaram o pátio, depois desapareceram. – Isso, mas continuam a voar, em algum lugar, nos países distantes, só que nós, com nossa vista fraca, não podemos vê-las. É a mesma coisa no caso dos que morrem...'"

Através do sono, eu acreditava distinguir o ruído das ramagens, que foi mais poderoso e contínuo que de ordinário. Como se o vento não houvesse cessado um só instante de assobiar. De manhã, eu descobria que era o rumor do oceano. Na véspera, cansado, eu tinha me detido, sem saber, naquela fronteira em que a floresta se enterrava nas dunas batidas pelas ondas.

Passei toda a manhã naquela praia deserta acompanhando a imperceptível subida das águas... Quando o mar iniciou seu refluxo, retomei meu caminho. Descalço na areia úmida, dura, desceria agora para o sul. Caminhava pensando naquela sacolinha que minha irmã e eu chamávamos, em nossa infância, de "a bolsa da Pont-Neuf" e que continha as pedrinhas enroladas em pedaços de papel. Havia uma "Fécamp", uma

"Verdun" e também uma "Biarritz", cujo nome nos fazia pensar no quartzo, e não na cidade, que nos era desconhecida... Eu ia perlongar o oceano por dez ou doze dias e encontrar aquela cidade de que uma ínfima parcela estava perdida em algum ponto nas profundezas das estepes russas.

3

Foi em setembro, por intermédio de um certo Alex Bond, que as primeiras notícias de Saranza chegaram até a mim...

Este "Mr. Bond" era, na verdade, um homem de negócios russo, um representante bem característico desta geração de "novos russos" que, naquele momento, começavam a se fazer notar em todas as capitais do Ocidente. Eles trinchavam seu nome à americana, identificando-se, freqüentemente sem perceber, com os heróis dos romances de espionagem ou com os extraterrestres dos relatos de ficção científica dos anos cinqüenta. Quando de nosso primeiro encontro, eu havia aconselhado a Alex Bond, aliás Alexei Bondartchenko, a afrancesar seu nome e se apresentar como Alexis Tonnelier, em vez de mutilá-lo daquele modo. Sem a sombra de um sorriso, ele me explicou as vantagens de um nome curto e eufônico nos negócios...

Eu tinha a impressão de entender cada vez menos a Rússia que eu via agora através dos Bond, dos Kondrat, dos Fed...

Ele ia para Moscou e havia aceitado, comovido pelo lado sentimental do meu pedido, fazer o desvio. Ir a Saranza, andar por suas ruas, encontrar Charlotte, me parecia muito mais estranho do que viajar em outro planeta. Alex Bond tinha ido até lá "entre dois trens", de acordo com sua expressão. E sem adivinhar o que Charlotte era para mim, falou ao telefone como se se tratasse dessas notícias que se trocam depois das férias:

– Puxa, que buraco negro, essa Saranza! Graças a você descobri a Rússia profunda, ha, ha. E todas aquelas ruas que vão dar na estepe. E aquela estepe que não acaba em lugar nenhum... Ela vai bem, sua avó, não se preocupe. Sim, ainda está muito ativa. Quando cheguei, não estava em casa. A vizinha me disse que tinha ido a uma reunião. Os habitantes do prédio criaram uma comissão de apoio ou sei lá o que, para salvar uma velha isbá que querem demolir no pátio, uma construção enorme, que tem dois séculos. Então sua avó... Não, eu não a vi, passei entre dois trens, e à noite tinha de estar de qualquer jeito em Moscou. Mas deixei um recado... Pode ir visitá-la. Agora, deixam entrar todo o mundo. Ha, ha, ha, a cortina de ferro virou uma peneira, como se diz...

Eu só tinha documentos de refugiado, além de uma autorização de viagem que me permitia visitar "todos os países, salvo a URSS". No dia seguinte da minha conversa com o "novo russo" fui à Préfecture de Police de Paris para me informar sobre os trâmites da naturalização. Tentei fazer calar em mim aquele pensamento que insidiosamente me voltava ao espírito:

"Agora vou ter de enfrentar essa invisível corrida contra o relógio. Charlotte está na idade em que cada ano, cada mês, pode ser o último."

Era por esse motivo que eu não queria nem escrever nem telefonar. Tinha um medo supersticioso de comprometer meu projeto com algumas palavras banais. Precisava obter rapidamente um passaporte francês, ir a Saranza, conversar várias noites seguidas com Charlotte e trazê-la para Paris. Eu via consumarem-se todos esses gestos numa fulgurante simplicidade de sonho. Depois, bruscamente, essa imagem se embaralhava e eu me encontrava num magma pegajoso que entravava meus movimentos – o Tempo.

A papelada que me pediram para juntar me tranqüilizou: nenhum documento impossível de achar, nenhum ardil burocrático. Somente a visita médica me deixou uma impressão penosa. O exame, porém, não durou mais que cinco minutos e foi, no fim das contas, bem superficial: meu estado de saúde ter-se-ia revelado compatível com a nacionalidade francesa. Depois de me ter auscultado, o médico pediu que me inclinasse mantendo as pernas bem retas e tocando o chão com os dedos. Fiz o que mandou. Foi minha prontidão excessiva que deve ter criado aquele mal-estar. O médico pareceu incomodado e balbuciou: "Obrigado, está bem." Como se ele tivesse medo de que, em meu ímpeto, repetisse aquela inclinação. Muitas vezes uma coisinha à-toa em nossas atitudes basta para torcer o sentido das situações mais cotidianas: dois homens, num consultório médico apertado, numa luz branca, crua; um deles, de repente, se dobra, toca o chão quase aos pés do outro e fica um momento assim esperando, dir-se-ia, a aprovação do segundo.

Ao sair à rua, pensei nos campos em que, por meio de testes físicos análogos, selecionavam os prisioneiros. Mas essa reflexão mais do que exagerada não explicava meu mal-estar.

Era o zelo com que eu obedecera à sua ordem. Tornei a encontrá-lo folheando as páginas da minha documentação. Vi que em toda ela aquele desejo de convencer alguém estava presente. E muito embora não me fosse perguntado nos questionários, eu tinha mencionado minhas remotas origens francesas. Sim, tinha falado de Charlotte, como se tivesse querido prevenir qualquer objeção e dissipar, de antemão, qualquer ceticismo. E agora não podia mais me desfazer da sensação de a ter, de certa forma, traído.

Foi necessário esperar vários meses. Indicaram-me um prazo. Terminaria no mês de maio. E de imediato aqueles dias de primavera ainda bastante irreais encheram-se de uma luminosidade particular, arrancando-se do círculo dos meses e formando um universo que vivia de seu próprio ritmo, em seu próprio clima.

Foi para mim o tempo dos preparativos, mas sobretudo das longas conversas silenciosas com Charlotte. Andando pelas ruas, tinha agora a impressão de observá-las com os olhos dela. De ver, como ela teria visto, aquele cais deserto em que os álamos, ao vento, pareciam transmitir uma mensagem sussurrada, urgente, sentir, como ela teria sentido, a sonoridade dos paralelepípedos naquela velha pracinha cuja tranqüilidade provinciana em plena Paris ocultava a tentação de uma felicidade simples, de uma vida sem fausto.

Compreendi que, ao longo dos três anos da minha vida na França, meu projeto nunca havia interrompido seu lento e discreto andamento. Daquela vaga imagem de uma mulher vestida de negro que atravessava a pé uma cidade fronteiriça, meu sonho tinha se dirigido para uma visão mais real. Eu me via indo buscar minha avó na estação, acompanhando-a até o hotel em que ela viveria durante sua estada parisiense. Depois, superado o período da miséria mais negra, eu havia começado a imaginar um interior mais confortável do que um quarto de hotel, no qual Charlotte se sentiria mais à vontade...

Foi graças a esses sonhos, talvez, que pude suportar aquela miséria e aquela humilhação, muitas vezes atroz, que acompanha os primeiros passos no mundo em que o livro, esse órgão mais vulnerável de nosso ser, se torna mercadoria. Uma mercadoria vendida a quem der mais, exposta como num balcão de açougue, liquidada com desconto. Meu sonho era um antídoto. E as "Notas" – um refúgio.

Nesses poucos meses de espera, a topografia de Paris mudou. Como em certos mapas em que os distritos são coloridos diferentemente, a cidade se enchia, a meus olhos, de tons variados que a presença de Charlotte matizava. Havia ruas cujo silêncio ensolarado, de manhã cedo, guardava o eco da sua voz. Terraços de café em que eu adivinhava seu cansaço no fim de um passeio. Uma fachada, um vitral que, ante seu olhar, revestia a leve pátina das reminiscências.

Essa topografia sonhada deixava muitas manchas brancas no mosaico colorido dos distritos. Nossos trajetos, muito espontaneamente, evitariam as audácias arquitetônicas dos últimos anos. Os dias parisienses de Charlotte seriam breves demais. Não teríamos tempo de subjugar, com nosso olhar, todas aquelas novas pirâmides, torres de vidro e arcos. Suas silhuetas se congelariam num estranho amanhã futurista que não perturbaria o eterno presente de nossos passeios.

Também não queria que Charlotte visse o bairro em que eu morava... Alex Bond, vindo ao nosso encontro, tinha exclamado, galhofeiro: "Mas o que é isso, minha gente, não estamos mais na França aqui, e sim na África!" E tinha se lançado numa dissertação que, por seu conteúdo, me lembrara as palavras de tantos "novos russos". Tudo lá estava: a degeneração do Ocidente e o fim próximo da Europa branca, a invasão dos novos bárbaros ("Nós, eslavos, inclusive", ele acrescentara para ser justo), um novo Maomé "que queimará todos os Beaubourgs deles" e um novo Gêngis Khan "que porá fim a todos os salamaleques democráticos deles". Inspirando-se no incessante desfile da gente de cor diante do terraço de café em que estávamos sentados, falava misturando as previsões apocalípticas e a esperança de uma Europa regenerada pelo jovem sangue dos bárbaros, as promessas de uma guerra interétnica total e a confiança numa miscigenação universal... O tema o apaixonava. Ele devia se sentir ora do lado do Ocidente moribundo, porque sua pele era branca e sua cultura, européia, ora do lado dos novos hunos. "Não, você pode dizer o que quiser, mas, cá entre nós, há gringos demais!", concluía seu discurso esquecendo-se de que, um minuto antes, era a eles que confiava a salvação do velho continente...

Nossos passeios, em meus sonhos, contornavam esse bairro e a geléia intelectual que sua realidade engendrava. Não que sua população tivesse podido chocar a sensibilidade de Charlotte. Emigrante por excelência, ela tinha vivido sempre no meio de uma extrema multiplicidade de povos, culturas, línguas. Da Sibéria à Ucrânia, do Norte russo à estepe, ela havia conhecido toda essa diversidade das raças humanas que o império misturava. Durante a guerra, ela as havia encontrado, no hospital, na igualdade absoluta em face da morte, na igualdade nua como os corpos operados.

Não, não é a nova população deste velho bairro parisiense que teria podido impressionar Charlotte. Se eu não queria levá-la ali, é porque se podia atravessar aquelas ruas sem ouvir uma só palavra de francês. Uns viam nesse exotismo a promessa de um mundo novo, outros – um desastre. Mas nós, não era o exotismo, arquitetônico ou humano, que buscávamos. O desambientamento de nossos dias, eu pensava, seria muito mais profundo.

A Paris que eu me aprestava a fazer Charlotte redescobrir era uma Paris incompleta e, até, sob certos aspectos, ilusória. Eu me lembrava daquelas memórias de Nabokov em que ele falava de seu avô vivendo seus últimos dias e que, de sua cama, podia perceber, atrás do tecido espesso da cortina, o brilho do sol meridional e os cachos de mimosa. Ele sorria, crendo-se em Nice, na luz da primavera. Sem desconfiar que morria na Rússia, em pleno inverno, e que aquele sol era uma lâmpada que sua filha instalava atrás da cortina criando para ele aquela doce ilusão...

Eu sabia que Charlotte, respeitando embora meus itinerários, veria tudo, a lâmpada atrás da cortina não a enganaria. Eu via a piscada rápida que ela me lançaria diante de alguma indescritível escultura contemporânea. Ouvia seus comentários, cheios de um humor finíssimo, cuja delicadeza apenas acentuaria a obtusa agressividade da obra observada. Ela veria também o bairro, o meu, que eu tentaria evitar... Ela iria lá sozinha, na minha ausência, à procura de um endereço, na Rue de l'Ermitage, onde habitara outrora o soldado da Grande Guerra, aquele que tinha lhe dado um pequeno fragmento ferroso que, crianças, chamávamos de "Verdun"...

Eu também sabia que faria o possível para não falar dos livros. E ainda assim falaríamos, muito, às vezes até tarde da noite. Porque a França, surgida um dia no meio das estepes de Saranza, devia seu nascimento aos livros. Sim, era um país livresco por essência, um país composto de palavras, cujos rios corriam como estrofes, cujas mulheres choravam em alexandrinos e os homens se enfrentavam em sirvente. Crianças, descobríamos a França assim, através da sua vida literária, da sua matéria verbal moldada num soneto e cinzelada por um autor. Nossa mitologia familiar atestava que um pequeno volume de encadernação cansada e lombada de um dourado baço acompanhava Charlotte no curso de todas as suas viagens. Como último vínculo com a França. Ou talvez como a possibilidade constante da magia. "Há uma canção pela qual eu daria..." – quantas vezes, no deserto das neves siberianas, esses versos tinham se edificado num "castelo de tijolos e cantos de pedra, com vitrais tingidos de avermelhadas cores...". A França se confundia para nós com sua literatura. E a verdadeira literatura era essa magia da qual uma palavra, uma estrofe, um verso, nos transportavam para um eterno instante de beleza.

Eu tinha vontade de dizer a Charlotte que essa literatura estava morta na França. E que na multidão dos livros de hoje que eu devorava desde o começo da minha reclusão de escritor, eu procurava em vão aquele que teria podido imaginar em suas mãos, no meio de uma isbá siberiana. Sim, um livro aberto, seus olhos com uma pequena centelha de lágrimas...

Nessas conversas imaginárias com Charlotte, eu voltava a ser adolescente. Meu maximalismo juvenil, extinto havia muito sob as evidências da vida, despertava. Eu buscava de novo uma obra absoluta, única, sonhava com um livro que pudesse por sua beleza refazer o mundo. E ouvia a voz da minha avó me responder, compreensiva e sorridente, como outrora, em Saranza, em seu balcão:

– Você ainda se lembra daqueles apartamentos apertados na Rússia que quase desabavam sob o peso dos livros? Sim, livros debaixo da cama, na cozinha, na entrada, empilhados até o teto. E livros impossíveis de se encontrar, que nos emprestavam por uma noite e que tínhamos de devolver às seis da manhã precisas. E outros ainda, copiados à máquina, seis folhas de papel-carbono de cada vez; entregavam a você o sexto exemplar, quase ilegível e chamado "cego"... Está vendo, é difícil comparar. Na Rússia, o escritor era um deus. Esperava-se dele o Juízo Final e o reino dos céus, ao mesmo tempo. Alguma vez você ouviu falar, lá, do preço de um livro? Não, porque o livro não tinha preço! A gente podia não comprar um par de sapatos e gelar os pés no inverno, mas comprava um livro...

A voz de Charlotte se interrompeu como para me fazer compreender que esse culto do livro na Rússia não era mais que uma lembrança.

"Mas esse livro único, esse livro absoluto. Juízo e reino ao mesmo tempo?", exclamou o adolescente que eu tinha voltado a ser.

Esse cochicho febril arrancou-me da minha discussão inventada. Envergonhado como alguém surpreendido falando consigo mesmo, eu me via tal como era. Um homem gesticulando no meio de um quartinho escuro. Uma janela escura dá para uma parede de tijolos e não necessita nem de cortinas, nem de venezianas. Um quarto que se pode atravessar com três passadas, em que os objetos, por falta de lugar, se aglutinam, invadem-se uns aos outros, emaranham-se: velha máquina de escrever, fogareiro elétrico, cadeiras, estante, chuveiro, mesa, espectros de roupas pendurados nas paredes. E por toda parte folhas de papel, pedaços de manuscritos, livros que dão a esse interior entulhado uma espécie de loucura bastante lógica. Atrás da vidraça, o início de uma noite de inverno chuvosa e, escorrendo do dédalo de casas vetustas – essa melodia árabe, queixa e regozijo confundidos. E esse homem vestindo um velho sobretudo claro (faz muito frio). Nas mãos ele traz meias-luvas, necessárias parar bater à máquina naquele aposento gelado. Fala dirigindo-se a uma mulher. Fala com ela com a confiança que nem sempre se tem nem mesmo para a intimidade da própria voz. Ele a interroga sobre a obra única, absoluta, sem ter medo de parecer ingênuo ou ridiculamente patético. Ela vai lhe responder...

Pensei, antes de adormecer, que vindo à França, Charlotte tentaria compreender o que tinha se tornado a literatura, da qual alguns velhos livros representavam para ela, na Sibéria, um minúsculo arquipélago francês. Eu imaginava que, entrando, uma noite, no apartamento em que ela viveria, eu notaria na beirada de uma mesa ou no parapeito de uma janela – um livro aberto, um livro recente que Charlotte leria na minha ausência. Eu me debruçaria sobre algumas páginas e meu olhar daria com estas linhas:

Foi de fato a manhã mais amena daquele inverno. Fazia sol como nos primeiros dias de abril. A geada derretia e a relva molhada brilhava como que umectada de orvalho... Tendo passado minha única manhã revendo mil coisas, com uma melancolia sempre crescente, sob as nuvens do inverno – eu havia esquecido aquele velho jardim e aquele caramanchão de vinha à sombra do qual minha vida tinha se decidido... Viver à imagem dessa beleza, é o que eu gostaria de saber fazer. A nitidez deste país, a transparência, a profundidade e o milagre desse encontro da água, da pedra e da luz, eis o único conhecimento, a primeira moral. Essa harmonia não é ilusória. Ela é real e diante dela eu sinto necessidade da palavra...

4

Os jovens noivos, na véspera das núpcias, ou ainda as pessoas que acabam de se mudar, devem sentir esse feliz desaparecimento do cotidiano. Os poucos dias festivos ou a alegre desordem da instalação sempre durarão, parece-lhes, tornando-se a própria matéria, leve e efervescente, de sua vida.

Eu vivia num inebriamento assim nas últimas semanas da minha espera. Deixei meu quartinho, aluguei um apartamento que eu sabia não poder pagar por mais de quatro ou cinco meses. Pouco me importava. Do aposento em que Charlotte viveria via-se a extensão azul acinzentada dos tetos que refletiam o céu de abril... Tomei emprestado o que pude, comprei móveis, cortinas, um tapete e todo aquele formigueiro doméstico de que eu sempre prescindira em minha antiga moradia. Aliás, o apartamento parecia vazio, eu dormia num colchão. Só o futuro quarto da minha avó tinha agora um aspecto habitável.

E quanto mais próximo o mês de maio, mais essa inconsciência feliz, essa loucura esbanjadora crescia. Pus-me a comprar nos bricabraques pequenos objetos antigos que deviam, na minha idéia, dar uma alma àquele quarto de aparência demasiado ordinária. Na loja de um antiquário, encontrei um abajur. Ele o acendeu para me fazer a demonstração, imaginei o rosto de Charlotte na claridade de sua cúpula. Não podia sair dali sem aquele abajur. Enchi a estante de velhos volumes com lombada de couro, revistas ilustradas do começo do século. Todas as noites, na mesa redonda que ocupava o meio desse cômodo decorado, eu expunha meus troféus: meia dúzia de copos, um fole velho, uma pilha de cartões postais antigos...

Por mais que eu me dissesse que Charlotte nunca iria querer deixar Saranza, sobretudo o túmulo de Fiodor, por muito tempo e que ela teria se sentido tão à vontade num hotel quanto naquele museu improvisado, eu não podia mais parar de comprar e completar. É que, mesmo iniciado na magia da maneira, na arte de recriar um instante perdido, o homem permanece preso antes de mais nada aos fetiches materiais do passado: como aquele prestidigitador que, tendo adquirido, pela vontade de Deus, um dom de taumaturgo, preferia a este a destreza de seus dedos e suas malas de fundo duplo, que tinham a vantagem de não perturbar seu bom senso.

E a verdadeira magia, eu sabia, se revelaria naquele reflexo azulado dos tetos, na fragilidade aérea das linhas do lado de lá da janela que Charlotte abriria no dia seguinte da sua chegada, bem cedinho. E na sonoridade das primeiras palavras francesas que ela trocaria com alguém numa esquina...

Numa das última noites da minha espera, surpreendi-me rezando... Não, não era uma reza na forma devida. Eu nunca aprendera uma só, tendo crescido na luz desmistificadora de um ateísmo militante e quase religioso por sua incansável cruzada contra Deus. Não, era antes uma espécie de súplica diletante e confusa cujo destinatário permanecia desconhecido. Pegando-me em flagrante delito nesse ato insólito, apressei-me a ridicularizá-lo. Pensei que, dada a impiedade da minha vida passada, eu teria podido exclamar como aquele marinheiro de um conto de Voltaire: "Pisei quatro vezes no crucifixo em quatro viagens ao Japão!" Tratei-me de pagão, de idólatra. No entanto essas zombarias não romperam o vago murmúrio interior que eu discernira no fundo de mim. Sua entonação tinha algo de infantil. Era como se eu propusesse a meu interlocutor anônimo uma barganha: eu só viveria mais vinte anos, quinze anos até, bom, está bem, apenas dez, contanto que esse encontro, esses instantes redescobertos fossem possíveis...

Levantei-me, empurrei a porta do aposento contíguo. Na penumbra de uma noite de primavera, o quarto velava, animado por uma espera discreta. Mesmo aquele leque velho, apesar de comprado dois dias antes, parecia ter estado longos anos na mesinha baixa, na palidez noturna das vidraças.

Era um dia feliz. Um desses dias preguiçosos e cinzentos, perdidos no meio das festas do começo de maio. De manhã, preguei um grande cabide na parede da entrada. Dava para pendurar nele pelo menos uns dez casacos. Nem sequer me fiz a pergunta de saber se, em pleno verão, precisaríamos daquilo.

A janela de Charlotte ficava aberta. Agora, entre as superfícies prateadas dos tetos, viam-se, aqui e ali, os claros bolsões da primeira verdura.

Pela manhã, acrescentei outro curto fragmento a minhas "Notas". Lembrei-me que, um dia, em Saranza, Charlotte tinha me falado de sua vida em Paris depois da Primeira Guerra Mundial. Ela me dizia que aquele pós-guerra, que se tornava, sem que ninguém pudesse adivinhar, o entre-duas-guerras, tinha em seu clima algo profundamente falso. Uma falsa alegria, um esquecimento demasiado fácil. Aquilo lhe recordava estranhamente os reclames que ela lera nos jornais durante o conflito: "Aqueçam-se sem carvão!"; e explicavam como se podia utilizar "bolas de papel". Ou ainda: "Donas-de-casa, lavem a roupa sem água quente!" E até: "Donas-de-casa, economizem: cozido sem cozinhar!"... Charlotte esperava que, ao voltar a Paris com Albertine, que ia buscar na Sibéria, elas encontrariam a França de antes da guerra...

Anotando essas poucas linhas, eu me dizia que em breve poderia fazer tantas perguntas a Charlotte, esclarecer mil detalhes, saber, por exemplo, quem era aquele senhor de fraque numa de nossas fotos de família e por que a metade desse clichê havia sido cuidadosamente cortada. E quem era aquela mulher de casaco acolchoado cuja presença entre os personagens da Belle Époque me surpreendera outrora.

Foi ao sair no fim da tarde que encontrei aquele envelope na minha caixa de correspondência. De cor creme, trazia o timbre da Préfecture de Police. Parado no meio da calçada, levei um tempo para abri-lo, rasgando-o desajeitadamente...

Os olhos compreendem mais depressa do que o espírito, principalmente quando se trata de uma notícia que este não quer compreender. Nesse breve momento de indecisão, o olhar tenta romper o implacável encadeamento das palavras, como se fosse capaz de alterar a mensagem antes que o pensamento quisesse captar seu sentido.

As letras saltitaram diante dos meus olhos, crivando-me de estilhaços de palavras, de pedaços de frases. Depois, pesadamente, a palavra essencial, impressa em grandes tipos espaçados como para ser soletrada, se impôs: INDEFERIDO. Misturando-se com as palpitações do sangue em minhas têmporas, fórmulas explicativas a seguiram: "sua situação não corresponde...", "com efeito, o senhor não reúne...". Fiquei pelo menos uns quinze minutos sem me mexer, os olhos fixos na carta. Finalmente, pus-me a andar em linha reta, esquecendo aonde eu devia ir.

Ainda não pensava em Charlotte. O que me doía nesses primeiros minutos era a lembrança do meu exame médico: sim, aquela inclinação absoluta até o chão e meu zelo pareciam-me agora duplamente inúteis e humilhantes.

Foi somente ao voltar para casa que de fato tomei consciência do que estava acontecendo comigo. Pendurei o paletó no cabide. Atrás da porta do fundo vi o quarto de Charlotte... Não era o Tempo (Oh, quanto devemos desconfiar das maiúsculas!), portanto, que poderia comprometer meu projeto, mas a decisão daquele modesto funcionário com algumas frases numa só folha datilografada. Um homem que eu nunca conheceria e que não me conhecia, a não ser por intermédio dos questionários. Era a ele, na verdade, que eu deveria ter dirigido meus rogos diletantes...

No dia seguinte, enviei um recurso. "Um recurso gracioso", assim como meu correspondente o chamava. Eu nunca havia ainda escrito uma carta tão falsamente pessoal, tão estupidamente altiva e suplicante ao mesmo tempo.

Não notava mais o correr dos dias. Maio, junho, julho. Havia aquele apartamento que eu enchera de objetos e de sensações de outrora, aquele museu desativado de que eu era o inútil conservador. E a ausência daquela que eu esperava. Quanto às "Notas", não tinha acrescentado uma só desde o dia da recusa. Eu sabia que a própria natureza do manuscrito dependia daquele encontro, o nosso, que apesar de tudo eu esperava possível.

E muitas vezes, durante esses meses, tive o único e mesmo sonho que me acordava no meio da noite. Uma mulher de mantô longo e escuro entrava numa cidadezinha de fronteira numa manhã silenciosa de inverno.

É uma brincadeira antiga. A gente escolhe um adjetivo que exprima uma qualidade extrema: "abominável", por exemplo. Depois encontra um sinônimo que, sendo bem próximo, traduza a mesma qualidade de maneira levemente menos forte: "horrível", digamos. O termo seguinte repetirá essa imperceptível atenuação: "tremendo". E assim por diante, descendo cada vez um minúsculo degrau na qualidade anunciada: "penoso", "intolerável", "desagradável"... Para chegar enfim simplesmente a "ruim" e, passando por "medíocre", "médio", "qualquer", começar a subir de novo a ladeira com "modesto", "satisfatório", "aceitável", "conveniente", "agradável", "bom". E chegar, uma dezena de palavras depois, a "notável", "excelente", "sublime".

As notícias que recebi de Saranza no começo do mês de agosto devem ter seguido uma modificação semelhante. Porque transmitidas primeiro a Alex Bond (ele havia deixado a Charlotte seu número de telefone em Moscou), essas notícias e o pequeno pacote que as acompanhava haviam viajado bastante tempo, passando de uma pessoa a outra. A cada transmissão, seu sentido trágico diminuía, a emoção se apagava. E foi quase num tom jovial que aquele desconhecido me anunciou por telefone:

– Escute, me confiaram um embrulho para o senhor. É de parte de... não sei quem era, enfim, sua parenta que morreu... Na Rússia. O senhor sem dúvida já sabia. Sim, ela lhe transmitiu seu testamento, he, he...

Ele queria dizer, brincando, "sua herança". Por erro, por esse relaxamento verbal sobretudo, que constatei com freqüência nos "novos russos", para quem o inglês se tornava a principal língua de uso, ele falou no "testamento".

Esperei um bom tempo no saguão de um dos melhores hotéis parisienses. O vazio gelado dos espelhos, de ambos os lados das poltronas, correspondia perfeitamente àquele nada que enchia meu olhar, meu pensamento.

O desconhecido saiu do elevador deixando passar à frente uma mulher loura, grande, exuberante, com um sorriso que parecia dirigir-se a todos e a ninguém. Outro homem, de ombros larguíssimos, os seguia.

– Val Grig – nomeou-se o desconhecido, apertando-me a mão, e apresentou-me seus companheiros, precisando: "Minha volúvel intérprete, meu fiel guarda-costas."

Eu sabia que não poderia evitar o convite ao bar. Escutar Val Grig seria uma maneira de agradecê-lo pelo serviço prestado. Ele necessitava de mim para desfrutar plenamente tanto o conforto daquele hotel, como sua nova qualidade de "*businessman internacional*" e a beleza de sua "volúvel intérprete". Ele falava de seus sucessos e do desastre russo, não percebendo que involuntariamente se estabelecia uma engraçada relação de causa e efeito entre esses dois temas. A intérprete que certamente ouvira esses relatos mais de uma vez parecia adormecida, de olhos abertos. O guarda-costas, como para justificar sua presença, espreitava as pessoas que entravam e saíam. "Seria mais fácil explicar o que sinto a um marciano do que a estes três...", pensei de repente.

Abri o embrulho no vagão do metrô. Um cartão de visita de Alex Bond caiu no chão. Eram algumas palavras de condolências, desculpas (Taiwan, Canadá...) por não ter entregue a encomenda pessoalmente. Mas sobretudo a data da morte de Charlotte. Nove de setembro do ano passado!

Eu não acompanhava mais a seqüência das estações, só voltando a mim no ponto final. Setembro do ano passado... Alex Bond tinha ido a Saranza no mês de agosto, fazia um ano. Algumas semanas depois, eu protocolava meu pedido de naturalização. No mesmo momento talvez em que Charlotte morria. E todos os meus trâmites, todos os meus projetos, todos aqueles meses de espera já se situavam depois da sua vida. Fora da sua vida. Sem nenhum vínculo possível com aquela vida acabada... O pacote tinha sido conservado pela vizinha, depois, somente na primavera, transmitido a Bond. No papel kraft, havia algumas palavras escritas pela mão de Charlotte: "Peço-lhe que faça este envelope chegar a Alexei Bondartchenko que fará o obséquio de transmiti-lo a meu neto."

Peguei o metrô de volta no fim da linha. Abrindo o envelope eu me dizia com um doloroso alívio que não era a decisão do funcionário que, no fim das contas, havia liquidado meu projeto. Era o tempo. Um tempo dotado de uma ironia feroz, que, com suas brincadeiras e suas incoerências, lembra-nos seu poder impartilhável.

O envelope não continha mais que umas vinte páginas manuscritas presas por um grampo de papel. Eu esperava ler uma carta de adeus, por isso não entendia aquela extensão, sabendo quão pouco Charlotte era propensa a fórmulas solenes e a efusões verbais. Não me decidindo a iniciar uma leitura contínua, folheei as primeiras páginas, não encontrando em parte alguma torneios do gênero "quando você ler estas linhas, não estarei mais aqui", que eu temia justamente encontrar.

Aliás, a carta, em seu início, parecia não se dirigir a ninguém. Passando rapidamente de uma linha a outra, de um parágrafo ao seguinte, achei que se tratava de uma história sem a menor relação com nossa vida em Saranza, nossa França-Atlântida e aquele fim de que Charlotte teria podido fazer-me adivinhar a iminência...

Saí do metrô e sem querer subir logo, continuei minha leitura distraída, sentando-me no banco de um jardim. Eu via agora que o relato de Charlotte não nos dizia respeito. Ela transcrevia, em sua letra fina e precisa, a vida de uma mulher. Desatento, devo ter pulado o ponto em que minha avó explicava como elas tinham se conhecido. Isso, aliás, me importava pouco. Porque aquela vida contada não passava de um destino feminino a mais, um desses destinos trágicos do tempo de Stálin, que nos comoviam quando éramos jovens e cuja dor tinha se atenuado desde então. Essa mulher, filha de um *kulak*, conhecera, quando criança, o exílio nos pântanos da Sibéria ocidental. Depois da guerra, acusada de "propaganda anticolcosiana", fora parar num campo de concentração... Eu percorria aquelas páginas como as de um livro sabido de cor. O campo, os cedros que os prisioneiros derrubavam, enfiando-se na neve até a cintura, a crueldade cotidiana, banal, dos guardas, as doenças, a morte. E o amor forçado, sob a ameaça de uma arma ou de uma carga desumana de trabalho, e o amor comprado com uma garrafa de álcool... A criança que aquela mulher pusera no mundo purgava a pena da mãe, essa era a lei. Naquele "campo de mulheres", havia um barracão à parte previsto para tais nascimentos. A mulher morrera, esmagada por um trator, meses antes da anistia do degelo. A criança ia fazer dois anos e meio...

A chuva me expulsou do meu banco. Escondi a carta de Charlotte debaixo do paletó, corri para nossa casa. O relato interrompido me parecia bem típico: aos primeiros sinais da liberalização, todos os russos puseram-se a tirar dos esconderijos profundos de sua memória o passado censurado. E não compreendiam que a História não precisasse daqueles incontáveis pequenos *gulags*. Um só, monumental e reconhecido como clássico, lhe bastava. Enviando-me seus depoimentos, Charlotte deve ter se deixado enganar, como os outros, pela embriaguez da palavra libertada. A comovente inutilidade daquela remessa me doeu. Medi de novo a indiferença desdenhosa do tempo. Aquela mulher presa com o filho vacilava à beira do esquecimento definitivo, retida unicamente por aquelas poucas folhas manuscritas. E a própria Charlotte?

Empurrei a porta. Uma corrente de ar agitou com uma batida abafada as folhas de uma janela aberta. Fui fechá-la no quarto de minha avó...

Pensei em sua vida. Uma vida que ligava épocas tão diferentes: o começo do século, essa era quase arcaica, quase tão legendária quanto o reinado de Napoleão e – o fim de nosso século, o fim do milênio. Todas aquelas revoluções, guerras, utopias fracassadas e terrores bem-sucedidos. Ela havia destilado a essência delas nas dores e alegrias de seus dias. E essa densidade palpitante do vivido ia cair em breve no esquecimento. Como o minúsculo *gulag* da prisioneira e de seu filho.

Permaneci um momento à janela de Charlotte. Eu havia imaginado, durante várias semanas, seu olhar pousar-se naquela vista...

À noite, muito mais por desencargo de consciência, decidi ler as páginas de Charlotte até o fim. Encontrei a mulher presa, as atrocidades do campo e aquela criança que tinha trazido a este mundo duro e sujo alguns instantes de serenidade... Charlotte escrevia que conseguira autorização para ir ao hospital em que a mulher morria...

De repente a página que eu segurava se transformou numa fina folha de prata. Sim, ela me ofuscou com um reflexo metálico e pareceu emitir um som frio, tênue. Uma linha brilhou – o filamento de uma lâmpada lacera assim a pupila. A carta era escrita em russo e foi somente nessa linha que Charlotte passou ao francês, como se não estivesse mais segura de seu russo. Ou como se o francês, aquele francês de outra época, devesse me permitir um certo distanciamento em relação ao que ela ia me dizer:

"Essa mulher, que se chamava Maria Stepanovna Dolina, era sua mãe. Foi ela que quis que não lhe dissessem nada o máximo de tempo possível..."

Um pequeno envelope estava grampeado a esta última página. Abri. Havia uma foto que reconheci sem dificuldade: uma mulher com uma grossa *chapka* de orelheiras abaixadas e casaco acolchoado. Num pequeno retângulo de tecido branco costurado ao lado da linha dos botões – um número. Em seus braços, um bebê enrolado num casulo de lã...

À noite, redescobri em minha memória a imagem que eu sempre acreditara ser uma espécie de reminiscência pré-natal vinda de meus ancestrais franceses e de que, em criança, eu tivera tanto orgulho. Via aí a prova da minha francidade hereditária. Era aquele dia ensolarado de outono, na orla de um bosque, com uma invisível presença feminina, com um ar puríssimo e os fios de aranha ondulando através daquele espaço luminoso... Agora eu compreendia que esse bosque era, na verdade, uma taiga infinita e que o encantador verão do dia de são Martinho ia desaparecer num inverno siberiano que duraria nove meses. Os fios de aranha, argênteos e leves em minha ilusão francesa, não passavam de algumas fieiras de arame farpado novo que ainda não tivera tempo de enferrujar. Com minha mãe, eu passeava no território do "campo de mulheres"... Era minha primeira lembrança da infância.

Dois dias depois eu deixava aquele apartamento. O proprietário tinha vindo na véspera e aceito uma solução amigável: eu lhe deixava todos os móveis e objetos antigos que tinha acumulado durante vários meses...

Dormi pouco. Às quatro horas já estava de pé. Preparei minha mochila pensando em partir naquele mesmo dia para minha caminhada habitual. Antes de ir embora, lancei um derradeiro olhar para o quarto de Charlotte. Sob a luz cinzenta da manhã, seu silêncio não recordava mais um museu. Não, ele não parecia mais inabitado. Hesitei um momento, depois peguei um velho volume pousado no rebordo da janela e saí.

As ruas estavam desertas, embaciadas de sono. Suas perspectivas pareciam compor-se à medida que eu avançava em direção a elas.

Pensava nas "Notas" que levava em minha sacola. Hoje à noite ou amanhã, dizia comigo, acrescentaria o novo fragmento que tinha me vindo ao espírito na noite anterior. Era em Saranza, durante meu último verão em casa da minha avó... Naquele dia, em vez de tomar a vereda que nos levava através da estepe, Charlotte tinha se embrenhado sob as árvores daquele bosque entulhado de material de guerra que os habitantes chamavam de "Stalinka". Eu a seguira num passo indeciso: segundo os boatos, nos matos da Stalinka alguém podia pisar numa mina... Charlotte havia parado no meio de uma larga clareira e murmurado: "Olhe!" Vi três ou quatro plantas idênticas que chegavam à altura de nossos joelhos. Grandes folhas cinzeladas, gavinhas que se prendiam numas ripas finas enfiadas no chão. Bordos minúsculos? Jovens arbustos de cassis? Eu não entendia a alegria misteriosa de Charlotte.

– É uma vinha, uma vinha de verdade – ela me dissera por fim.

– Ah, bom...

Aquela revelação não aumentava minha curiosidade. Eu não podia relacionar, na minha cabeça, aquela planta modesta e o culto que a pátria de minha mãe devotava ao vinho. Tínhamos ficado uns minutos no coração da Stalinka, diante da plantação secreta de Charlotte...

Lembrando-me daquela vinha, senti uma dor quase insuportável e, ao mesmo tempo, uma alegria profunda, uma alegria que a princípio tinha me parecido vergonhosa. Charlotte tinha morrido e, no lugar da Stalinka, de acordo com o relato de Alex Bond, tinham construído um estádio. Não podia haver prova mais tangível do desaparecimento total, definitivo. Mas a alegria prevaleceu. Ela tinha sua fonte naquele instante vivido no meio de uma clareira, ao sopro do vento das estepes, no silêncio sereno daquela mulher parada diante de quatro arbustos sob cujas folhas eu agora adivinhava os jovens cachos.

Ao caminhar, eu olhava de tempo em tempo a foto daquela mulher de casaco acolchoado. Compreendia agora o que dava a seus traços uma remota semelhança com os personagens dos álbuns de minha família adotiva. Era aquele leve sorriso, surgido graças à fórmula mágica de Charlotte – "*petite pomme*"! Sim, a mulher fotografada perto da cerca do campo de concentração deve ter pronunciado, para si mesma, aquelas sílabas enigmáticas... Parava um segundo, fixava seus olhos. "Vou precisar me acostumar com a idéia de que esta mulher, mais moça que eu, é minha mãe", dizia-me então.

Guardava a foto, voltava a andar. E quando pensava em Charlotte, sua presença naquelas ruas adormecidas possuía a evidência, discreta e espontânea, da própria vida.

Só me faltavam ainda as palavras capazes de dizê-lo.

Impressão e acabamento
Cromosete
GRÁFICA E EDITORA LTDA.
Rua Uhland, 307 - Vila Ema
Cep: 03283-000 - São Paulo - SP
Tel/Fax: 011 6104-1176